Neue Rundschau

Begründet von S. Fischer
im Jahre 1890
S. Fischer Verlag

Diesem Heft liegt eine Beilage der
Hamburger Edition bei

Herausgeber und Redaktion:
Martin Bauer

Die Neue Rundschau erscheint viermal jährlich
Preis des Einzelheftes: 16 DM
Bezugspreis jährlich: 56 DM (inkl. Porto)
Berechnung jährlich bei Auslieferung des ersten Heftes
Das Abonnement verlängert sich automatisch,
wenn die Kündigung nicht bis zum 15.11. erfolgt.

Alle Zusendungen an die Redaktion erbeten an:
S. Fischer Verlag GmbH, Neue Rundschau
Neue Grünstraße 17–18
10179 Berlin
Telefax 030/30 86 39 10

Anzeigenverwaltung:
Runze & Casper Verlagsservice OHG
Linienstraße 214 · 10119 Berlin
Telefon 030/28 01 81 40, Telefax 030/28 01 84 00

Unverlangt eingesandte Manuskripte können nicht kommentiert werden.
Eine Rücksendung der Texte ist nur möglich, wenn Porto beiliegt.
Für unverlangt eingesandte Manuskripte kann keine Haftung übernommen werden.

Heft 3/2000 111. Jahrgang
Veröffentlicht im S. Fischer Verlag GmbH, Frankfurt am Main

Typographie: Konrad Boch, Frankfurt am Main
Umschlagentwurf: Manfred Walch, Frankfurt am Main
Satz: Fotosatz Otto Gutfreund GmbH, Darmstadt
Druck und Bindung: Clausen & Bosse, Leck
Printed in Germany 2000
ISSN 0028-3347 ISBN 3-10-809042-9

Postvertriebsnummer D 21222 F

Inhalt

Editorial 5

IMPROVISATIONEN

Joachim Kalka *Das haben wir gleich! Zur Dialektik des plötzlichen Schlages* 9
Peter Uehling *Regula und Digitus. Über die Improvisationspraxis der Komponisten* 20
Caroline Fetscher *13. Juni 1999. Improvisationen zwischen Krieg und Frieden* 33
Joscha Schmierer *Das Improvisorium. Anmerkungen zur Improvisation im Politischen* 56

WERKGESPRÄCH

Die Wörter sind vor dem Leben da. Interview mit Adolf Muschg von Daniel Lenz & Eric Pütz 67

FORUM

Avishai Margalit *Die Dauer der Vergangenheit. Geteilte Erinnerung* .. 91
Reiner Stach *Wahre Sätze, falsche Sätze. Vom Handwerk des Biographen* 111
Georg Klein *Altkayser. Erzählung* 121
Jane Heller Levi *Ich bin Dichterin, mich interessiert Schönheit nicht. Vier Gedichte* 134

EINSPRÜCHE UND NACHREDEN

György Konrád *Distanz und Liebenswürdigkeit. Die Mann-Familie* .. 143

Hans Joachim Schädlich *Sarah. Ein Geburtstagsgruß* 145
Reinhard Mehring *Das Politikum der Kritik. Geschichtstheorie nach Carl Schmitt* 154
Friedrich Balke *Kreuzzug und Kartei. Carl Schmitt und die Juden* . . . 168
Wolfgang Ullrich *Historische Zeitschriftenschau (3). Constanze 21/1954* 179

Die Autoren 190

Editorial

In diesen Tagen darf sich niemand auf das versteifen, was er »kann«. In der Improvisation liegt die Stärke.
Walter Benjamin

Wer improvisiert, begibt sich auf unsicheres Gelände. Die Welt der Üblichkeiten ist verlassen, das eingespielte Können außer Kraft gesetzt. Routinen laufen leer und Panik könnte um sich greifen. Doch nun ergreift die Phantasie das Zepter, schwingt sich auf die Höhe des Augenblicks, beweist auf sandigem Grund, was situative Intelligenz und Spontaneität vermögen. Jetzt – da die Ingenieure abdanken, ihr Können an seine Grenzen stößt – schlägt die Stunde der Bastler, der Virtuosen im Augenblick. So jedenfalls pointiert es Joachim Kalkas kleine Geschichte des Slapsticks. Sie porträtiert Situationskünstler par excellence, die sich dem drohenden Aufstand widerspenstiger Dinge stets gewachsen zeigen. Ob Stan und Olly, Buster Keaton oder Charlie Chaplin, all die verkannten Helden bitterernster Naturbeherrschung wittern in der Tücke des Objekts die unwiederbringliche Chance, eigene Klugheit und Motorik auf die Probe zu stellen. Was in Ohnmacht und Niederlage münden, was Technik wie Moral blamieren sollte, verwandelt ihr unheimliches Geschick in die nächste heroische Tat. Der Bastler scheint in Wahrheit also weniger der Gegenspieler des Ingenieurs als vielmehr sein feindlicher Bruder zu sein. Von Daidalos bis Black & Decker treibt ihn der Ehrgeiz an, die Schwerkraft zu überwinden, dem Material zu trotzen und ein phantastisches Loch zu bohren…

So müssen die Ergebnisse dieser Kunstfertigkeit beileibe auch nicht flüchtig und schon gar nicht bloßer Behelf sein. Tatsächlich treibt die Kunst der Improvisation erstaunlich dauerhafte Gestalten hervor. Davon legt nicht zuletzt der Jazz bis heute Zeugnis ab – Improvisiertes wird Standard, an dem sich improvisierende Praxis wieder entzündet. Wie sich Improvisation und Komposition aber auch in der sogenannten *ernsten* Musik ineinander verschränkt haben, zeigt Peter Uehlings Studie. Selbst das Götterkind Mozart bedurfte des Klaviers, um improvisierend zu erspielen, was am Ende in Notationen festgehaltener Ausdruck wurde. Freilich nährt die Praxis des Phantasierens je näher wir der Gegenwart kommen den Zweifel am Junktim zwischen Spontaneität und Innovation. Der Verdacht, dass in der Eingebung des Augenblicks nur das Althergebrachte wiederkehrt, gehört zum historistischen Bewusstsein der Spätgeborenen. Spontaneität bürgt also nicht a priori für Erneuerung. Wie oft bringt sich Abgeschmacktes zu Gehör, was Neuanfang zu sein beansprucht, war doch nur Stereotyp.

Und auch die Politik ist gut beraten, dem Pathos absoluter Anfänge zu misstrauen. Sie braucht ein anderes Verständnis von Kreativität und Freiheit. Schon deshalb steht politisches Handeln für Joscha Schmierers Begriffe in einem problematischen Verhältnis zur Improvisation. Die politische Praxis wägt komplexe Interessenlagen ab, sucht zwischen ihnen zu vermitteln und bleibt auf solche Herkünfte bezogen. Aus diesem Bezug gewinnt sie letztinstanzlich ihre Legitimität. Deshalb kann Spontaneität als solche kein Gütezeichen politischer Handlung sein. Sie verfährt vielmehr proleptisch, jenem schon bei den Griechen beschriebenen und prämierten Verfahren verwandt, mit dem ein guter Rhetor seine Gedanken in ständiger Anknüpfung an Positionen seiner Vorredner entwickelt. Wo sich Politik solcher Bezugnahmen entledigt, wo ihr Ideal die *tabula rasa* wird, schlägt sie in Totalitarismus um.

Gerade weil die Politik aber eine Kunst ist, die sich nicht auf Schemata und abstrakte Regeln bringen lässt, gerade weil das politische Handeln im eminenten Sinne situationsabhängig ist, kann es sich der Notwendigkeit zur Improvisation nicht entwinden. Bei aller Planung, Verwaltung und Zivilisierung, in aller Anstrengung, den möglichen Konflikten vorzubeugen, bleibt immer Unverfügbares, zu dem sich die Politik nicht nur in extremen Lagen zu verhalten hat. Von solchen Ausnahmesituationen berichtet Caroline Fetschers Reportage. Tage werden erinnert, in denen sich niemand mehr auf das versteifen durfte, was er konnte, sollte ein prekärer Friede eine dauerhaftere Chance haben.

Martin Bauer

Improvisationen

Joachim Kalka
Das haben wir gleich!

Peter Uehling
Regula und Digitus

Caroline Fetscher
13. Juni 1999

Joscha Schmierer
Das Improvisorium

JOACHIM KALKA

Das haben wir gleich!

Zur Dialektik des plötzlichen Schlages

I

... er war eigenartig geschickt in allen möglichen Dingen, die ohne den geringsten Nutzen waren – eine Art improvisierter Zauberei; er ließ fünfzehn Streichhölzer sich nacheinander entzünden wie ein richtiggehendes Feuerwerk oder schnitt eine Banane oder etwas dergleichen zu einer tanzenden Puppe zurecht. Er hieß Isidore Smythe, und ich sehe ihn noch vor mir, mit seinem kleinen dunklen Gesicht, wie er an die Theke tritt und aus fünf Zigarren ein hüpfendes Känguru macht.
Chesterton, *Der unsichtbare Mann*

Ein Zauberkünstler fasziniert uns auf doppelte Weise: Er suggeriert das Unmögliche, die Verwandlung von Wasser in Wein, und regt alte magische Ahnungen in uns; aber er besitzt auch ein überwältigendes Körpergeschick, eine präzise Agilität der Hand wie nur ein Trickdieb oder ein Chirurg. In seiner Gegenwart wollen wir noch einmal an kleine Wunder glauben, während das größte davon schon jetzt die Virtuosität der Finger ist – die als »Prestidigitation« ja seinem Handwerk einst einen Namen gegeben hat. Und am Schönsten stellt diese Kunstfertigkeit sich dar, wenn sie sich scheinbar ungeplant irgendwelcher herumliegender Gegenstände bemächtigt und eine Serviette, einen Weinkorken oder eine Zigarettenschachtel zu Sprüngen und Wahrsagungen animiert. Die scheinbare Beiläufigkeit, die Geste des Was-haben-wir-denn-da lässt sich heutzutage auf der Bühne des Varietees oder im Fernsehstudio nur noch begrenzt inszenieren, aber auf dem Höhepunkt der Salonmagie boten sich ideale Voraussetzungen für den kunstvoll planlosen Griff nach dem sorgfältig präparierten Zufallsrequisit. Auch die Vorstellungen vor großen Auditorien hatten meist – durch eine weniger rigide Anordnung der Sitzplätze in Ballsälen oder Empfangsräumen – etwas Informelles, das die Illusion des Spontanen begünstigte.

»Aber Herr Graf«, lässt Robert-Houdin in seinen Memoiren den Papst immer wieder »mit bezaubernder Treuherzigkeit« sagen, »wie bringen Sie das nur alles fertig?«

Dies »alles« gehörte ursprünglich zu einer allgemeinen Kunstfertigkeit, mit den Dingen der Welt umzugehen. In den alten Zauberbüchern des siebzehnten und achtzehnten Jahrhunderts, die zwischen der genuinen Magie und den Do-it-yourself-Handbüchern unserer Zeit stehen, findet sich ein buntes Bündel von Anweisungen, sich durchs Leben zu schlagen – wie man Wölfe fängt, die Fallsucht kuriert oder den Teint schneeweiß macht, dazwischen dann Instruktionen für das, was wir heute Zauberkunststücke nennen würden. Bei Johann Wallbergen (1769) stehen beispielsweise zwischen Sommersprossenkuren und Wetterregeln die Anleitungen, »Einen Brief in ein Ei zu bringen« oder »Feuer ohne Mühe und Schaden aus dem Mund zu speien«. Bei gewissen barbarischen Spielereien wie »Zu machen, dass ein gebraten Huhn aus der Schüssel lauffe« (in der »Taschenspieler-Kunst«, 1768) wird bereits sinnfällig, dass der Zauberkünstler sich alles und jedes zum willfährigen Objekt präparieren möchte; er ist jedoch auch der Treuhänder einer alten Verwandlungssehnsucht, und das »Hokuspokus« wird nicht von ungefähr als blasphemisches Jahrmarktsecho der Messformel *hoc est enim corpus meus* erklärt. Noch im Salon werden Mysterien der Wandlung zelebriert.

Es zeigt sich hier eine Utopie der schrankenlosen Kontrolle über die formbar gewordenen Dinge, einer Kontrolle, die uns gerade in ihrer scheinbaren Beiläufigkeit besonders fasziniert; und es ist noch dazu die Utopie des freiwilligen Gehorsams, als würden die Gegenstände im Flug durch die Luft nicht in eine genau berechnete Fron gezwungen, sondern freuten sich mitzuspielen (wie bei der Dressur im Zirkus ein Gutteil des Zaubers aus der fast immer irrtümlichen Vorstellung erwächst, sie mache den Tieren Freude). Diese Inszenierung genialer Kontrolle kann man im Zusammenhang mit der musikalischen Virtuosität sehen, deren eigentlicher Ort ebenfalls der Salon war und die ihren tiefsten Reiz auch aus der Überschreitung der gewohnten Grenzen des Möglichen zieht, vor allem, was die Geschwindigkeit angeht – die ganze Kunst ein einziger Teufelstriller (was dem Virtuosen, der, wie Robert Schumann abfällig bemerkt, »nichts hat als seine Finger«, die Verachtung des Künstlers einträgt). Schnell muss es gehen, bekennt noch der alte Ruf des Varieteekünstlers: hey presto! Und wie alles, was schnell gehen soll, tendiert das Virtuosentum zum Desaster. Wie das Scheitern der angeblichen Virtuosität am Klavier zu den klassischen Clownsnummern gehört, so ist ein zusammenbrechendes Zauberprogramm ebenfalls eine komische Inszenierung von großer Beliebtheit: ein hübsches Beispiel als scheiternde Zauberkünstler bieten Laurel und Hardy in dem MGM-Film *Hollywood Revue of 1929*.

Es gibt wohl nur noch einen einzigen anderen Ort, wo die virtuose, das Magische streifende Beherrschung des Objekts – jeglichen Objekts, nicht nur ausgewählter Gegenstände wie eines Balles oder fünf brennender Fackeln – eine solche Bedeutung hat: das ist die Stummfilmkomödie. Hier rennt eine ganze Studiobevölkerung von Clowns und Akrobaten herum und jongliert mit der Haushaltseinrichtung, W. C. Fields zeigt seine alten Music-Hall-Tricks mit Zigaretten und Billardqueues, Harold Lloyd verwandelt die Fassade eines Hochhauses in einen vertikalen Parcours der rettenden Griffe. Zu den Qualitäten dieses improvisatorischen Slapsticks gehört wiederum etwas, das durchaus an alte magische, initiatorische Vorstellungen anschließen will – an den in die Urgeschichte aller Zivilisation gehörenden Topos der Verwandlung. Der überraschte Einbrecher im Herrenzimmer springt in die Nische, wo die zerbrochene Statue stand, rammt sich die Hand ins Hemd und erstarrt: Napoleon. Der hingekauerte Harpo Marx wird mit übergeworfener Decke zum Sessel, in dessen Tiefe eine Blondine mit überraschtem Schrei versinken kann. Aber der größte Zauberer der Objektbeherrschung regiert die Welt mit unwandelbar regloser Miene.

Buster Keatons berühmter Film *The General* ist die Geschichte eines kleinen Angestellten (eines gewissenhaften Lokomotivführers), der gerne ein Held wäre, dem die Gelegenheit dazu jedoch offiziell versagt wird: Wegen seiner kriegswichtigen Tätigkeit kann er nicht als Freiwilliger der konföderierten Armee in den amerikanischen Bürgerkrieg ziehen. Nun wird er dennoch hinter den Linien in ein Spionageabenteuer verwickelt, das den Helden in ihm zum Vorschein bringt; bei den noch heute visuell stupenden Verfolgungsjagden über alte Eisenbahnstrecken – keine andere amerikanische Stummfilmkomödie und wenige andere Filme der Zeit überhaupt geben einen solchen Eindruck von Landschaft und weiten, leeren Räumen – verfolgen einander auch die vertrackten Objektepisoden, die rasch und improvisatorisch gemeisterten Schwierigkeiten. Viele dieser Aktionen gleichen genial angemessenen Übersprungshandlungen. Emblematisch: Keaton verfolgt mit seiner Lokomotive – dem »General« – eine andere Maschine, die Verfolgten werfen Langholz auf die Gleise, um ihn zu stoppen. Keaton steigt hastig ab, lässt seine Lok langsam weiterfahren und rennt ihr voraus, um den ersten Baumstamm vom Gleis zu stemmen. Er hält, auf den Schienen stehend, schwankend die schwere Last in beiden Händen, als ihn von hinten der eigene Kuhfänger erfasst: Da liegt er, immer noch mit dem Baumstamm beschwert, und der nächste auf den Schienen wird bereits vor ihm sichtbar. Keaton hebt nun mühsam, aber mit exakter Sicherheit seinen Stamm hoch und wirft ihn schräg so auf den nahenden zweiten, dass dieser durch den Aufprall hochhüpfend vom Gleis gehebelt wird – Problem B verschwindet mit der Lösung von Problem A; das hat etwas von der befriedigenden Logik gewisser Züge beim Schach. Nicht ohne eine eigentümliche Unheimlichkeit zeigt sich dieses erlösende Glück im Umgang mit Objekten auch an anderer Stelle, als Keaton, der mit ausholenden Bewegungen seines Säbels eine Artillerieposition kommandiert, schließlich einen Heckenschützen (der einen Soldaten nach dem anderen von der Kanone weggeschossen hat und nun Keaton selbst zu erlegen droht) mit der sich unbemerkt vom Griff des Säbels lösenden, durch die Luft geschleuderten und im Rücken des Schützen steckenbleibenden Klinge tötet. So führt noch der defekte Gegenstand zum verdient unverdienten Triumph. Solche Ballette, in denen die widerspenstigsten und klobigsten Objekte plötzlich einverständig einer geheimen Logik gehorchen, mehr noch: in denen sie mitspielen zu wollen scheinen, sich auf die Bahn unserer Wünsche drängen, sind Zauberei. Wir können alles, bedeuten sie uns, wenn wir mit einem glücklich tastenden Griff, der einfach sitzt, den Schlüsselpunkt der Verwandlung finden, und manchmal bemerken wir es nicht einmal, wie eine mit nachtwandlerischer Sicherheit passende Geste hinter unserem eigenen Rücken alles ins Lot gebracht hat. Hier herrscht eine Plastizität der Dinge, in der das Zuhandene seine uralte Widerspenstigkeit und Feindseligkeit verliert, eine entzückende Disponibilität, eine für alles aufgeschlossene Freundlichkeit der Objekte, die nicht länger tückisch und gleichgültig liegenbleiben, sich verweigern oder gar zurückschlagen. Wenn die abreißende Vorderfront eines Hauses im Hurrikan auf Keaton stürzt, umrahmt sie ihn, der unverletzt und reglos stehen geblieben ist, nur gleichsam zärtlich mit der Öffnung des obersten Fensters.

Solcher bezaubernden Fürsorglichkeit des Gegenständlichen kann man eine Szene gegenüberstellen, in der der Held dem Objekt mit der voraussetzungslosen Neugier eines Kindes oder Außerirdischen gegenübertritt. Sie findet sich in dem im Oktober 1916 gedrehten *The Pawnshop*. Die Sequenz gilt zu Recht nicht nur als eine der großartigsten Episoden im Werk Charlie Chaplins, sondern als eine Schlüsselszene der Filmkomik überhaupt: Charlie nimmt als Angestellter einer Pfandleihe einen Gegenstand zur Prüfung entgegen, den ein Kunde beleihen möchte – es handelt sich um eine große, massive Weckeruhr. Diese Uhr unterwirft Chaplin nun einer Reihe von Manipulationen, deren Repertoire beim ersten Ansehen schier unerschöpflich wirkt – er untersucht sie wie ein Arzt, hört sie ab, testet sie mit dem Reflexhammer, macht sie dann mit dem Büchsenöffner auf und verfährt mit den Innereien wie ein Zahnarzt, ein Klempner, ein Juwelier mit der Lupe, beruhigt die hin- und herrollenden und -springenden Rädchen und Federn mit hastig aufgespritztem Öl, hämmert, analysiert und reicht die Uhr dann nach einer eleganten Abfolge ebenso subtiler wie brutaler Eingriffe kopfschüttelnd in Stücken zurück.

Chaplin zeigt sich uns zweifellos als einer der großen Improvisatoren der Filmgeschichte – die Szene, wie er in *The Gold Rush* seine Stiefel kocht und verzehrt (die Schnürsenkel werden zu Spaghetti, die Nägel zu Gräten usw.), wäre bereits der schlagende Beweis. Er liefert in seinen frühen Filmen, ehe sich die Tramp-Figur zu stark mit Sentimentalität durchsetzt hatte, aber auch die vielleicht krassesten Beispiele – Hiebe, Bisse, Stöße – für die Gewalttätigkeit des Slapsticks, die geschäftige Reduktion des anderen Menschen auf den manipulierbaren Gegenstand. Diese sadistische Zurüstung gehört zum ureigensten Bestand jener Form von Komik, tatsächlich ist die Brutalität der improvisatorischen Manipulation, wie sie das Gegenüber plötzlich zur Schubkarre zweckentfremdet oder den anderen zum situativ unvermeidlichen Fußschemel herabstuft, so etwas wie eine Zwischenstufe zu jener Slapstickperspektive, in der sich uns dann wiederum die ganze Objektwelt entgegenstellt: Erniedrigt der Mensch den Menschen zum Objekt, dann ist es, als fühlten sich alle Gegenstände ermächtigt, ihrerseits zum Kampf gegen die Menschlichkeit anzutreten.

Zeigt der Slapstick auf der einen Seite das herrlich-gehorsame Einverständnis der Objekte (Keaton), geht er also an seinem anderen Spektralende über in eine Destruktivität, der sich ebenso zauberisch überall eine Gelegenheit bietet, den Mitmenschen wie einen Gegenstand zu malträtieren. (Und er muss es sich, kraft der Erfindungen ausgeklügelter Situationslogik, gefallen lassen: In *The Circus* wird Chaplin, der Vagabund, von einem kleinen Ganoven über den Jahrmarkt verfolgt; als beide an der Fassade einer Bude, wo sich mechanische Puppen bewegen, miteinander zu raufen beginnen, bemerken sie, dass ein Polizist hersieht. Sie nehmen – eine rasche Improvisation – das Wesen zweier Fassadenautomaten an, tun so, als gehörten sie in die Puppendekoration und Chaplin schlägt in rhythmischen Abständen seinen Antagonisten auf den Kopf, um dann ruckartig den Kopf in den Nacken zu werfen und den Mund zu einem stummen – im Stummfilm doppelt stummen – Gelächter aufzureißen. Der andere darf sich unter dem ratlos-argwöhnischen Blick des Polizisten nicht rühren und leidet die Schläge, bis er bewusstlos umfällt.)

Dieser Slapstick veranschaulicht eine Form von Praxis, deren Komik sich dadurch ergibt, dass der geschilderte utopische Impuls (dass alle Objekte mit unseren Plänen gehorsam, ja lustvoll zusammenspielen) sein Vorzeichen umkehrt: Alle Objekte schmiegen sich uns in die Hand – zum Zwecke der Zerstörung. Alles ist mit einem Male, haben die Schauspieler die erste Sicherung mit genüsslicher Konsequenz durchbrennen lassen, zuhanden zum großen Werk der Zerstörung, und erst wenn alles irreparabel vernichtet ist (James Finlaysons Haus und Laurel und Hardys Auto in *Big Business*), endet der Zyklus.

In gemilderter Form zeigt sich diese aggressive Haltung als das, was Charles Barr in seinem schönen Buch über Laurel und Hardy mit einer glücklichen Formulierung »inspired opportunism« genannt hat. Diese Haltung gewinnt den ursprünglichen Sinn des Wortes »Opportunismus« zurück: Sie weiß alle Gelegenheiten zu ergreifen und sie erkennt sie rücksichtslos auch da, wo das allzu rationale Bewusstsein, festgelegt auf bewährte Abläufe, sich keinen Rat mehr weiß – »Das gibt eine Queraufnahme«, wie es in der Photoatelier-Szene von Karl Valentin und Liesl Karlstadt heißt, die eine kleine Enzyklopädie der ingeniösen, aber verfehlten Improvisation darstellt. (»Wir möchten Brautbilder haben… – Wie viel? – Ein halbes Dutzend bitte. – Soviel wern ma gar net ham *[Nimmt Bilder und zeigt sie her]*. – Von uns wollen wir doch Bilder haben, das sind wir ja gar nicht. – A so, von eahna wollens welche ham, ja de müssten aber extra angefertigt werden… Diese Firmlingsbilder wern sehr gern gekauft – oder soll's was in Uniform sein? – Das wären mehr so Massenaufnahmen…«) Die ins Atelier verirrten Kunden werden hier behandelt wie widerspenstige Elemente eines tristen Stilllebens: »Nimmt Bukett, legt es Braut zu Füßen, steckt's dann Braut in das Kleid, dann in den Mund: ›So ist's gut – einen Moment…‹«

Dieser zerstörerische Slapstick setzt die antagonistische Situation voraus, dass Figuren miteinander kämpfen und zu diesem Kampf alle Möglichkeiten der Objektwelt aufbieten. Der Widerstreit erweitert sich aber gerne zu einer sozusagen höheren Stufe, die keinen anderen Antagonismus mehr kennt als den der Figuren und ihrer Existenz in einer Welt. Erkennbar wird diese gnadenlose Gegensätzlichkeit an der unbegrenzten Bereitschaft eben jener Welt, dem Menschen in all ihren Details feindselig gegenüberzutreten. Das tut sie derart ingeniös, dass ich es ihre Fähigkeit zur »negativen Improvisation« nennen möchte. Das geschilderte Gestenrepertoire der magischen Komik Keatons steht unter dem Gesetz, dass mit Geschick und Glück alles gehorcht und gelingt; der rabiate Aggressionsslapstick gehorcht der Einsicht, dass alles – auch das Unerwartete – dazu taugt, dem Mitmenschen eins über den Schädel zu geben; der Slapstick der negativen Improvisation lebt (unseres Sündenfalls in die Aggression wegen?) aus der Logik, dass alles misslingen muss, was wir anrühren. Das ist sehr komisch.

II

… brachen viele Männer in schallendes Gelächter aus,
und der Improvisator geriet in Verlegenheit.
Puschkin, *Ägyptische Nächte*

Wir leben dann mit einem Male, ganz deutlich fassbar, in einer Welt, wo jedes unscheinbare Fädchen, an dem man abwesend oder mit müßiger Neugier zieht, das ganze Haus zusammenfallen lässt – ein beiläufiger ordnender Griff (Loriots »Das Bild hängt schief«) bringt à la longue die Wohnung zum Einsturz. Der Slapstick, den Hollywood entwickelt hat, nahm seinen Anfang in Frankreich, wie Mack Sennett, der große Produzent von Stummfilmkomödien, in seiner Autobiographie eingesteht: »I stole my first ideas from the Pathés.« Dieses französische *cascadeur*-Kino, in dem man noch in jeder Einstellung die optischen Echos des Varietees und des Zirkus erkennt, ist von Nicole Védrès schön beschrieben worden: »Und im exakten Augenblick, in dem der Fußboden des Zimmers wegstürzte, wusste jeder genau, wohin er zu springen hatte – der eine aufs Klavier, der andere in den Gummibaum, die Zylinderhüte noch in den Händen, mit baumelnden Lorgnettes und bebenden Bärten.« Eine bizarre Logik beherrscht diese Desaster, und man sieht die bürgerliche Topfpflanzenidylle als explodierendes Zaubertheater.

Im Slapstick des amerikanischen Kinos lassen sich zwei Schulen unterscheiden, die man mit den Namen Sennetts und Hal Roachs in Verbindung bringen kann: Sennett ist der Choreograph der entfesselten wilden Jagd durch Gebäude und Städte, bei der die groteske Polizeitruppe der Keystone Kops in ihrem Auto, vor dem sich Passanten mit entsetzten Sprüngen retten, um Straßenecken wirbelt; Roach führt seine Figuren – etwa Laurel und Hardy – in eine eher statische, mit hundert Möglichkeiten der Verwicklung ausgestattete Peinlichkeitssituation »und sieht«, wie Raymond Durgnat trocken bemerkt, »ihnen methodisch dabei zu, wie sie nicht wieder herauskommen«. Sennett scheint insofern der weiter avancierte Komikfabrikant, als er die urbane Schockerfahrung losgelassener Geschwindigkeit zelebriert, ein Virilio der Sahnetorten: Alles ist zapplig-schnell geworden, so rasch, dass man es auf den ersten Blick nicht verarbeiten kann – daher die Bedeutung des rituell-komischen Topos des »double-take«, des zweimaligen Hinschauens: Ein Schauspieler sieht etwas Verrücktes oder Bedrohliches, nimmt es aber nicht eigentlich begreifend wahr und schaut wieder weg; eine Sekunde später ist die Apperzeption da und der Kopf ruckt entsetzt zum zweiten Mal in die alte Richtung. Die Geschwindigkeit ist für die Zuschauer genüsslich-katastrophisch erlebbar, halb ergreift sie der Schreck, halb sind sie hingerissen. (Schon in einem Wort wie »hingerissen« liegt ein schönes Erinnerungsmoment an die Körperlichkeit des Ästhetischen, in seinen erhabenen wie in seinen gemeinen Momenten, ein rascher Ruck.) Auf das Tempo kommt es an: Dem »jungen Zauberer« rät der große Houdini: »Work as quickly as you can.« Uns aber, die wir keine Zauberer sind und doch immer so rasch arbeiten müssen, wie wir nur können, fällt alles hinunter.

Hal Roachs Langsamkeit erweist sich allerdings auf den zweiten Blick als die möglicherweise interessantere Variante; der »slow burn« des reglosen Wartens von A, während B ihm etwas antut, bis schließlich A wieder drankommt und dem stummen B etwas zu Leide tut – das ist ebenso eigenartig (und vielleicht selbst psychologisch »wahrer«, als man meinen sollte) und bei aller Komik sinister wie der Fluch, der auf dieser Filmwelt lastet: dass alles glorios daneben geht. In diesen Filmen sind die Straßen der Städte wie die Interieurs voll von Gegenständen und Situationen, die darauf warten, uns stolpern zu lassen, im buchstäblichen wie metaphorischen Sinne. In der Welt zu existieren, heißt, Opfer einer Verschwörung von Kontingenzen zu sein.

Das, was man heutzutage lakonisch als »Murphy's Law« bezeichnet – was schief gehen kann, das geht auch schief –, hat einen philosophisch anspruchsvollen Vorläufer im Roman eines posthegelianischen Philosophen, der unter dem Titel »Auch Einer« 1878 erschien. Dort hat Friedrich Theodor Vischer gleich auf den ersten Seiten einen Begriff geprägt, den viele kennen, ohne dass ihnen der Kontext geläufig wäre: die »Tücke des Objekts«. Auf sie nämlich reagiert der seltsame Held des Buches mit ungezügeltem Furor und der unvermeidlichen Frage nach dem eigentlichen Grund seiner Wut antwortet er unter anderem: »Mein Herr, das Weib hat Zeit für den Kampf mit dem Racker Objekt, sie lebt in diesem Kampf, er ist ihr Element; ein Mann darf und soll keine Zeit hierfür haben, er braucht seine Geduld auf für das, was der Geduld wert ist. Über die Zumutung, beides zu verwenden an das Unwerte, kann, darf, soll er wüten! Sie können doch wissen, dass die elenden Objekte, diese Igel, diese Nickel, sich nie lieber einhaken, als wenn wir die höchste Eile haben, etwas fertig zu bringen, was nötig und vernünftig ist! Elender Bettel, nichtswürdiger Knopf oder Knäuel eines Bändels, Lorgnettenschnur, die sich um einen Westenknopf wickelt, just, wenn es auf der Eisenbahn aufs Äußerste eilt, einen klein gedruckten Fahrplan nachzusehen, ich hab' ja keine Zeit, keine Zeit für euch!«

Den Objekten wird die Fähigkeit zugeschrieben, sich improvisatorisch (»Der Haken schlich in einer Nacht über das Tischchen…«) gegen den Menschen zusammenzurotten. Zum »Knäuel eines Bändels«, zum Knoten schürzt sich uns alles, und die Desaster des Slapsticks stellen das Durchhauen des Knotens durch einen enervierten Alexander dar, dessen Schlachten immer schon mit der Niederlage beginnen. Eigenartigerweise hat Vischer gleich zu Beginn seines Romans eine Szene beschrieben, die jeder Leser nach Erfindung des Films sogleich als filmischen Slapstick wiedererkannt hätte – diese merkwürdige Antizipation beschreibt einen »Hochzeitsschmaus«, bei dem sich dem Erzähler ein Rockknopf unter eine große silberne Servierplatte hakt, als er sich nach der Gabel bücken will, die seiner Nachbarin hinuntergefallen ist – »der ganze Plunder, den [die Platte] trug, Saucen, Eingemachtes aller Art, zum Teil dunkelrote Flüssigkeit, rollt, rumpelt, fließt, schießt über den Tisch, ich will noch retten, schmeiße eine Weinflasche um, sie strömt ihren Inhalt über das weiße Hochzeitskleid der Braut zu meiner Linken, ich trete der Nachbarin rechts heftig auf die Zehen; ein anderer, der helfend eingreifen will, stößt eine Gemüseschüssel, ein dritter sein Glas um…« Was filmisch wirkt, ist vor allem die Geschwindigkeit, die ähnliche Sequenzen bei Wilhelm Busch nicht haben, weil jedes Moment des dort abrollenden Desasters in liebevoller Momentaufnahme fixiert bleibt. Bei Vischer »rollt« der Ablauf mit boshaftem Schwung über das Tischtuch. Das, was ich das »negativ Improvisatorische« genannt habe, zeigt sich in der anschwellenden Katastrophe: geschickt wird jede Möglichkeit zur weiteren Verkomplizierung ergriffen, von – wem? den Dingen? Unserem Unbewussten, das ein Bündnis mit der Katastrophe geschlossen hat? (Wir wollen nicht vergessen, dass in Freuds einschlägiger Schrift über die *Psychopathologie des Alltagslebens* nicht nur das »Versprechen«, sondern auch das »Vergreifen« bereits im Titel eine große Rolle spielt.) Dem »Leben«?

Es ist dies eine eigenartige Steigerung der Alltagserfahrung, dass man mit den Dingen hie und da seine Schwierigkeiten bekommen kann: Im idealen Slapstick wird *alles*, einfach weil es da ist, zur Quelle der Panik – weil wir nicht begreifen, weshalb es da ist oder weshalb es in der augenblicklichen

Situation nicht so da ist, wie wir es gewohnt sind. (Unser Mangel an Flexibilität ist komisch: Stan Laurel hat die Angewohnheit, bei den Häusern, in die er aus irgendeiner Plotmechanik heraus mit Ollie nachts einbrechen muss, erst einmal an der Türe zu klingeln.)

Was kann plötzlich nicht alles geschehen! Viele Slapstickszenen sind eine schöne und beunruhigende Mischung aus Geschicklichkeit und Vulgarität: Louise Fazenda sitzt an der Kasse des Restaurants und zieht sich gelangweilt den Kaugummi lang. Ein Kunde hascht ihr den Kaugummistrang mit seinem Spazierstock aus dem Mund, rollt ihn zusammen, schiebt ihn sich genüßlich in den Mund und geht ab (*A Hash House Fraud*, 1915).

III

Ein Wiener Nachtlokal …
ROLF ROLF, DER STEGREIFDICHTER *(ist soeben, halb singend, mit der Konzeption eines Gedichts beschäftigt, das sich auf hingeworfene klassische Zitate und Huldigungen für anwesende Truppengattungen aufbaut):*
Die Legionäre haben viel geleistet – Das liegt schon so in der Natur.
Rufe: Bravo! Bravo!
Und sehn Sie – wenn ich das betrachte – So fällt mir vom Herzen eine Last – Wenn ich sage – zu der Dame dorten – Du doch Diamanten und Perlen hast! Und hier – zu diesem deutschen Soldaten Sag ich: Es zogen nach Frankreich zwei Grenadier'. Heut aber – das muss ich schon sagen – Ist es – fürwahr – doch sehr – stier!
Gelächter. Rufe: Oho! Bravo! Bravo!…

Karl Kraus, *Die letzten Tage der Menschheit, III, 45*

Wenden wir uns einen letzten Moment lang der literarischen Improvisation im Sinne des neunzehnten Jahrhunderts zu. In dem Zitat von Karl Kraus ist diese situative Kunstfertigkeit zum grotesk schäbigen Handwerk geworden: 1916 erscheint sie herabgekommen zu einer mechanischen Farce. Was der Beruf des Improvisators aber zuvor bedeutete, des Künstlers, der als ferner Nachfahr des archaischen Barden vor exklusiver Gesellschaft über ein gestelltes Thema zu singen anhebt, kann man in Andersens Roman *Der Improvisator* oder in der zitierten Erzählung Puschkins nachlesen – Schicksale des Dichters, dem der Salon Zettelchen zuwirft, deren Stichworte er unverzüglich in Kunst zu verwandeln hat. Sein Künstlertum wird zwar vorwiegend als Kuriosität geschätzt, immerhin musste er ein – wenn auch zu Schwerstarbeit verurteilter – Dichter sein. Dieser inspirierte Sänger ist in den »letzten Tagen der Menschheit« zur komischen Zugnummer geworden, und das, was ursprünglich doch nur begleitender Reiz war, die Schlagfertigkeit, das Rasche der Komposition, bleibt als einzige Attraktion mühsamer Knittelverse übrig. In dieser depravierten Form aber, in dieser Hektik, die verzweifelt die herumliegenden Assoziationen zusammennagelt, scheint sich wiederum etwas von unserem allgemeinen Elend zu zeigen. Wir müssen ständig auf gebieterische Zurufe von Langweilern und Idioten reagieren; wir haben keine Zeit zur Vorbereitung und sollen rasch etwas Wunderbares singen. Und dabei haben wir nur ein begrenztes Repertoire von Handwerkskniffen, deren Erschöpfbarkeit man nicht bemerken darf.

Hier könnte im übrigen (während sich schon der Vorhang senkt und der Autor sich in die Falten verwickelt) noch auf einen anderen, nicht hinreichend vermessenen Berührungspunkt der radikal modernen Ästhetik des Improvisatorischen (*objet trouvé*, Collage, *cut-up* usw.) mit der unruhigen Bewusstlosigkeit des Alltags hingewiesen werden – das Basteln. Der Bastler ist eine gleichzeitig lächerliche und heroische Gestalt; die Bezeichnung seines Tuns im Französischen, la bricolage, scheint den Abgrund zwischen den beiden Erfahrungswelten leichter zu überbrücken als das deutsche »Basteln«. (Wer sich schulen möchte, was Basteln bedeutet, sollte die Geschichte von Entenhausen studieren.) Wird in der Komik Keatons die Objektwelt in der Form eines Balletts disponibel, bei dem alles mittanzt, so zeigt der Slapstick die Nachtseite einer Welt, in der alle Objekte auf unsere Berührung katastrophisch reagieren und wir selbst mit Haut und Haaren zum Objekt geworden sind. Zwischen diesen Welten rennt der *bricoleur* unruhig hin und her, versucht hier wie dort einen Nagel einzuschlagen, ohne den Unterschied der beiden Welten wirklich zu begreifen (was seine besondere Glücksfähigkeit ausmacht). In unserem Leben steckt ein Traum von überlegener Geschicklichkeit, souveräner, rascher Geste – die Utopie des richtigen Griffs. Der Slapstick ist eine negative Utopie dieser Plötzlichkeit und Zielsicherheit – die, dass jene Kräfte uns nicht zuwachsen, sondern auf uns zielen. Kann man sie noch einmal verwandeln, wenn man sich an die richtige Stelle unter die stürzende Hauswand stellt?

PETER UEHLING

Regula und Digitus

Über die Improvisationspraxis der Komponisten

Martin Behrmann zum 70. Geburtstag

I

1778 ist Wolfgang Amadeus Mozart auf Reisen in Frankreich. Am 5. April beschreibt seine Mutter, die ihn begleitet, ihrem daheimgebliebenen Mann das gemeinsame Quartier in Paris: »... die stiegen ist so öng das es unmöglich wehre ein Clavier hin auf zu bringen. der wolfgang mues also ausser haus bey Monsieur le gro componieren weill dorth ein Clavier ist...«

Ein halbes Jahr später ist Mozart – seine Mutter ist im Juli in Paris gestorben – immer noch unterwegs. In Nancy, einer Station auf dem Weg nach Strasbourg, richtet er am 3. Oktober 1778 an seinen Vater betreffend die Möblierung seiner neuen Salzburger Wohnung brieflich einige Bitten: »... daß ich einen guten grossen kasten in mein zimmer bekomme, damit ich alle meine sachen bey mir haben kann; – wenn ich das kleine Clavierl, daß der fischetti und Rust gehabt hat, zu meinem schreibtisch haben könnte, wäre es mir sehr lieb, indemme es mir besser taugt, als das kleine von stein...«

Drei Jahre später steckt Mozart in Wien mitten in der Arbeit an der »Entführung aus dem Serail« und schließt seinen Brief an den Vater vom 1. August 1781 mit den Worten: »... Mein zimmer wo ich hinziehe ist schon in Bereitschaft; – izt gehe ich ein Clavier zu entlehnen, denn, bevor das nicht in zimmer steht, kann ich nicht darinn wohnen, dermalen weil ich eben zu schreiben habe, und keine Minute zu versäumen ist.«

Diese Briefstellen sind geeignet, Irritation auszulösen. Noch immer sind Legenden im Umlauf, denen zufolge Mozart allenfalls einen Billardtisch zum Komponieren benötigte, aber eigentlich bevorzugt ohne Hilfsmittel im Kopf komponierte und die lästige Niederschrift seiner Musik so lange wie möglich vor sich her schob, im Falle der »Don Giovanni«-Ouvertüre sogar, so meint man zu wissen, bis zur letzten Stunde vor der Uraufführung. Dass Mozart durchaus Skizzen angefertigt und auf dem Papier verschiedene Varianten einer Stelle durchgespielt hat, duldet seit den Untersuchungen Ulrich Konrads[1] keinen Zweifel mehr. Aber welche Rolle das Klavier beim Schaffensprozess gespielt hat, ist damit noch nicht erklärt, schon gar nicht, warum es offensichtlich zum Komponieren unabdingbar war und auch nicht irgendein Kasten sein durfte: Bei dem *»kleinen von stein«*, von dem im zweiten Zitat die Rede ist, handelt es sich um ein Clavichord, das der Vater 1763 in Augsburg eigens für die Mitnahme auf Reisen gekauft hat. Dieses Instrument war nicht nur im Umfang nach unten eingeschränkt, sondern erzwang aufgrund seiner Bauweise als gebundenes Clavichord auch gewisse spieltechnische Begrenzungen.

Daraus kann man schließen, dass Mozart das Klavier gewiss nicht in erster Linie dazu benötigte, das Geschriebene auf seinen Klang hin zu prüfen – erstens hätte dazu das *»kleine von stein«* zur Not ausgereicht (es geht ja lediglich um ein Instrument am Schreibtisch), zweitens genügt zur Lektüre einer Mozartschen Partitur bereits eine durchschnittliche klangliche Vorstellungskraft, also ein Bruchteil von der, mit der Mozart begabt war. Offensichtlich wollte Mozart auf dem Instrument spielen und nicht nur Akkorde prüfen, er wollte Kontakt aufnehmen zu Tasten und Klang, und dieser Kontakt sollte frei von Behelfsmäßigkeit und Einschränkungen sein, also motorisch unbehindert: Er wollte improvisieren.

II

Natürlich begibt man sich mit dieser Behauptung auf ein von musikwissenschaftlicher Seite skeptisch beäugtes Terrain. Nicht nur vermag ein Blick in die einschlägigen Enzyklopädien darüber zu belehren, dass »Improvisation« gar nicht einfach zu definieren ist. Darüber hinaus ist die Musikwissenschaft auf Zeugnisse angewiesen, die jedermann vorliegen können und definitive Gestalt haben: Der Geist erscheint der Musikwissenschaft bevorzugt auf Papier, sie hält sich an das Werk. Über den Weg zum Werk kann sie nur Angaben machen, wenn er ebenfalls auf Papier, also in Skizzen, niedergelegt ist. Das raubt der Musik der Musikwissenschaft den Leib: Da ist nur noch der denkende Kopf des Komponisten. Carl Dahlhaus, einer der bedeutendsten Vertreter des Faches, bemerkt dazu unter anderem: »Nüchtern analysiert, beruht Improvisation fast immer zu einem großen Teil auf Formeln, Kunstgriffen und Modellen. … Der Improvisierende muss sich, um nicht in Verlegenheit und ins Stocken zu geraten, auf ein jederzeit verfügbares Repertoire von Klischees stützen können, auf einen Vorrat von vorgefertigten Teilen, die er zwar modifiziert und verschieden zusammensetzt, aber nicht im Augenblick erfindet. ... Improvisation tendiert zum Potpourri isolierter Reize, zur Reihung von Momentaneffekten. Die Gesamtform, der Grundriss des Ganzen, ist entweder grob schematisch und von außen vorgegeben oder aber gleichgültig und dem Zufall unterworfen. Eine differenzierte, unschematische und dennoch feste, verständliche Form, wie sie das Ziel von Kompositionen mit artifiziellem Ehrgeiz darstellt, ist durch Improvisation kaum erreichbar. ... [Es ist] zweifelhaft, ob Neuheit eher im raschen Zugriff der Improvisation als durch die geduldige Anstrengung des Komponierens erreichbar ist. In dem Vertrauen auf die Unmittelbarkeit und in dem Argwohn gegen die Reflexion steckt ein romantisches Vorurteil. Man könnte ... geradezu behaupten, dass Neuheit primär ein Prinzip der Komposition sei, während Improvisation, die ohne einen Vorrat von Formeln und Modellen kaum zu bestehen vermag, zum Traditionalismus tendiere.[2]«

Das kann man sofort nachvollziehen, wenn man weiß, dass der heutige Improvisationsunterricht für Kirchenmusiker aus der Aneignung stilistischer Modelle besteht. Auch die damaligen Zeitgenossen lernten anhand von Modellen, dennoch war ihnen ja nicht die Aufgabe gestellt, »stilgerecht« zu improvisieren, denn sie kannten ja nichts anderes: Die Situation muss ihnen offener vorgekommen sein. Wenn dagegen heute der amerikanische Pianist Robert Levin beim Vortrag klassischer Klavierkonzerte die Kadenzen improvisiert, dann bemerkt man natürlich die potpourrihaft wechselnde Anordnung von Fertigteilen. Darüber hinaus aber steckt in den zitierten Zeilen einiges an Polemik, die dem Entstehungsanlass geschuldet ist: Dahlhaus wendet sich in seinem Essay gegen aleatorische Tendenzen, in denen man seit John Cages Auftritt bei den Darmstädter Ferienkursen 1958 einen Ausweg aus den Aporien der seriellen Komposition sah. Dabei geht Dahlhaus von zwei ästhetischen Postulaten aus, die das kompositorische Ethos der Vergangenheit nur bedingt betreffen: Dass ein Werk im emphatischen Sinne »neu« zu sein hat und dass alle seine kompositorischen Dimensionen – Rhythmik, Melodik, Harmonik und Form – in gleichem Umfang elaboriert sein sollen. Die erste Forderung mag seit Beethoven in der Luft liegen, wurde aber mindestens bis zum Ende des Ersten Weltkriegs durch die Gleichzeitigkeit eines ernst zu nehmenden Traditionalismus (ernst zu nehmen deshalb, weil er das Tradierte produktiv umgestaltete), dessen erster Repräsentant Johannes Brahms ist, im Gleichgewicht gehalten. Die zweite Forderung ist von Arnold Schönberg formuliert worden – erfüllt wurde sie in der Kompositionsgeschichte fast nie, bei fast allen Komponisten sind bestimmte kompositorische Ambitionen mit der Vernachlässigung anderer Dimensionen verbunden: Beethoven verwirklicht seine integrale Formgestaltung anhand melodisch karger Gestalten, Schuberts klangliche Entdeckungen gehen auf Kosten kontrapunktischer Stimmführung, Wagners Harmonik entfaltet sich im formal mehr oder minder undefinierten Rahmen des Musikdramas.

Die einzige Musik, die dieser zweiten Forderung genügt, ist – wie Dahlhaus selbst an anderer Stelle einräumt – vielleicht die Johann Sebastian Bachs. Gerade der aber ist nun offenkundig in der Lage gewesen, diese Forderung sogar improvisatorisch einzulösen. Die berühmte Episode am Hof des Potsdamer Stadtschlosses am 7. Mai 1747 zeigt zwar die Grenzen selbst dieses Musikers (und damit wohl auch die des Menschenmöglichen), aber die liegen nicht im Prinzip des komplexen Fugensatzes, sondern in den Schwierigkeiten des Themas begründet. In der ersten Monografie des Komponisten von Johann Nikolaus Forkel, dem die Episode von einem der damals anwesenden Söhne erzählt wurde, liest sich das so: »... der König [Friedrich II.] gab für diesen Abend sein Flötenconcert auf, nöthigte aber den damals schon sogenannten alten Bach, seine in mehrern Zimmern des Schlosses herumstehende Silbermannische Fortepiano zu probiren... Nachdem er einige Zeit probirt und fantasirt, bat er sich vom König ein Fugenthema, um es sogleich ohne alle Vorbereitung auszuführen. Der König bewunderte die gelehrte Art, mit welcher sein Thema so aus dem Stegreif durchgeführt wurde, und äußerte nun, vermuthlich, um zu sehen, wie weit eine solche Kunst getrieben werden könne, den Wunsch, auch eine Fuge mit 6 obligaten Stimmen zu hören. Weil aber nicht jedes Thema zu einer solchen Vollstimmigkeit geeignet ist, so wählte sich Bach selbst eines dazu, und führte es sogleich zur größten Verwunderung aller Anwesenden auf eine eben so prachtvolle und gelehrte Art aus, wie er es vorher mit dem Thema des Königs gethan hatte.«

(Der Hinweis auf die »gelehrte Art« der über das Thema regium extemporierten Fuge macht es im übrigen eher unwahrscheinlich, dass das dreistimmige Ricercar des »Musicalischen Opfers«, wie häufig zu lesen, auf die Potsdamer Improvisation zurückgeht: Ohne kunstlos zu sein, stellt das dreistimmige Ricercar einen eher locker gefügten Fugentypus dar, den Bach mit vollem Bewusstsein dem stile antico des sechsstimmigen Ricercars gegenübergestellt hat. Darüber hinaus legt der Zuschnitt des Themas ohnehin zunächst eine Bearbeitung als vierstimmige Stile-antico-Fuge nahe.)

Dennoch steht Dahlhaus mit seiner Kritik an der Improvisation mitnichten allein: Immer wieder wurden Stimmen laut, die, aus ganz verschiedenen Gründen, das instrumental gezeugte oder zumindest gestützte Komponieren für minderwertig hielten. Dabei sind die Argumente musikgeschichtlich durchaus aufschlussreich.

Giovanni Maria Artusi, Musiktheoretiker aus Bologna, lernte um 1603 noch vor ihrer Veröffentlichung einige Stücke aus Claudio Monteverdis V. Madrigalbuch kennen. Für die dort anzutreffenden Freiheiten in der Behandlung des Modus und der Dissonanzen konnte der Autor einer zweibändigen Kontrapunktschule freilich kein Verständnis aufbringen: »... was kümmern sich darum [um die tradierten Regeln der Dissonanzbehandlung] diese Neuerer, sie glauben genug getan zu haben, wenn sie das Ohr befriedigt haben. Tag und Nacht mühen sie sich auf ihren Instrumenten ab, um darauf den Effekt ihrer mit Dissonanzen gespickten Sätze zu erproben – die Toren! Sie merken nicht, dass ihre Instrumente sie betrügen.[3]«

Gleich Dahlhaus fordert Artusi den Vorrang des spekulativen Denkens beim Komponieren, allerdings aus genau gegenteiligem Grund: Ist für Dahlhaus die Arbeit am Instrument geradezu ein Hindernis bei der Entwicklung des radikal Neuen, so sieht Artusi die kontrapunktische Tradition durch das am Instrument entwickelte Neue bedroht. Tatsächlich scheint durch die so signifikant unterschiedlichen Argumente des Musiktheoretikers des 16. und des Musikwissenschaftlers des 20. Jahrhunderts über denselben Sachverhalt eine ganze Epoche abgegrenzt, in der das spekulative kompositorische Denken durch die Mittel der instrumentalen Empirie wohl nicht ganz verdrängt, wohl aber entscheidend verändert wurde.

III

Es soll hier jedoch nicht lediglich darum gehen, die Rolle des Klaviers in der Arbeit des einen oder anderen Komponisten zu untersuchen oder die Entwicklung der verschiedenen Formen von Improvisation in der Geschichte zu verfolgen – hier darf auf die materialreichen Untersuchungen Werner Brauns[4] sowie Ernst Ferands[5] verwiesen werden. Es geht vielmehr um das Verhältnis des »äußeren«, physischen Vorgangs des Improvisierens zum »innerlichen«, geistigen des Komponierens, das Wechselverhältnis von Handeln und Wissen. Dabei erweisen sich Außen und Innen vielleicht als komplexer verflochten als man annimmt.

Die Musikpädagogik unterscheidet zwischen drei verschiedenen musikalischen Zugangsweisen: der auditiven, der visuellen und der motorischen. Der Musiker fasst Musik also als klingendes Phänomen, als Notentext und als Bewegungsgefühl des Spielapparates auf. Diese Zugangsweisen sind bei verschiedener Begabung unterschiedlich stark veranlagt oder entwickelt: Hector Berlioz behauptete von sich, er könne nicht einmal eine C-Dur-Tonleiter auf dem Klavier spielen, Sergej Prokofjew dagegen saß eigenen Angaben zufolge einmal eine knappe Stunde vor einer Orchesterpartitur mit transponierenden Instrumenten, bis er einen Akkord als normalen Dur-Dreiklang entziffert hatte. Hier jedoch interessiert vor allem, wie sich bei Personen, die sich ihr ganzes Leben lang intensiv mit Musik befassen, der auditive Zugang mit dem motorischen verbindet. (Die Verbindung des visuellen mit dem motorischen Zugang interessiert hier nicht – diese Konstellation begünstigt das Prima-vista-Spiel. Wenngleich Bach, Mozart, Beethoven, Schumann oder Liszt bezeugtermaßen sowohl bedeutende Improvisatoren als auch brillante Blattspieler waren, so ist die Kombination aller drei Zugangsformen doch eher selten anzutreffen.)

Der Begriff »motorisch« erscheint insofern unglücklich gewählt, als er einseitig den aktiven Anteil am Spiel akzentuiert – die Rückmeldung des Spielgeschehens an das Sensorium des Spielers wird als passiver Anteil unterschlagen. Dabei weiß die Musikpädagogik sehr wohl um das motorische Gedächtnis, die Fähigkeit des Spielapparats, ohne Zutun des visuellen oder auditiven Gedächtnisses ein Stück auswendig zu lernen, also Bewegungsabläufe als solche zu memorieren – motiviert von jener Freude, die Konrad Lorenz so treffend als »Funktionslust« bezeichnet hat. Weiterhin ist es ein trivialer Sachverhalt, dass sich verschiedene Akkorde auf dem Klavier unterschiedlich anfühlen und sich auf diese Weise eine Verbindung zwischen Klang und Spielgefühl einstellt: Dem konsonanten Dreiklang entspricht im einfachsten Falle ein sich angenehm anfühlender Einsatz von Daumen, Mittel- und kleinem Finger, bei dissonanten Klängen dagegen löst sich dieses ausgewogene Griffgefühl auf, nicht selten reiben sich nebeneinanderliegende Finger. Was sich in diesem Beispiel als etwas simple Entgegensetzung zweier Qualitäten liest, kann sich bei entsprechend sensibler Veranlagung und intensiver Übung zu einem fein abgestuften Bezugssystem zwischen Klangeindrücken und Handspannungen differenzieren. Wer in der Hochschule im Gehörbildungsunterricht zusieht, wird mit großer Wahrscheinlichkeit einige Studenten entdecken können, deren Hände auf der Tischplatte zucken, wenn der Lehrer einen Akkord anschlägt: Als ob die Finger den gehörten Akkord als Griff wahrnehmen.

Und tatsächlich gibt es Begabungen, denen es leichter fällt, selbst vieltönig-dissonante Akkorde auf dem Klavier nachzuspielen, als die einzelnen Töne anzusagen. Es ist also möglich, bei entsprechendem Einsatz an Übung die Motorik so exakt an die auditive Vorstellung zu koppeln, dass Motorik und Klangvorstellung nur noch zwei verschiedene, einander substituierende Darstellungsweisen desselben geistigen Phänomens Musik sind. Hanns Eislers stolze Bemerkung, er habe seine Musik im Kopf und brauche deswegen nicht Klavier spielen zu können, bezeugt lediglich, dass er sich über die Möglichkeit dieser Verbindung nicht im Klaren ist. Auf höchstem Niveau unterscheidet sich das Komponieren am Instrument von dem im Kopf und am Schreibtisch wirklich nur noch darin, dass es »ohne Bleistift und Radiergummi« (Marcel Dupré) vor sich geht.

IV

Leider wurde über solche Erfahrungen zu Bachs oder Beethovens Zeiten so gut wie nie gesprochen oder geschrieben – es bestand kaum Interesse an den Entstehungsbedingungen von Musik. Heute dagegen sind nicht viele Komponisten überhaupt zu erwähnenswertem Instrumentalspiel in der Lage, die motorische Übung ist meistenteils zu gering, um sich mit der Klangvorstellung präzise und produktiv verbinden zu lassen. Dennoch gibt es einige Beispiele bemerkenswerter Wechselspiele zwischen Improvisation und Komposition: György Ligeti, der während seines Studiums immerhin intensiv Orgel geübt hat, geht bemerkenswerterweise bei der Komposition seiner Klavier-Etüden (seit 1985) von motorischen Vorstellungen aus. Im CD-Beiheft der 1996 erschienenen vorläufigen Gesamteinspielung von Pierre-Laurent Aimard schreibt der Komponist: »Ich lege meine zehn Finger auf die Tastatur und stelle mir Musik vor. Meine Finger zeichnen dieses mentale Bild nach, indem ich Tasten drücke, doch die Nachzeichnung ist sehr ungenau: es entsteht eine Rückkopplung zwischen Vorstellung und taktil-motorischer Ausführung. So eine Rückkopplungsschleife wird – angereichert durch provisorische Skizzen – sehr oft durchlaufen: Ein Mühlrad dreht sich zwischen meinem inneren Gehör, meinen Fingern und den Zeichen auf dem Papier. Das Ergebnis klingt ganz anders als meine ersten Vorstellungen: Die anatomischen Gegebenheiten meiner Hände und die Konfigurationen der Klaviertastatur haben meine Phantasiegebilde umgeformt.«

Hier arbeitet der Komponist produktiv mit seinen manuellen Handicaps: Das eingestandene Unvermögen, die vorgestellte Musik zu verwirklichen, drückt sich in der Gestalt des entstehenden Werks ab. Ohne solche Schwierigkeiten improvisierte der berühmteste Organist der Pariser Eglise de Sainte Trinité, Olivier Messiaen. Zsolt Gardonyi, Professor für Musiktheorie an der Würzburger Musikhochschule entdeckte in Messiaens Orgel- und Klaviersatz Akkorde, die sich »... mit einer auffälligen grifftechnischen Schlüssigkeit dar[stellen], die dem ausübenden Musiker nicht nur beim Lesen des Notentextes, sondern gerade auch beim improvisatorischen Nachvollzug analoger Strukturen ungleich hilfreicher entgegenkommt als die akustische Begründung der Struktur.[6]«

Die »grifftechnische Schlüssigkeit«, die dem Organisten die Improvisation im Messiaen-Stil erleichtert, lässt sich umgekehrt als Hinweis auf den improvisatorischen Ursprung von Messiaens Musik werten. Erklärt die Musiktheorie den Akkord als solchen, so liefert die Motorik eine Begründung für seine satztechnische Konkretion.

Eines der wenigen historisch einigermaßen sicher verbürgten Beispiele für improvisatorisches Komponieren gibt Frédéric Chopin: George Sand berichtet, dass Chopin nach Niederschrift seiner Improvisationen zwar lange an der Verbesserung einzelner Takte gearbeitet hat, aber am Ende doch die improvisierte Fassung wieder einsetzte: Das mag generell eine Übertreibung aus dem Geist romantischer Ansichten von der Unbeirrbarkeit der Intuition sein, die spielerisch-schwebende, von motivischer Konsequenz meist unbelastete Variantenbildung in Chopins Melodik lässt solches Vorgehen jedoch nicht von vornherein unglaubwürdig erscheinen. Immerhin konnte Chopin ohne Instrument überhaupt nicht arbeiten. In Palma de Mallorca wartete er auf die Anlieferung seines in Marseille aufgegebenen Flügels und schreibt am 14. Dezember an Julien Fontana: »En attendant mes manuscrits sommeillent et moi, je ne puis dormir.«

V

Dennoch besteht, gerade wenn man Gardonyis Vorschläge zum Improvisieren im Messiaen-Stil betrachtet, die Gefahr, dass die Improvisation von der Kunst ins rein Usuelle abgleitet: Da sind Griffe, die immer klingen und die musikalische Vorstellung tatsächlich zugunsten auditiv unkontrollierter Motorik entlasten: »Der Tondichter, der von da [vom Klavier] seinen Arbeitsstoff holt, ist beinahe stets arm geboren oder auf dem Wege, seinen Geist dem Gemeinen und Gewöhnlichen selbst in die Hände zu geben.

Denn eben diese Hände, diese verdammten Klavierfinger, die über dem ewigen Üben und Meistern an ihnen endlich eine Art von Selbstständigkeit und eigenwilligem Verstand erhalten, sind bewusstlose Tyrannen und Zwingherren der Schöpfungskraft. Sie erfinden nichts Neues, ja alles Neue ist ihnen unbequem. Heimlich und spitzbübisch … kitten sie aus alten, ihnen längst gelenkrechten Tongliederchen ganze Körper zusammen, die fast wie neue Figuren aussehen und weil sie sogleich auch gar nett und rund klingen, von dem bestochenen Ohr, als erster Richtinstanz, beifällig auf- und angenommen werden.«

So schrieb es Carl Maria von Weber in seinem Romanfragment »Tonkünstlers Leben« (1809–1820). Er wusste wohl, wovon er sprach: Gibt es doch in seinen Klavierwerken auch reichlich rollende Skalen und ähnliche Fertigteile, deren Wert rein mechanischer Natur ist. Hält Weber den Komponisten durch das Klavierspiel für geradezu bedroht, kommt Carl Philipp Emanuel Bach im zweiten Teil seines »Versuchs über die wahre Art das Clavier zu spielen« (1762) geradezu zum umgekehrten Ergebnis: »Es kann einer die Composition mit gutem Erfolge gelernet haben, und gute Proben mit der Feder ablegen, und dem ohngeacht schlecht fantasiren. Hingegen glaube ich, daß man einem im fantasiren glücklichen Kopfe allezeit mit Gewißheit einen guten Fortgang in der Composition prophezeyen kann, wenn er nicht zu spät anfänget, und wenn er viel schreibet.«

Zwischen diesen Zitaten liegt nicht nur ein halbes Jahrhundert, sie gehören zwei verschiedenen Epochen an: Das im engeren Sinne »Musikalische« beginnt sich von der Instrumentaltechnik zu lösen, Musikalität und Spielapparat werden in steigendem Maße getrennt voneinander ausgebildet. Einen Begriff davon mag schon der Vergleich charakteristischer Lehrwerke geben: Carl Philipp lernte das Klavierspiel anhand der zwei- und dreistimmigen Inventionen seines Vaters, die nicht nur im polyphonen Spiel unterweisen, sondern auch einen »starcken Vorschmack von der Composition« vermitteln wollen: Die Finger schulen sich an distinkten Gestalten, Themen und Kontrapunkten. Zu Webers Zeit dagegen etabliert sich im bürgerlichen Konzertbetrieb das Virtuosentum, in dessen Gefolge sich technische und musiktheoretische Unterweisung auftrennen: Carl Czerny veröffentlicht seine »Vollständige theoretisch-practische Kompositionslehre« op. 600 getrennt von seinen Schulen der Fingerfertigkeit, der Geläufigkeit, der linken Hand, des Legato und dergleichen mehr, die die Technik jenseits musikalisch ergiebiger Zusammenhänge mit Skalen und Arpeggien, beliebig einsetzbaren Versatzstücken also ausbilden. Auch in der Musiker-Ausbildung wird aus Gründen höherer Effektivität das Prinzip der Arbeitsteilung eingeführt. Es bedurfte der gesammelten Anstrengung jener um 1810 geborenen Generation der Chopin, Schumann und Liszt, um die technischen Entwicklungen Czernys, Cramers, Kalkbrenners und Moscheles', in einem höheren Sinne (Schumann sollte ihn »poetisch« nennen) kompositorisch fruchtbar zu machen. Der qualitative Sprung ihrer Musik gegenüber derjenigen von Czerny u. a. mag in literarischen Konzeptionen und der Psychologisierung der Virtuosität seinen Ursprung haben, komponiert wurde sie jedoch größtenteils improvisatorisch am Klavier.

VI

Die improvisatorische Schaffensweise dieser Komponisten hängt allerdings auch mit dem Genre virtuoser Klaviermusik zusammen, der »geheimnisvollen Beziehung der drei Elemente: Hand, Klaviatur und musikalische Empfindung« (der polnische Komponist Witold Lutoslawski über Chopin). Schumann komponierte ab seinem Oratorium »Das Paradies und die Peri« von 1843 im Kopf. Und so haben viele große Komponisten, obgleich sie meisterlich improvisierten, ihre Fantasien eher zufällig für Kompositionen ausgebeutet: Man war sich offenbar eines Unterschieds zwischen Improvisation und Komposition sehr bewusst, schätzte am ersten die Spontaneität, am zweiten die besonnene Ausarbeitung. Von Joseph Haydn ist bezeugt, dass er seinen Arbeitstag mit Improvisieren begann und aus dem, was ihm währenddessen in den Sinn kam, das Material seiner Kompositionen bezog. Ein nicht weiter bekannter Leipziger Magister Pitschel berichtet dagegen, dass Johann Sebastian Bach oft Anregungen aus dem Literaturspiel bezog: »Der berühmte Mann ... kömmt, wie man saget, nicht eher in den Stand, durch die Vermischung seiner Töne andere in Entzückung zu setzen, als bis er etwas vom Blatte gespielt, und seine Einbildungskraft in Bewegung gesetzt hat. Der geschickte Mann ... hat ordentlich etwas schlechteres vom Blatte zu spielen, das seine eigenen Einfälle sind. Und dennoch sind diese seine besseren Einfälle Folgen jener schlechteren.[7]«

Dieser Beleg ist insofern interessant, als er Bachs Produktivität als kritische charakterisiert: Es ist nicht unwahrscheinlich, dass es diese ausgebildete Kritikfähigkeit war, die sein Komponieren so weit über das Niveau seiner Zeitgenossen erhob. Gewiss wird Bach in vielen Fällen Teile seiner bis zu zwei Stunden ausgedehnten Improvisationen über Kirchenlieder zum Ausgangspunkt seiner Orgelwerke genommen haben, seine gewöhnliche Schaffensweise war es allerdings nicht, wie auch Carl Phillip Emanuel bezeugt, der lediglich von der Prüfung der Niederschriften am Cembalo berichtet.

Auf den ersten Blick am merkwürdigsten ist der Umgang Ludwig van Beethovens mit der Improvisation. Einerseits ist bezeugt, dass Beethoven oft auf Spaziergängen komponierte und seine Einfälle in Skizzenbüchern niederlegte – er ist der erste Komponist, dessen Arbeitsprozesse in diesem Umfang schriftlich nachzuvollziehen sind. Gleichzeitig ist sein Improvisieren Gegenstand uneingeschränkter Hochachtung: Noch in Bonn wurde man auf seine Begabung aufmerksam, als er in der Messe auf der Orgel das Credo intonierte, und noch im Stadium fortgeschrittener Schwerhörigkeit vermochte er aus »ein paar einzelnen, unbedeutenden Tönen ... ein ganzes Tonwerk zu improvisieren« (Czerny), zum Beispiel aus der Stimme der zweiten Violine eines Quartetts von Ignaz Pleyel.

Eigentümlich aber ist, dass selbst der taube Beethoven, dem auch durch eine von Johann Nepomuk Mälzel erfundene, auf den Flügel montierte Vorrichtung zur konzentrierten Bündelung des Schalls sein Spiel nicht mehr vernehmlich war, den Kontakt zum Instrument durchaus nicht abbrach. Zahlreiche Berichte[8] geben Auskunft darüber, dass den Komponisten weder verstimmte noch durch übermäßigen Kraftaufwand gesprengte Saiten störten. Es ist daher nicht verwunderlich, wenn sich Beethoven lange bitten lässt, bevor er vor Menschen improvisiert – aber er kann es noch. Ein reisender Engländer, Sir John Russel, berichtet über eine Begegnung, die wohl 1821 stattgefunden hat: »Anfangs tat er nur dann und wann einige kurze und abgebrochene Griffe, gleichsam als befürchtete er, bei einem Bubenstück ertappt zu werden; aber nach und nach vergass er alles Andere um sich her, und verlor sich ungefähr eine halbe Stunde lang in eine Phantasie, deren Styl äusserst abwechselnd war und sich besonders durch plötzliche Übergänge auszeichnete.[9]« Kurz zuvor heißt es nicht weniger bemerkenswert: »Wenn er ... auf dem Pianoforte spielt, so bringt er oft auch nicht eine einzige Note heraus. Er hört sie nur mit den Ohren seines Geistes.«

Eindrucksvoller lässt sich nicht belegen, wie der Körper auch abgetrennt von auditiver Kontrolle musikalischen Sinn schaffen kann, wenn er sich in diesem Falle auch nur dem tauben Spieler selbst offenbart. Zwar entgeht der nicht mehr gepflegten Spieltechnik mancher falsche Ton, aber die Fähigkeit zum zusammenhängenden und eindrucksvollen Fantasieren ist davon nicht beeinträchtigt.

VII

Dennoch ist das Zeitalter improvisierender Komponisten, wie es scheint, vorbei – Olivier Messiaen war wohl der letzte von Weltrang. Das liegt weniger daran, dass die Komplexität zugenommen hat – man kann die Fähigkeiten genialer Musiker, komplexe Zusammenhänge im Moment zu generieren, kaum überschätzen –, sondern daran, dass die Klangvorstellung selbst, der auditive Zugang zur Musik in Frage gestellt wurde. Karlheinz Stockhausen beschreibt in seinem »Arbeitsbericht 1952/53: Orientierung« die Erfahrungen der Darmstädter Ferienkurse folgendermaßen: »Auf die unmittelbare Klangvorstellung kann man sich nicht mehr verlassen. Die Klangvorstellung ist durch alle Musik bestimmt, die man bisher gehört hat. Wenn sie weiterhin Gültigkeit hätte, müsste man sich auch der klassischen Ordnung fügen. Materialgerecht denken: Übereinstimmung der Formgesetze mit den Bedingungen des Materials. Die Idee der neuen Form lässt sich aber nicht mit den Bedingungen des alten Materials vereinbaren. Also muss man ein neues Material suchen. Dann muss man rein gedankliche Tonkonstruktionen mit neuem Material zu verwirklichen trachten auf die Gefahr hin, zunächst sehr viel mehr negative als positive Ergebnisse zu erzielen. … Die annehmbaren Ergebnisse werden eine neue Klangvorstellung bilden, auf die man sich bei der Komposition wieder stützen kann.«

Stockhausens Forderung einer »neuen Klangvorstellung« kann man für paradox halten: Aufgrund welcher Erfahrungen soll das Hören denn die »annehmbaren Ergebnisse« aus den rein »gedanklichen Tonkonstruktionen« auswählen, wenn nicht aus den Gewohnheiten der traditionellen Musik? Eine originär auditive Vorstellung hat die im emphatischen Sinne neue Musik tatsächlich nie erreicht: Sie ist noch immer zur rein spekulativen Arbeit verflucht, wobei die »neue Klangvorstellung«, wenn sie sich nicht ohnehin vom Ton auf den schieren Klang von Gegenständen verlagert hat, im Bereich des Tonsatzes wohl kaum über das bei Schönberg schon obligate Konsonanzenverbot hinausgekommen ist. Wie schon zu Artusis Zeiten unterliegt der improvisatorische Zugriff auf das Instrument einem ideologischen Verdikt: Die Entgegensetzung von »regula« und »digitus« des frühbarocken Komponisten und Musiktheoretikers Marco Scacchi konfrontiert das spekulative Wesen der Intervalle (regula) mit der sinnlichen Erfahrung der Musik, die gleich als schiere, bewusstlose Motorik abgetan wird (digitus): Der ars musica soll als quadrivialer Wissenschaft, als Zeugnis für die Ordnung des Kosmos noch immer der Vorrang vor der Praxis eingeräumt werden. Die Ideologie der neuen Musik dagegen besteht vor allem in der nicht selten schimärischen Forderung radikaler Neuheit, der sich das Klavier allein schon mit seinem begrenzten Frequenzvorrat in den Weg stellt. Nur wenige Komponisten der Gegenwart finden durch den Verbotskanon der neuen Musik hindurch wieder zum Einbezug der instrumentalen Empirie. Wolfgang Rihm hat in seinem Text »Tasten« das Klavier als sein »Phantasieinstrument« bezeichnet und außerdem formuliert: »Ich mag die Worte ›Taste‹ und ›tasten‹ sehr. Genau ist da eingefangen, was komponieren auch sein kann: versuchen.«

Und der Berliner Komponist Frank Michael Beyer betont in einem Brief an Gerd Witte vom 30. Juni 1966[10] den ephemeren, ja geradezu propädeutischen Charakter von kompositorischen Systemen: »Ich komme immer mehr dazu, die ganzen musikalischen Systeme nur als Hörschulung aufzufassen, um sich an die Gesetzmäßigkeiten eines freien Klangraums, wie er nun einmal durch die nichtbezogenen 12 Töne gegeben ist, heranzutasten. Also: über alle Bezogenheiten – Reihen verschiedenster Möglichkeiten – hinauszugehen und das innere Hörbild als alleinige Richtschnur! Die Frage, ob sich so nicht zuviel Traditionelles hereinschleicht, ist sekundär, da ja alles Schöpferische nicht ein Ergebnis eines Weges, sondern der Weg selbst ist.«

1 Ulrich Konrad, *Mozarts Schaffensweise*, Göttingen 1992
2 Carl Dahlhaus, *Komposition und Improvisation*, NZfM 1972, S. 497–499
3 Zit. nach: Erich Vogel, *Cl. Monteverdi*, VfMW 1887, S. 330
4 Werner Braun, *Komponieren am Klavier*, AfMw 1966, S. 125–143
5 Ernst Ferand, *Die Improvisation in der Musik*, Zürich 1939
6 Zsolt Gardonyi, *Olivier Messiaens Harmonik aus der Sicht der Orgelimprovisation, MuK* 1993, S. 198
7 Zit. nach: Christoph Wolff, *Johann Sebastian Bach*, Frankfurt a. M. 2000, S. 511
8 Sie sind gesammelt in Theodor von Frimmels zweitem Band der *Beethoven-Studien,* München und Leipzig 1906, S. 257–267
9 Zit. nach: Frimmel, a. a. O., S. 264 f.
10 Veröffentlicht in: *Frank Michael Beyer* (= Archive zur Musik des 20. Jahrhunderts, Bd. 2. Im Auftrag der Stiftung Archiv der Akademie der Künste hg. von W. Grünzweig und D. Reinhold), Hofheim 1998, S. 24

CAROLINE FETSCHER

13. Juni 1999

Improvisationen zwischen Krieg und Frieden

For you, brother F.

An der Grenze

Von Anfang an wölbte sich über dem Kosovokrieg eine gewaltige Schutzkuppel. Der Architekt dieser Kuppel trug den edlen Namen »Menschenrecht«. Den Namen einer Idee, einer Charta. Es ging im Kosovokrieg, hörten wir, weder um territorale Erweiterungen noch um Hegemonialstreben, um Ölpipelines oder Zugänge zu Häfen. Es ging um Mitmenschen. Noch nie in der Geschichte gab es einen Krieg, der ausschließlich im Namen der Menschenrechte begann. Länder wie Ruanda und Liberia hatten nicht das Privileg, dass die westlichen Industrienationen ihretwegen Milliarden investierten.

Genau genommen war es kein Krieg. Es handelte sich um eine militärische Intervention der Nato-Staaten gegen Jugoslawien, die einem für die zivilisierte Welt so untragbaren wie unerträglichen Zustand in der südserbischen Provinz trotzen sollte, den Terror bestellter Marodeure und Nationalisten gegen eine relativ schutzlose Zivilbevölkerung beenden. Es ging um eine ethisch motivierte »Maßnahme«, so das offizielle Großmotiv. Unter dem Schutz der Kuppel spielte sich alles ab, was der Krieg für die westliche Welt bedeutete. In unseren Zeitungen debattierten Philosophen, Politiker und Experten für internationales Recht, und keiner der Debattanten kannte die Situation als Augenzeuge. Doch wenn man Augenzeuge war, sammelte man absurde Fragmente, und versucht später, sie Stück für Stück zusammenzufügen, oder wenigstens ihr Zerstückeltsein zu verstehen. Was sich hinter dem Vorhang der hehren Worte, was sich unten auf der Erde, unter den Flügeln der Bomber und später auf dem verwüsteten Terrain »Kosovo« zutrug, sind Abertausende von Geschichten, Fehlplanungen, militärische, politische und alltägliche Improvisationen, Schreck- und Glücksmomente, absurder und konkreter als alles, was die Theoretiker – der Apologetik oder der Verschwörung – wissen können. Im Canyon zwischen Wort und Wunsch, Plan und Ziel, liegt die Realität.

Der Autokühler

Am Ende des Kosovokrieges steigt der norwegische Presseoffizier Helge Eriksen im Norden Albaniens auf den Kühler eines KFOR-Jeeps. Er hat die Ärmel seiner Camouflage-Uniform hochgekrempelt, und seine Marschstiefel kratzen ein wenig am Blaumetallic-Lack. Eriksen ruft in eine Meute von Journalisten aus aller Welt hinein, die er in Schach zu halten sucht. Das Bild sehe ich noch deutlich. Es war komisch und doch fiel das kaum jemandem auf. Hier ist Helge Eriksen postiert, hoch über dem blassblauen Stausee von Kukes, der in der Sommerhitze flimmert – mitten in den albanischen Alpen. Kukes liegt zwischen den Gebirgszügen Beshtriku und Koritnik, die einmal zum osmanischen Reich gehörten, und die dann die Machtgebiete von Enver Hoxha auf der einen und Josip Broz Tito auf der anderen Seite verbanden, Bergen, die nun zur Hälfte dem Regime Milošević gehören, zur Hälfte dem Staat des bisher glücklosen Kapitalismus der Albaner – wir erleben gerade »historische Stunden«, und nichts klappt so richtig.

Im Vegetationspelz eines Berghanges erkennt Eriksen eine gerade Narbe aus Brachland. Dort! zeigt er, verläuft die Grenze zwischen Kosovo und Albanien. Und jetzt, alle bitte zuhören, ruft er, please listen. Ihr müsst mit euren Wagen von der Strasse runter, sonst kommen die Panzer nicht durch! Move, please! Murren und Protest unter den Kollegen. Jeder will der erste sein, der »reinfährt«. Wann wart ihr »drin«? Wird die Frage später lauten. Und zu Hause: Wann fahrt ihr wieder »runter«?

Eriksen lacht und gestikuliert, und schließlich folgen sie ihm, rücken die Jeeps und Landrover in die Böschung, und warten, dass die deutschen Panzer kommen. Nie hätte ich gedacht, erklärt mir amüsiert ein britischer Reporter, dass ich mich mal über einen deutschen Panzer freuen würde. In der Nacht davor haben wir uns über den Krieg unterhalten und über Charlotte Brontë und wie unterschiedlich Mitempfinden aussieht, in der deutschen und britischen Kultur.

Picknick

Alle freuen sich offenbar auf die Panzer, wenn auch angespannt. Die Friedenstrupppe verspätet sich, aufgehalten von der berüchtigten Schlaglochpiste, die hier hochmäandert, Panzer sind stecken geblieben an Brücken über Bergrinnsale, Seitenflüsse der Drin. Bei den Wartenden entsteht Picknickstimmung. Sandfarben gekleidete Soldaten und Sanitäter der Vereinigten Arabischen Emirate verteilen eisgekühlte Wasserflaschen und Sandwiches mit Huhn. Manche der Wartenden greifen ihren Proviant an, den sie für mehrere Tage oder Wochen Kosovo im Kofferraum verstaut haben. Dort soll es nichts zu essen geben, und wenn doch, dann sei es möglicherweise verseucht – das Trinkwasser durch Kadaver, die feste Nahrung durch den Ausfall von Kühlsystemen. Auf einer Anhöhe, von der aus man die jugoslawischen Grenzbauten überblickt, haben sich die Kameraleute der amerikanischen, britischen, deutschen und anderen West-Sender versammelt. Vereinzelte jugoslawische Wachposten patrouillieren noch. Sollten sie nicht längst abgezogen sein? Keiner weiß das genau. Auf den Hängen der jugoslawischen Seite haben sich Scharfschützen verborgen, ein Militär zeigt uns, wie man die Posten ausmacht. Sie hatten dort wochenlang den Strom der Flüchtlinge verfolgt, Tag wie Nacht, nachts mit Infrarot-Fernrohren.

Es ist der 13. Juni 1999, ein glänzender und trockener Sonnentag. Der Krieg ist vorbei. Hier und im Norden von Mazedonien haben sich Trauben aufgeregter Korrespondenten zusammengeballt. Mit den KFOR-Truppen wollen sie, jetzt endlich, über die seit Wochen unheimliche jugoslawische Grenze, die keiner von hier aus passieren durfte, und über die von der anderen Seite aus nur gezwungene Passanten kamen. In das schwarze, völlig unbeleuchtete Kosovo soll Licht – das Licht der Medien.

Seit ein paar Tagen ist bekannt, dass Milošević der Resolution 1244 der Vereinten Nationen zugestimmt hat, die aus der Provinz Kosovo vorübergehend ein Protektorat der UNO machen soll. Serbische Militärs und Paramilitärs müssen abziehen aus dem Kosovo. Eine UNO-Truppe, die KFOR, Kosovo Forces, heißen wird, soll zuerst ins Land. Überall in den Bars und Hotellobbys, in Flüchtlingslagern und in den Wohnhäusern hatte sich der Tag herumgesprochen, zu dem die KFOR so weit sein sollte. Er wird, wie so vieles in dieser Krise, ein Kaleidoskop der Improvisation, und soll doch den Eindruck strategischer Planung vermitteln, einer konzertierten Aktion der Nato und der Vereinten Nationen. Helge Eriksen ist Nato-Vertreter der humanitären Nato-Operation »Allied Harbour«, mit der sie sich, in direkter und bizarrer Konkurrenz zum Flüchtlingshilfswerk der UNO, um die Vertriebenen aus dem Kosovo bemüht.

Keiner konnte Eriksen auf das vorbereiten, was hier gerade geschieht. Noch auf das, was in den vergangenen Tagen geschah. Ich sah ihn in der Woche davor beim täglichen Briefing der Journalisten, die in Kukes auf den »First Day« warteten. Das Briefing geschah im Flur und im Treppenhaus oberhalb der »Bar Amerika« im schmuddeligen Städtchen Kukes, in der

Bar Amerika, die zum informellen Kommunikationszentrum der Berichterstatter geworden war. Dort trafen sie auch aus dem ganzen Land herbeigeeilte albanische Jungen, die ihre Dienste anboten: Übersetzen, Fahren, Zimmerbesorgen, Appartementschutz, Beschaffen von Informanten, Behördenkontakte vermitteln.

Die Bar

Die Bar hat seit Wochen Hochkonjunktur. Albanische Kellner eilen mit Bier und Wein, Huhn und Pommes frites zwischen den wackligen Tischen umher, im Speiseraum und im staubigen Vorgarten der Bar Amerika. Kaum jemand bemerkt den summenden Ventilator und das ständig laufende Fernsehen, das meist auf CNN geschaltet ist. Nur bei Sondersendungen zum Thema Kosovo ruft man den Kellnern zu, sie sollen die Popmusik leiserdrehen, die ununterbrochen spielt. Journalisten führen an den Tischen Interviews mit UNO-Leuten und Militärs, sie rivalisieren um Termine mit den Funktionsträgern und um die Parkplätze vor der Bar, wo Lieferwagen mit Satellitenschüsseln, UNO-Autos und die Fahrzeuge der Hilfsorganisationen abgestellt werden. Längst ist die Distanz zwischen Militär und Journalisten, Journalisten und UNO-Leuten aufgehoben, zumindest phasenweise, alle haben den einen Ort, sich zu treffen, und sie suchen ihn ja auch auf. Als einen Ort, der allein dadurch Schutz verspricht, dass die Anderen da sind. Man trifft hier auch Marko, einen holländischen Söldner der UCK. Nach den Kämpfen ist er aus dem Kosovo zurückgekommen, er bietet Schnappschüsse von Soldatenleichen an und blättert durch eins dieser Alben aus Klarsichthüllen, wie sie für Ferienfotos verwendet werden. Weggeschossene Kopfhälften, Beine. Blutige Uniformen. Fast obszöne Fotos, die ihm keiner abkaufen will. Die Quelle ist zu ungewiss. Russen seien das, sagt er, die auf der Seite der Serben gegen die Kosovaren kämpften. Von ihm erlegt. In den verschrammten Holzkolben seiner alten Maschinenpistole hat er den Namen »Monica Lewinsky« eingeritzt. Immer wieder macht er dumpfe Andeutungen über ein schweres Leid, das Serben ihm einmal zugefügt haben. Seine Frau, eine Kroatin, soll in Bosnien ermordet worden sein. Er ist ein moralischer Söldner, er kämpft »nur auf der richtigen Seite«. Und am Vorabend des Einmarschs findet er sich in erregter Debatte mit einem jungen Albaner, der ihm erklärt, warum er kriminell sein müsse, um zu überleben.

Nein, ruft Marko, plötzlich zurückverwandelt in einen Holländer, du willst einfach nichts tun! Guck dir doch nur mal den Müll hier an! Bei euch gibt es nicht mal eine Müllabfuhr. Du könntest Aludosen sammeln und mit einem Recyclingbusiness ein Vermögen machen! Ein paar Journalisten mischen sich ein und geben Marko Recht. Dieses wunderschöne Land, sagen sie, Mensch, was könntet ihr hier für Tourismus haben, Berge, Meer! Flüchtlingskinder aus dem hundert Meter entfernten Zelt- und Traktorlager schlendern an den Tischen vorbei, aus Neugier, aus Langeweile auf dem Lagerplatz, oder um zu sagen, die Schwester oder Großmutter sei zurück, die jemand interviewen wollte. Kein Kosovo-Kind übrigens kommt, um etwas zu ergattern, sie sind stolz, sie hatten das nie nötig und haben Betteln nicht gelernt.

Jeder ist Informationsträger, Bote, Dienstleister, Händler, Berichterstatter, Helfer, und dauernd unterwegs zu Treffen, Konferenzen, Briefings. Am Abend vor dem Einmarsch ist die Bar aufgeregter als sonst. Überall feilschen die Einheimischen ein letztes Mal um die Preise für den gefährlichen Dienst am nächsten Tag. CNN soll mit bis zu dreihundert Dollar pro Tag und Mann die Preise verdorben haben, und dass es für die Reporter auf den nächsten Tag ankommt, begreifen die Einheimischen sehr gut, die aus Tirana, Shkodra, und aus der ganzen Umgebung hierher gefahren sind, und auf ihre Weise die Mechanismen der modernen Massenmedien kennenlernen. Der Fahrer will mehr Geld, der Übersetzer eine bessere Pauschale, Autoreparatur, Gefahrenzulage, Risiko: Sorry, but this will cost just a little more.

Nachts in der Bar. Jeder redet mit jedem, und alle trinken mit allen, ob Washington-Post-Reporter, UNO-Mitarbeiter, Söldner, Flüchtling oder albanischer Dealer. Die Nacht löscht Standesunterschiede und formt neue Abhängigkeiten, Verbindungen, Abneigungen und Zuneigungen, der Tag bringt immer neue Unvorhersehbarkeiten. Dieses Gemisch in der Bar ist Ausdruck der Krise. Es kann sogar manchmal ein produktiver Teil der Krise selbst sein, wenn sich Vorurteile lockern. Zwei Schweden sind hier, die einen Film über Kriegsreporter drehen: Beobachter der Beobachter, von diesen umgekehrt auch beobachtet. Das also geschieht, wenn niemand an seinem Platz ist, wenn alle ihre Büros und Familien verlassen haben, um als Krisenteilnehmer, hierher katapultiert durch die Hydraulik der Mächte in Belgrad, im Pentagon, in Brüsseler Nato-Hauptquartier, einander begegnen: die Improvisation, das Instabile wird zum verlässlichsten Faktor der Lage.

Die nächtlichen Buchhalter

Am Morgen ist die Etage über der Bar Amerika formaler Versammlungsort, beim Nato-»Press-Briefing« im Treppenhaus. Oben, hinter einer Tür am Treppenabsatz hat der UNHCR ein chaotisches Ein-Zimmer-Büro eingerichtet. An einem Regentag half ich hier dem UNO-Mitarbeiter Rupert Colville, der stets nervös und mit dem Satellitentelefon kämpfend in dieser Bleibe »koordinierte«, seine regennassen Papiere und Notizen, den Computer, den Wildwuchs von Faxen, Akten und Mappen auf seinem Schreibtisch trocken zu wischen. Wir wollten in seinem »Office« BBC-World sehen, unten in der Bar lief nur CNN. Er wusste nicht, wie man den Kanal einstellt, und dann kam das Gewitter. Wäre er nicht da gewesen, die Wassermassen hätten sein Büro überschwemmt.

Das UNHCR-Briefing für Presse und NGOs, also Organisationen, die von Regierungen unabhängig sind, findet zeitgleich mit dem der Nato statt, hundert Meter entfernt in einem heruntergekommenen Verwaltungsgebäude der Präfektur von Kukes. Neben dem UNHCR-Büro vermietet der Barbesitzer karge Gästeräume, das Bad für alle befindet sich, meistens mit Wasservorrat aus Plastikflaschen, auf demselben Stockwerk. Der so dreckige wie geräumige Flur im ersten Stock über der Bar ist Helge Eriksens Tages-Büro. Dort repräsentiert er die Nato und muss den Jacks und Françoises und Günters Rede und Antwort stehen, die er aus dem informellen Kukes kennt. Er macht es meist mit einem eigenen und scheu-kargen Humor, man vergisst beinahe, dass er Uniform trägt. Diskret ist er mit Militärgeheimnissen, die Briefings enden meist mit ganz anderen Themen, und die Versammlung löst sich unmerklich auf.

Am Tag vor dem Einmarsch soll Eriksen Nato-Presseausweise ausstellen, aber weder die Ausweise noch die kleine Apparatur zum Laminieren sind da. Außerdem hat man dem Nato-Vertreter kein Satellitentelefon bereitgestellt, mit seinen Leuten in Tirana oder Brüssel kann er nicht kommunizieren. So teilt Eriksen leere Bögen aus, auf denen jeder seine Passnummer und »Angaben zur Person« vermerken soll, und dazuschreiben, dass er auf eigene Verantwortung mit den Truppen »in the area« fährt. Eriksen unterschreibt die Blätter. Ein Stempel fehlt ebenfalls. Sehr eindrucksvoll wirken sie nicht gerade, diese Bögen, den Paramilitärs im Kosovo, die sie sich anderntags an illegalen Straßensperren rings um Prizren zeigen lassen, entlocken sie höhnisches Grinsen. This is Nato? This is nothing!

An einem der Morgen kurz vor der Ankunft der KFOR, rudert Eriksen gegen einen Strom von Fragen zur Vornacht. What on earth happened,

Helge? Die Journalisten umlagern ihn auf den Treppenstufen und halten die Notizblöcke bereit. What happened? Kukes lag im Schlaf, als sich gegen zwei Uhr am Morgen der Lärm von Luftwaffen-Flugzeugen in die Stille bohrte. Wie ein Wespenschwarm, in dessen Nest ein Stiefel getreten hatte, kreisten sie über dem Stausee, aufgeregt. Viele im Ort wurden wach, Lichter gingen an, Hunde begannen zu bellen. Es war ein unheimlicher Alarm, und außer den Flugzeugen hörte man nichts von einer Militäraktion. Keine Detonationen, keine Schüsse. Nachts ist in Kukes auch kein Verkehr – bis auf das Hundebellen und die nervösen Maschinen in der Luft gab es keinen Laut.

Eins war sicher. Würde jetzt, trotz Friedensschluss, serbisches Militär Kukes angreifen, wäre es fatal hier oben zu sein, für die Flüchtlinge, für uns alle. Es gibt nur eine bergige Straße ins Tal in Richtung Tirana, die man mit einem einzigen Treffer unpassierbar machen kann. Kukes war eine Falle. Vom Hotel »Turism« am Ortsrand, einst Urlaubsenklave von Hoxha-Funktionären, überblickte man den Stausee und sah die Lichter der Flugzeuge, die einander immer wilder zu jagen schienen. Immer mehr Maschinen tauchten auf, der Lärm wurde lauter. Das Hotel Turism, wo kaum ein Kollege wohnte, bot noch weniger Komfort als die anderen im Ort. Es war so gut wie leer. Auch hier gab es nur selten Wasser, an der Rezeption und in den verschlissenen Sesseln der Lobby schliefen Gestalten mit oder ohne Waffe, die auf die Wagen der Helfer, wie sie vor dem Hotel geparkt waren, Acht zu geben behaupteten. Einige Organisationen, darunter die bei Kriegsbeginn aus der Provinz geschaffte OSZE-Kosovo-Verification Mission (KVM), hatten sich hier eingemietet und unterhielten in den schmuddeligen Zimmern, Make-Shift-Offices, improvisierte Büros. Im staubigen Garten des Hotels hingen Laken zum Trocknen auf Büschen, ließen sie aussehen wie Gespenster. Zum Schlafen zogen sich die meisten Helfer und OSZE-Leute in Wohnungen zurück, die sie in den verkommenen Plattenbauten im Zentrum gemietet hatten. Ein paar der Fahrer wohnten hier. Das »Turism« galt als eher unsichere Bleibe. Wir Hotelgäste, ein skandinavischer Mediziner und ich, kletterten alarmiert vom Lärm auf Fensterbänke und sahen, wie über dem Stausee Leuchtmunition aufstieg. Am andern Ufer des Sees, dort wo das Flüchtlingslager der Vereinigten Arabischen Emirate lag, schien etwas zu brennen. Der andere Gast, der für die mobile Klinik der Emirate arbeitete, versuchte per Satellitentelefon seinen Boss zu erreichen. Keine Verbindung. Aber drüben im Arab Camp sah man einen Helikopter aufsteigen, und der andere Gast mutmaßte, der leitende Colonel der »Arab Camp« werde in Sicherheit gebracht. Now it's serious, sagte er scherzhaft.

Griffen die Serben tatsächlich an? Jagte die Nato serbische Kampfbomber? Wer spielte am Himmel Adler und Amsel? Das Hotel war still. Kein Mensch auf den Gängen, in der Lobby lagen auf den abgewetzten Sesseln drei Männer, schnarchend, die man um diese Zeit lieber nicht weckte. Vielleicht war in einem anderen Stockwerk jemand wach geworden? Vorsichtig tappte ich einige Treppen hoch und horchte. Nichts. Doch ganz oben, unter dem Dachgeschoss, hörte ich das Murmeln vieler Stimmen, wie von einer Geheimversammlung. Waren das Waffenhändler, Mafialeute, Sektierer? Es waren jedenfalls die einzigen Anderen, die man in der absurden Lage sprechen konnte, und wenn Kukes attackiert würde, müsste man ohnehin mit ihnen zu tun haben. Den Stimmen näher gekommen, konnte man durch einen Türrahmen in einen großen Saal unter dem Dach blicken. Dort saßen etwa vierzig junge Frauen und Männer um einen Konferenztisch, jeder vor einem Laptop-Computer. In das Murmeln der Stimmen mischte sich das Klicken der Tastaturen, wie mechanischer Regen. Die Versammelten, sah ich, tippten handgeschriebene Listen ab. Ohne Aufsehen zu erregen, ging ich hin und fragte. Der Lärm der Flugzeuge schien diesen Geheimbund nicht nervös zu machen. Wir registrieren die Flüchtlinge erklärte einer, rund um die Uhr, immerzu. Wir sind alle Helfer des UNHCR.

Die Szene war zugleich real, denn hier sah es aus wie in einem großen, improvisierten Büro. Und sie war wie ein surreales Bühnenbild. Hier saßen die jungen Buchhalter des Unglücks und erfassten Namen, Orte, Geburtsdaten, nur von vertriebenen Menschen – Namen, die längst, wie es in den Zeltsiedlungen des italienischen Roten Kreuzes geschah, in Dateien gespeichert und Anderen zugänglich sein müssten. Diese Szene machte deutlich, wie das UNHCR, in Panik, dass das Ende der Krise rascher als erwartet gekommen war, die letzten Kräfte mobilisierte, um seine Aufgaben zu erfüllen – deren erste »Registrieren der Flüchtlinge« heißt. Registrieren bedeutet für Entrechtete den ersten Schritt zurück zu einer rechtlichen Existenz, die Voraussetzung für Papiere, für Essenszuteilungen – für alles Notwendige. Da sich die Hilfskräfte auf dem Dachboden des Hotels nicht irritieren ließen – die Westler machen dauernd irgendetwas Unverständliches – und das delirierende Dröhnen der Flugzeuge abebbte, ging ich wieder zu Bett. Beides erschien irreal, der Dachboden mit seinen murmelnden Buchhaltern und der lärmende Spuk über dem Stausee. Die Vorstellung, womöglich in einer strategischen, geographischen Falle mitten im Kampfgebiet zu stecken, versetzte die Meisten, die in dieser Nacht wach geworden waren, in latente Furcht. Nach der Erleichterung darüber, dass der Krieg beendet sei, war niemand mehr an den Dauerlärm von Flugzeugen gewöhnt, den die Bomber verursacht hatten.

What on earth happened? Helge Eriksens Lachen beruhigte die meisten. »It was a military operation«, gab er zu. That does not mean much – tell us more! forderte die Meute. Ein Transportflugzeug der Vereinigten Arabischen Emirate, erklärte er, war kurz nach dem Start abgestürzt und ausgebrannt, die verletzten Piloten konnte man retten und nach Tirana in die Klinik fliegen. Sie lagen in dem Helikopter, den wir nachts vom »Turism« aus starten sahen. Und? Der Luftraum voller Maschinen? And what did you suspect. Eriksen lächelt. Er darf nicht einräumen, dass sich die Nato-Beobachter »in the theatre«, wie das Einsatzgebiet heißt, unsicher waren, ob es ein Abschuss oder ein Absturz war. Wir schließen das aus seinen Worten, er sagt es nicht direkt. You're not very good at this! frotzelt eine Journalistin. Eriksen lacht. Er bittet um Fragen zu anderen Themen. Es muss für die Militärs im gesamten Krisengebiet eine Nacht der Panik gewesen sein. Krieg scheint eine bizarre Mischung aus Strategie, Improvisation, Information und Desinformation, so jedenfalls zeigte es sich uns Beobachtern hier.

Rivalen UNO und Nato

Während Eriksens Erklärungen hatte ich die Szene auf dem Hotel-Dachboden weggeschoben. Später tauchte sie im Gedächtnis wieder auf. Was da passierte, schien nicht mehr reine Improvisation. Es war offenbar Anzeichen für eine Katastrophe in der Katastrophe. Zum Verhalten und Erfolg des UNHCR in der Kosovo-Krise erschien im Februar 2000 eine überaus kritische Studie unabhängiger Gutachter, ein Versuch, das Versagen der Organisation in dieser, wie die Gutachtensprache sagt, »high visibility crisis« zu erklären *(www.unhcr.ch/evaluate/kosovo/ch1.htm).* Ein wesentlicher Grund liegt in der Konkurrenz der Nato zu den Hilfsorganisationen, eine relativ einmalige Situation. Die NGOs und UNO konkurrierten ihrerseits auch mit einzelnen Nato-Staaten, die ihre eigenen Hilfsprogramme parallel oder gegen das UNHCR in Genf durchsetzten, mal mit mangelnder, mal mit fehlender Absprache: Jeder wollte von der »high visibility« profitieren und im Fernsehen sein. Zuallererst die Angreifer. Die Konkurrenz zwischen NGOs, Regierungen und anderen Akteuren – Nato, OSZE, Rotes Kreuz – war so enorm, wie noch in keiner Krise zuvor, heißt es in dem Gutachten. Am 31. März 1999 zum Beispiel wurde dem UNHCR die

Landeerlaubnis für Hilfsgüterflüge in die Region verweigert, da zu viele Nato-Flüge im militärisch kontrollierten Luftraum unterwegs waren: An genau dem Tag flogen wir, ein Dutzend Journalisten, als erste mit der Bundeswehr nach Tirana. Ein Team vom ZDF war mit an Bord: um das Entladen von Hilfspaketen aus unserer Maschine zu filmen. Viele der Spendengelder flossen nicht über die UNO, sie konnte ihre Aktionen nicht schnell genug und nicht ausreichend genug koordinieren. Sie entsandte teils unerfahrene Mitarbeiter und teils zu wenige. Der Organisation war im Vorjahr das Jahresbudget von 900 Millionen auf 800 Millionen gekürzt worden, der interne Umbau der Organisiation dauerte also noch an. Es verwundert nachträglich nicht, dass in Tirana Anfang April die Meetings, auf denen UNHCR-Personal einen Haufen NGOs aus ganz Europa koordinieren sollte, so wie Treffen von gutmeinenden Hausbesetzern in den siebziger Jahren wirkten. In einen Ort sollen mehr Medikamente, meist Antibiotika und Sedativa, ein anderer braucht mehr Babynahrung, ein dritter Zelte: Wer was wohin bringt, was die Rolle jeder einzelnen Organisation, Person sein soll, das soll das UNHCR in solchen Situationen koordinieren.

Hier reisten viele NGOs an, die vorher private Kontakte per Telefon geknüpft hatten – etwa Leute von einem deutschen Hilfswerk, die in Tirana auf der Suche nach dem Büro des Herrn Rugova umherirrten. Mit ihm hatten sie telefoniert, das sei doch der Mann von der kosovarischen Exilregierung. In deren kleiner Villa im Diplomatenviertel stießen sie tatsächlich auf einen gewissen Rugova am runden Tisch und versuchten zu erklären, dass ein Schiff mit Lebensmitteln auf den Hafen zusteuerte. Wo sie die Ladung wohl hinbringen sollten? Die Gesprächspartner wiederum gaben sich Mühe zu erklären, sie brauchten dringend Baumaterial für halbfertige Häuser, das sei viel wichtiger. Offensichtlich ging es um ihre eigenen Häuser. Den deutschen Samaritern war ebenso wenig klar, was hier eigentlich vorging, wie ihnen bewusst wurde, dass dieser Herr Rugova – ein Name, den es in Albanien hundertfach gibt – gar nicht der berühmte Politiker war, der sich gerade in Belgrad befand, als Geisel Miloševićs. Solches Abdriften internationaler Hilfsbereitschaften vermochte das UNHCR im Fall Kosovo nicht zu verhindern, obwohl seinen Mitarbeitern die Dynamik von Krisengebieten vertraut ist.

Wie Notärzte befinden sich die Mitglieder des UNHCR pausenlos in Krisengebieten, sie entwickeln dabei ähnliche deformations professionelles. Ohne das Abspalten der Erfahrungen, die sie aus Ruanda, Liberia, Bosnien mitbringen, können sie nicht in eine neue Krise reisen. UNHCR-Leute sind Berufsimprovisateure. Krise ist ihre Routine. Und jede Krise ist neu, jedesmal stoßen sie irgendwo an ihre Grenzen – nicht nur an den realen Staatengrenzen, mit denen alle Flüchtlingsfragen verknüpft sind. Offiziell repräsentieren sie überall die Koordination von »Flüchtlingströmen«, übernehmen, wo immer sie sind, die Leitung. Der »Nachteil« für die anderen Akteure im humanitären Feld ist, dass in den Medien das Akronym UNHCR auftaucht, nicht die Organisation, die das Krisenmanagement mitfinanziert – Care, Brot für die Welt, Ärzte ohne Grenzen, Save the Children, Oxfam, Arbeiter Samariter Bund... Es sind Hunderte. Schon im Mai 1999 waren in Tirana 160 Organisationen akkreditiert, die von der Prominenz dieser Krise profitieren wollten. So drängen sich manche, wie der deutsche Einmann-NGO-Chef und Megalomane Rupert Neudeck – Hassobjekt fast aller UNO-Leute – auf eigene Faust ins Feld, versuchen »ihre Flüchtlinge« an Land zu ziehen, manövrieren ihre Lastwagen von Zoll zu Zoll und tauchen auf UNHCR-Meetings gar nicht erst auf.

Offenbar verdankt sich das extreme Maß an teils völlig laienhaft wirkender Improvisation in der Kosovo-Krise vor allem dem Faktor Medien. Je mehr Medien Kriseninteresse zeigen, desto größer das Spendenpotential, desto konkurrenter das humanitäre Geschäft und desto chaotischer die Lage. Eine absurde Situation, in der die Medien kontraproduktiv und produktiv zugleich sind, und der humanitäre Sektor in der Gefahr steht, selbstreferentiell zu werden. Dabei wird, wie im Kosovo-Krieg, die größte Organisation, die offizielle, die UNO, wider Willen zunehmend ausgetrickst oder umgangen. Die »Partner« in der Krise arbeiten nach und nach mehr gegeneinander als miteinander, sie informieren einander nicht mehr ausreichend. Sie stehlen einander »die Show«.

An der Grenze der Grenze

So geschieht es, dass Helge Eriksen an der Grenze steht, und weder die Motive der vielen Journalisten noch das Geschiebe und Gedränge der Helfer genau genug kennt, um gezielt arbeiten zu können. Bei der Nato war diskutiert worden, ob die Journalisten tatsächlich gemeinsam mit der KFOR einrücken sollten oder einige Tage später. Man hatte sich dafür entschieden – vielleicht, weil man die Bilder brauchte, schnell, sofort. Zwei Kollegen würde dieses Vorgehen das Leben kosten.

Eriksen macht das Beste aus einer Situation, in der er selber ununterbrochen lernt. Aus dem letzten Stück Straße vor der Grenze hier in der einsamen, balkanischen Gebirgslandschaft ist am 13. Juni binnen weniger Stunden ein Parkplatz geworden, auf dem sich Stoßstange an Stoßstange die Autos drängen. Ungeduldig hocken die Journalisten in ihren Jeeps oder schrottreifen Kleinwagen, die sie von Einheimischen gemietet haben. Aus den größeren Wagen ragen Satellitenantennen oder Parabolschüsseln. Die Stimmung auf dem Parkplatz gleicht einer Mischung aus Party und latentem Aufstand, die Wagen stehen in einer Hackordnung vor den Grenztoren, die der Wendigsten und Eiligsten, Bedürftigsten ganz vorn – vor allem die Agenturen. Ein trotziger Stau, in dem keiner dem Anderen eine Handbreit Raum gibt. Schon hat das in diesem Szenario erbittertste aller Medienrennen um Exklusivstorys begonnen, um Farbstrecken in Magazinen und um Dokumentation noch ungesicherter Massengräber, an die man herankann. Eigentlich wollen sie ins Land, möglichst noch ehe die störenden Militärs ankommen, die Rotkreuzleute und Spurensicherer, die den direkten Zugang zum Massengrab stehlen werden. »The Massgrave« wird zum Fetisch der Berichterstatter, zur Ware, das begreifen die Einheimischen im Kosovo in den kommenden Tagen schnell. I know a massgrave, sagen sie, und verhandeln den Preis. Ihr eigener politischer Wille, der Weltöffentlichkeit möglichst viele Gräber zu zeigen, deckt sich mit dem Bedarf der Medien, deren Konkurrenz der Formel »Our massgrave is bigger than yours« folgt.

Eriksen soll die Presse betreuen. Dass er sie im Griff haben müsste, mit dieser Notwendigkeit hat er nicht gerechnet. Einigen Reportern allerdings macht die Sache Sorgen. Hej, Helge, tippt eine deutsche Reporterin den Presseoffizier auf die Schulter, hier kommt nachher kein Panzer durch, du musst was unternehmen. Er blickt sich um und grinst. Verlegen fast. Helge Eriksen ist ein höflicher Mensch und ein wenig skandinavisch zurückhaltend, kein Amerikaner, kein Hey-you-guys-Typ. Was soll er tun? So gut er kann, argumentiert er jetzt, aber was hilft das, wenn die Journalisten, insbesondere die der Agenturen, ihm nicht zuhören. Lassen Sie uns durch, wir fahren auf eigenes Risiko!, rufen die Männer von Agence France Press, die einzigen, die nicht mit einem »soft car«, sondern einem »hard car«, einem kugelsicheren Jeep unterwegs sind. Ihr eckiger, weißer Jeep wirkt wie selbstgebastelt. Mann, wir fahren auf eigenes Risiko!, rufen sie ihm zu.

Eriksen bittet um Ruhe, seine Stimme geht unter. Und was sie wirklich alle von ihm wissen wollen, kann er nicht beantworten. Wann geht die Grenze auf? Wann genau sind die Panzer hier? Wo finden wir nachher, im Kosovo, die Presseoffiziere? Wie bekommen wir eine richtige Akkreditierung, eine mit KFOR-Stempel? Eriksen ist um Antworten verlegen, er weiß nur, dass die Autos auf die Böschungen und an den Straßenrand fahren müssen, und dass er dafür irgendwie zuständig ist. Er krempelt die Ärmel seiner Camouflage-Uniform mit der aufgenähten norwegischen Krone hoch. Er seufzt, angestrengt, belustigt, er wischt sich die grauen Haare aus der Stirn, und klettert schließlich auf diese blaue Kühlerhaube. Da steht er und muss über sich selber lachen und über die Ungeduld der Menge mit den Kameras und den verschwitzten Hemden und T-Shirts.

Auf der albanischen Seite der Grenze lungern zwei verunsicherte Zollbeamte herum, die auf ein Zeichen der KFOR-Truppen warten, wann sie denn die Türgitter aufziehen und dem Druck der Journalisten nachgeben sollen. Das ist eure Sache! Es ist eure Grenze!, beharren Eriksen und der inzwischen eingetroffene deutsche Presseoffizier Jeserich immer wieder. Ihr könnt tun, was ihr wollt. Die Wächter an der Grenze warten auf »die Nato«, auf die eigentliche Autorität, der sie folgen werden. Aber die Autorität ist noch nicht da.

Wenige Meter hinter den mannshohen Gittertüren liegt die Grenzstation der albanischen Seite, mit ihren überdachten Betonpfeilern. Zwischen den Pfeilern waren wochenlang die Wagen der Vertriebenen aus dem Kosovo durchgerollt, Tag für Tag und Nacht für Nacht. Diese Pfeiler hatten ein ebenso magisches wie traumatisches Tor ins erzwungene Exil gebildet, ein Nadelöhr für die Entronnenen. Zu siebt und acht saßen Familien in kleinen Autos, mehr als zwanzig Menschen drängten sich auf den Anhängern von Traktoren. Hier oben hatten die Berichterstatter seit Ende März fast pausenlos gefilmt und fotografiert, eine ununterbrochene visuelle Beweisaufnahme der Verbrechen, derer, gegen die der Krieg sich richtet. In diesen Wochen war Eriksen noch nicht am Ort des Geschehens gewesen.

Erst vor wenigen Tagen ist der Presseoffizier in Kukes gelandet, mit einem vom UNHCR beschrifteten Helikopter des Militärs der Vereinigten Arabischen Emirate. Das Fluggerät hatte ihn aus Tirana hierher gebracht, ein weiterer seltsamer Umstand auf dem langen Weg dieses freundlichen Mannes von Oslo nach Nordalbanien. Dass Eriksen in dem begehrten Shuttle der »Emirs« einen Platz bekam, verdankte er der Vermittlung eines deutschen Militärattachés. Die reichen Emirate haben nicht nur die beste Logistik in der Krisenregion. Sie helfen denen, die sie als ihre muslimischen Schwestern und Brüder ansehen, auch mit dem schönsten, größten Flüchtlingscamp in Kukes. »The Arab Camp« heißt es hier oben. Emsig und diszipliniert bauten die Militärs der Emirate ein sandfarbenes Flüchtlingslager mit geräumigen Zelten, Ventilatoren und frischem Essen. Es wirkt wie ein Stück arabischer Wüste. Sie haben eine komplette Intensivstation einfliegen lassen, wahrscheinlich derzeit die beste Klinik der ganzen Region. Sie sagen: die Beste auf dem Balkan. Für ihre Transportmaschinen haben sie kurzerhand eine Landebahn gebaut. Sie haben einen eigenen Sendemast errichtet, bringen Hunderte von Handys mit und lassen auch die Flüchtlinge zum Lokaltarif von Abu Dhabi mit Verwandten im Exil telefonieren. Mit ihrem Kapital, ihrer Autonomie und Gelassenheit, scheinen sie die einzigen in der Krisenregion, die niemals improvisieren. Und als es ins Kosovo hineingeht, sind sie die einzigen, die eine perfekte, von Werbefirmen ausgearbeitete Logistik aufweisen. In den ersten Tagen erhält fast jedes Flüchtlingskind ein Fähnchen – so reisen Tausende kosovarischer Kinder, eine papierne Nationalflagge der Vereinigten Arabischen Emirate schwenkend, zurück in ihre Heimat.

Attacke auf die Flagge

Am 13. Juni sind noch keine Flüchtlinge an der Grenze. Sie kommen vom folgenden Tag an. Nur Journalisten sind da und Militärs sowie ein paar einheimische Albaner aus Ortschaften in der Nähe, aus Kukes. An diesem Sonntag konnte man wieder die jugoslawische Provinz betreten, den meisten von uns nur vom Hörensagen bekannt, aus den Erzählungen von Flüchtlingen und vom Nachlesen weniger Berichte, die vor dem 24. März des Jahres erschienen waren, dem Tag, an dem die Nato anfing, Jugoslawien aus der Luft anzugreifen. Danach gab es keine Beobachter der OSZE mehr im Land, keine Hilfs-Organisationen, keine Journalisten, die hätten dokumentieren können, was geschah. Bomben fielen. Von da an wurde die Provinz Kosovo zu einem schwarzen Loch in der Berichterstattung und zum vollends rechtlosen Territorium des Terrors serbischer Militärs und Milizionäre, des Bürgerkrieges zwischen UCK und Serben. Heute, zu Wochenbeginn hörte man keine Kampfbomber mehr weit entfernt am Himmel dröhnen, wie in all den Wochen zuvor.

Ehe die Kettenfahrzeuge und Jeeps der KFOR eintreffen, allesamt aus dem deutschen Kontingent, das zuvor im mazedonischen Tetovo stationiert war, will uns, als Vorhut, der deutsche Presseoffizier Jeserich über das informieren, was der KFOR wichtig ist. Uns weniger. Jeserich sucht nach Papier und einem Filzstift, um zu demonstrieren, wie viele Luchs- und Marder-Panzer, welche Sanitätseinheiten und andere Fahrzeuge bald eintreffen werden. Das Schreibmaterial findet sich, was Wunder, mit der Hilfe von Journalisten. Jeserich beklebt die Flanke seines grünen Jeeps mit einem Papierbogen und malt uns die im Militär verwendeten Hieroglyphen für die

Fahrzeuge auf. Gestrichene Quadrate, wimpelförmige und kreisförmige Elemente, Punkte, Linien, Kreissegmente. Dies ist der Leopard, der Fuchs, das ist der Marder, erklärt er. Einige machen sich Notizen. Die Szene mindestens so entrückt wie routiniert, offenbar gehört die Interferenz von Realem und Irrealem zu den definierenden Merkmalen dieses Krisengeschehens. Während er arbeitet, wächst der emotionale Druck, die Grenze zu passieren bei einigen der Albaner wie bei den Journalisten. Einzelne machen sich zu Fuß auf den Weg, ob sie die albanischen Grenzposten bestochen haben, ist unklar. Ein sportlicher Junge sprintet herüber auf die jugoslawische Seite, wo sich Wachposten und Scharfschützen angeblich verzogen haben. Sein Ziel ist ein Symbol – die jugoslawische Flagge. Unseren Blicken entzogen zerrt er das Tuch soweit er kann vom Flaggenpfosten und trägt einen Teil als Trophäe zurück auf albanischen Boden.

Ich sehe ihn von weitem, fotografiere ihn sofort, als er mit der Flagge in Händen, triumphierend, strahlend, durch das Gatter bricht, sie hochhält und auf eine laut zustimmende Gruppe anderer junger Albaner trifft. Solche plötzlich entstehenden symbolischen Szenen ereignen sich wohl bei jeder Überschreitung mit nationalen und territorialen Implikationen. Sie entstehen unvorhergesehen, in dem Moment, wo ein Blitz in die Szene einschlägt, wo eine Gelegenheit erkannt und ergriffen wird, eine Gelegenheit zum Raub, zur Geste, die raubt – die tradierte Souveränität antastet.. Wie ich die Gelegenheit beim Fotografieren erkannt habe. Das ist der Moment. Jetzt muss man festhalten. Fest halten. Und ein spontanes, wildes Fest feiern. Die jungen Männer versammeln sich auf dem Asphalt der Straße, noch immer von den Agenturen unbemerkt, und versuchen, die nahezu flammenresistente Textilie in Brand zu stecken. Sie halten ihre Feuerzeuge unter das Blau und Weiß, aber der Stoff kokelt nur am Saum ein wenig weg. Schließlich gelingt es ihnen, eine fortschwelende Flamme zu entzünden – sie jubeln. Doch ein richtiges Feuer entfacht sich nicht. Dann werden sie von den Agenturen entdeckt und wiederholen die Handlung, diesmal bewusst posierend. Die Festung Serbien ist für diese Jungen gefallen, und sie zeigen es der Weltöffentlichkeit, einer anonymen Masse, der sie Sympathie mit ihrer Version von Gerechtigkeit zuschrieben. Vom symbolisch aufgeladenen Stoff reissen sich einige einen Fetzen ab. Fast alles, was hier geschieht, wird ununterbrochen gefilmt oder fotografiert. Das meiste Material wird nie verwendet werden.

Politischer Vandalismus

Inzwischen rücken die KFOR-Truppen näher, Helge Eriksen, der zur AFOR, dem »humanitären Arm« der Nato gehört, zu den Albanian Forces, kann seinen Posten langsam räumen. Es ist schon fast drei Uhr am Nachmittag. Jeder hier ist durchgeschwitzt, aus einer die Nervosität überspielenden und ignorierenden Picknickstimmung ist eine angespannte geworden. Nichtdeutsche Kollegen befürchten, deutsche würden beim Einmarsch als »Vorhut« bevorzugt. Als die erste KFOR-Einheit am Horizont der Straße auftaucht, wirkt das Bild fast erlösend. Die schweren Gefährte strahlen pragmatische Sicherheit aus, ein Gefühl, als könne man in ihrem Windschatten unbehelligt überallhin fahren, selbst in von Amok laufenden Milizen bedrohtes Terrain. Dort würden diese Fahrzeuge gebieten. Die Journalisten lassen sie passieren, die Albaner winken den Behelmten zu, die oben aus den Luken neben den Maschinengewehren herausschauen. Sie wissen so wenig wie wir, was sie auf der anderen, inzwischen fast mystifizierten Seite der Grenze erwartet.

In unserem Auto sind wir zu fünft. Ein albanischer Fahrer, ein Übersetzer, zwei deutsche Journalisten, ein argentinischer Fotograf. In fast allen Wagen mischen sich so die verschiedenen Gruppen, mit Ausnahme der großen Agenturen und Fernsehsender, die ihre eigenen Fahrzeuge über die Fähre von Bari zum Hafen Durres in Albanien hier hoch gefahren haben. Wie beim Stau auf der Autobahn gerät der wartende Konvoi langsam in Bewegung. An der Grenze selbst sind schnell ein paar Rollen Nato-Draht verteilt worden, durch eine Schleuse rollen die Wagen auf die andere Seite. Rasch sind KFOR-Männer zu Grenzposten umfunktioniert worden, sie akzeptieren die von Eriksen ausgestellten »Ausweise« mit freundlichem Nicken oder einem »Alles klar!«.

Am jugoslawischen Grenzgebäude, einem Bau, der vermutlich aus den siebziger Jahren stammt, ist Anarchie ausgebrochen. Einige Albaner – nicht Kosovo-Albaner – haben sich, ungeachtet der Warnschilder für Minen, die die KFOR zahlreich aufgepflanzt hat, Zugang zu dem Gebäude verschafft. Sie traktieren es, als sei es der Moloch selbst. Sie treten gegen Türen, schlagen mit Eisenstangen auf Fenster und Simse, brechen Türen ein und werfen Möbel umher. Sie plündern. Es herrscht politischer Vandalismus. Sie schleppen alles ab, was im Entferntesten brauchbar erscheint, einen Feuerlöscher, Konservendosen, Holzbretter, alte Bürostühle, sogar die Antenne vom Dach. Wir müssen alle warten auf dem Grenzstreifen, und ich nutze die Zeit, mich in dem Häuschen umzusehen. Zwischen Schutt und Scherben liegen Papiere, einen großen, pergamenthaft zusammengefalteten Bogen stecke ich in meine Tasche. Es ist der architektonische Grundriss des Gebäudes »VRBNICA«, Grenze. (Einen Tag später bekommt ihn ein Nato-Mann, vielleicht nutzt er beim Minensuchen.) Das ganze Haus ist vermint, aber die Tobenden und Plündernden haben Glück, kein Sprengsatz geht hoch. Idiotischer Leichtsinn, hier mit herumzulaufen, denke ich Wochen später. Das spontane Fest war ansteckend und spannend, auch Angst einflößend. Soviel Emotion. Und dabei haben sich nur ein paar Dutzend Leute Zugang verschafft, vorbei an den überforderten KFOR-Posten. Natürlich hätte diese illegale Razzia verhindert werden müssen, allein weil im Zollhaus zahlreiche Beweise liegen, Karteikarten, Stempel, Visa, Stapel von Autonummernschildern, die man den Wagen der Flüchtlingen abschraubte. Einer fand seines hier, ein paar Tage darauf, gerührt, wütend, ungläubig. Es ist der Tag, an dem Dokumente verbrannt werden, überall im Kosovo. Viele Journalisten und Bewohner der Provinz berichteten davon. Rauch steigt aus auf dem Gelände von Kasernen, Polizeipräfekturen, Verwaltungsgebäuden. Eigentlich, laut Vertrag, sollte es hier keine Präsenz serbischer Militärs und Milizen mehr geben.

Draußen. Drinnen

Wir fahren rein in die Provinz, die beiden Kosovo-Albaner sind freudig aufgeregt. Jenseits der Grenze liegt die Leidensstraße der Flüchtlinge, das letzte Stück Weg zwischen Prizren und dem jugoslawischen Zoll. Die Spuren der Hunderttausende sind noch zu lesen, am Wegrand, wo Kindersandalen und aufgeschlitzte Mehlsäcke, Aluminiumlöffel und Plastikverpackungen herumliegen, und irgendwo ein Hausschlüssel, den jemand aufhebt, als wir anhalten. Ein Bus mit zerschossener Windschutzscheibe lehnt schräg vor einer Böschung, verkohlte Hausdächer tauchen auf. In der Hitze reichen wir uns die Wasserflaschen und fahren im losen Konvoi Richtung Prizren, etwa zwanzig Kilometer weit. Dort ist, seit einem Jahr inzwischen, das Hauptquartier des »deutschen Sektors« der Provinz.

Die sommerliche Allee ist staubig und grün, ab und zu grüßen Leute vor ihren Häusern, alle etwas verhalten, wie halbexistent. Ein Pferdekadaver auf der Straße verbreitet Gestank, der Übelkeit verursacht. Bald löst sich der Konvoi auf, die Wagen fahren in größerem Abstand einzeln, vielleicht, weil es an der Grenze manchmal lange dauert, bis die nachfolgenden Fahrzeuge abgefertigt werden.

Jedenfalls finden wir uns in unserem klapprigen Auto gelegentlich allein auf der Straße. Umso tröstlicher wirkt es, aus der Ferne eine geparkte Kolonne von Militärbussen zu sehen. Es können nur KFOR-Wagen sein, beruhigen wir uns, die über die andere Grenze, aus Mazedonien, eher hierher gekommen sind.

Aber es sind Serben. Die beiden Kosovo-Albaner im Auto bringen ihr Entsetzen mit schockiertem Schweigen zum Ausdruck. Die Westler legen ihnen den Arm um die Schulter, fest, und wir fahren vorbei an Truppeneinheiten der serbischen Armee, Männern, die uns, an die Bäume der Allee oder die Truppentransporter gelehnt, ihre Waffen demonstrativ bei sich, stumm und grußlos betrachten, während sie schießen könnten. Die Serben sind tatsächlich noch da? Das war so keineswegs geplant.

Schau nicht nach rechts oder links, sagen wir dem zitternden Fahrer, fahr einfach ruhig weiter, nicht zu langsam, nicht zu schnell. Für uns sind »Serben« nicht so monströs besetzt wie für sie, doch springt ihre Angst auch auf uns über. Der argentinische Fotograf möchte trotzdem anhalten und die serbischen Soldaten fotografieren, ich brülle den Fahrer an, er soll weiterfahren, unbedingt, ruhig und zügig. Der deutsche Kollege, der erst vor ein paar Tagen angekommen ist, hält das für übervorsichtig. Der Fahrer versteht. Er fährt. Heute ist ein Tag, an dem man umkommen könnte – einfach so, sinnlos. Ein paar Stunden später werden zwei deutsche Reporter erschossen, vermutlich, weiß man bei der Nato inzwischen, weil flüchtende serbische Offiziere ihr Auto beschlagnahmen wollten, mit dem sie Filmmaterial nach Skopje bringen wollten. Es ist Wahnsinn an so einem Tag, der in jeder Hinsicht schlecht geplant und unvorhersehbar ist, ohne Schutz im Konvoi mit Anderen unbedingt Filme irgendwohin befördern zu wollen. Es wäre auch Wahnsinn, hier auf der Allee zwischen Prizren und Grenze serbische Soldaten fotografieren zu wollen, die mürrisch das Victory-Zeichen zeigen. Dass schon die ersten Panzer an ihnen vorbeigerollt sind, macht ihnen vermutlich Eindruck, sonst wären wir schnelle und leichte Beute.

Wir halten Ausschau nach den Panzern der KFOR-Einheiten, sie parken auf einem alten Fabrikgelände vor Prizren. Davor stehen auf einem Asphaltgelände Dutzende der Medienwagen. Serbische Paramilitärs haben die Zufahrtstraßen in die Stadt mit illegalen Straßensperren blockiert. An diesen Männern, die aggressivsten, die ich je erlebt habe, kommt man nicht vorbei. This is Serbia, not Nato-Country! Get out! ist alles, was sie brüllen, die Waffe im Anschlag, ehe sie Eriksens Hilfs-Akkreditierungen verhöhnen. Sie haben nichts zu verlieren – außer Kosovo, das schon verloren ist.

Die kahlgeschorenen Männer in schwarzen T-Shirts strahlen das aus, was in Kosovo seit Jahren herrscht: Anomie. Terror.

Stunden später rollt ein Leopard-Panzer herbei und wird neben die Straßensperre postiert. Die Macht der Arkan-Boys scheint gebrochen, sie lassen den Journalistenkonvoi passieren.

Die Progress-Factory

Im ehemaligen Hauptquartier der OSZE am Stadtrand von Prizren, der Progress-Factory, richtet KFOR das Hauptquartier des deutschen Sektors ein. Die Büros in dem modernen jugoslawische Bau mit einem weiten Lichthof sind verwüstet, aber der Bau selbst intakt. Auch der große Baum im Atrium steht noch. Hier geben die Brigadegeneräle Harff und Korff am Nachmittag des 13. Juni ihre erste Pressekonferenz, im einzigen Saal, den man von Schutt geräumt hat. Überall liegen Aktenordner, Visitenkarten und Papiere am Boden, Möbel sind kaputtgeschlagen, Kabel hängen lose aus dem Verteilerkasten. Es ist ein Bild für den Hass auf jene Institution, auf die OSZE, die Rechtsbrüche dokumentieren sollte. Gesetz und Recht wurden verachtet und verhöhnt: Der Zustand der »Progress-Factory« ist Inszenierung und Beweis in einem.

Die Pressekonferenz beginnt. Wer es bis hier geschafft hat, möchte mehr über die alarmierenden Umstände draußen in Prizren erfahren. Die meisten Journalisten sorgen sich nicht nur um die »Story«, sondern auch um ihre Sicherheit, denn niemand scheint die Lage im Griff zu haben. Die Generäle sprechen: Willkommen in Prizren, im deutsch-niederländischen Sektor des Kosovo. Sie sprechen deutsch. Deutsch? An einen Übersetzer hat kein Mensch gedacht. Nach einigen Sätzen rufen die Journalisten – aus den USA, England, Frankreich, Spanien – ungeduldig: Translation! Translation! Irgendjemand musste kollegial sein. So kam es, dass eine Journalistin aus Deutschland sich zu ihnen an das Podium gesellte, und während sie übersetzte, eigene Notizen schrieb. Es kommt mir absurd vor, dass ich das gemacht habe: In der ersten Person für die Militärs sprechen, erschöpft, verschwitzt, kritisch, noch unter Schock durch die Begegnung mit den Paramilitärs, von deren Präsenz die KFOR-Militärs natürlich wussten, auch durch Journalisten informiert. Als Übersetzerin musste ich die Aussage wiedergeben, von der Anwesenheit der Paramilitärs sei nichts bekannt. Die Kameras der Agenturen liefen. Zugleich als Reporterin mitschreiben und unverändert die Angaben der Militärs übersetzen – in ein direkteres

Bild lässt sich kaum kleiden, wie die Mischung aus Improvisation, Distanz und Distanzverlust in diesem Szenario aussehen konnte.

Genau in den Stunden, als die erste Pressekonferenz der neuen Macht im Kosovo ihren Lauf nimmt, erschießen Serben die beiden Kollegen vom »stern« und deren Übersetzer. Jetzt wurden die Kollegen einander zur Story. Einige fuhren am andern Tag zum Tatort, ein spanischer Kollege hebt dort eine leere Wodkaflasche auf, an der Blutspuren festgetrocknet sind. Es wird der Schnaps gewesen sein, mit der sich die Täter betranken, glaubt er. Unwahrscheinlich ist die Vermutung nicht. An der Flasche wären dann nicht nur die Spuren der Tat, sondern auch die Spuren der Täter, ihre Fingerabdrücke. Der Mann nimmt die Flasche mit zurück ins Hotel Theranda in Prizren, deponiert sie in seinem Nachttisch und zeigt sein makabres Souvenir den Kollegen, mit denen er im Zimmer trinkt. Die Bilder der erschossenen Journalisten finden sich auf dem Titelblatt des »stern« in der Woche darauf.

Grenzkontrolle

Bei der Rückfahrt am Abend des 13. Juni passieren wir wieder die Grenze. Wie sich die Situation fließend und ruckhaft verändert, geplant und ungeplant, das belegt die Situation an der Grenze besser als alles andere. Am Morgen hatten serbische Jugoslawen die Grenzgebäude geräumt. Am Mittag war der Nato-Draht ausgerollt worden, man hatte KFOR-Panzer stationiert. Jetzt, am Abend kontrollierten albanische Jugoslawen, uniformierte Einheiten der UCK, die Grenzübergänger. Disziplinierte Jungen, die ihre Unbeholfenheiten als Grenzsoldaten mit erhobenem Haupt und Stolz wettmachten. Das sei nun ihre Grenze, erklärten sie feierlich, in den Augen noch die Angst und den Zorn der vergangenen Monate – und schon die Trauer, die sich erst jetzt langsam Raum schafft. Die Grenze zu besetzen ist für die Kämpfer eine zeremonielle Handlung gewesen, der offensichtlich selbst die KFOR zunächst mit Respekt begegnet, sei es aus psychologischen Gründen, aus Verwirrung, mangelnder Strategie und Absprache. Erst drei Tage später, nach einer Phase der gemeinsamen Grenzkontrolle, gelingt es den KFOR-Truppen, die Grenze in ihren alleinigen Griff zu bekommen – wie in der Resolution 1244 vorgesehen.

Was geschah unter der Kuppel?

Unter der Kuppel des »Menschenrechts« verschätzte man sich in vielerlei Hinsicht. Der politische Paternalismus zog einige wesentliche Faktoren der Dynamik der Krise »Serbien kontra Westen« nicht in Erwägung, zwei Systeme des intendierten Realitätsverlusts prallten aufeinander. Beide hatten die Medien zur Seite. Milošev́ićs Apparatur, die Macht seiner Nomenklatura, beruht wesentlich auf dem Brainwashing der serbischen Bevölkerung. Sie wurde gezielt und strategisch re-ethnisiert Die Funktionäre Ex-Jugoslawiens fürchteten den aufgeklärten, erstarkenden Mittelstand einer neuen demokratischen Wirtschaftsordnung, der die multiethnischen Zeiten etwa im früheren Sarajevo wiederbeleben würde. Er hätte sie in absehbarer Zeit ihres Einflusses beraubt. So wandten sie sich via Massenmedien in brachialer Rhetorik an die bäuerliche Bevölkerung und die verarmte urbane Klientel in den banlieus. Paolo Rumiz beschreibt den Vorgang bahnbrechend in seiner analytischen Reportage »Masken für ein Massaker«, die Anfang 2000 auf deutsch erschien.

Indem Miloševićs Regime diese Klientel systematisch bediente und ausbeutete, indem er Radio wie Fernsehen mit Folklore und nationaler Propaganda »gleichschaltete«, nutzte er politisierte Emotionen für seine Zwecke. Wie außerordentlich erfolgreich diese Strategie insbesondere beim Thema »Serben« und für den Kosovo-Mythos verlief, war den westlichen Interventionisten offenbar nicht klar geworden.

So überschätzte der Westen die mögliche Effizienz seiner »technischen« Lösungen, verkalkulierte sich hinsichtlich seiner militärischen Mittel, die doch im Dienst der neuen, global durchzusetzenden Rechtsordnung standen. Der hohe Grad an teils hektischer, panischer Improvisation – die Eskalation der Bombardements gehörte dazu – verdankte sich nicht zuletzt diesem Aufeinanderprallen zweier emotional, moralisch und technisch hochgerüsteter Wirklichkeitsverkennungen.

Was niemand in diesem Konflikt richtig einschätzte, war die enorme Macht der Gefühle. Sie wurden an erster Stelle durch die Vertreibung freigesetzt und angeheizt, was die Nato überhaupt nicht vorausgesehen hatte, obwohl fast jeder kritische Exilserbe, mit dem ich mich unterhielt, den Prozess für vollkommen vorhersehbar und logisch hielt. Ein vor dreißig Jahren aus Belgrad in die USA emigrierter Professor brachte diese Dynamik auf die einfache Formel: If you know Milošević, you know this – the airstrikes start, and he will say: So you like Albanians? I'll give you Albanians! Many! As many, as we have! Niemals, sagte mir der Dichter und Literaturwissenschaftler, hätte Milošević in der Frage des Machterhalts im Kosovo, in der Frage des symbolischen Besitzes an »Kosovo Polje«, dem Amselfeld, nachgeben können. Niemals, das war doch die Karte, auf die er am meisten setzte!

Vom Pathos überrascht, den Emotionen und ihrer Dynamik ausgeliefert, hatten die Nato-Militärs zunehmend von Planung auf Improvisation umzustellen. Sie waren unversehens mit undurchsichtigen Situationen konfrontiert, die ihrer eigenen Logik folgten. Die schützende Kuppel drohte zu bersten, jedenfalls bildeten sich Risse, die die Nato-Militärs selbst kaum bemerken durften und wollten. Als die Bombardierungen hätten aufhören müssen, als die Stunde der Diplomatie hätte schlagen sollen oder der Einsatz von Bodentruppen hätte erwogen werden müssen, war es eigentlich zu spät. Die Nato drohte ihr Wort zu brechen, ihren Ruf zu zerstören und das Dilemma der Militärs bestand darin, dass sie es ohnehin schon taten.

Die andere emotionale Dynamik, die »albanische«, lösten die Rückkehrer aus. Als Pendant zur serbischen Nationalpsychose brach die kosovoalbanische auf. Nur eine verschwindend kleine Zahl der Bewohner der Provinz Kosovo mochte sich noch als »Jugoslawe« verstehen – inzwischen zum Schimpfwort unter Serben wie Kosovo-Albanern geworden. Keine drei Tage wollten die meisten Kosovaren im Asyl in den Nachbarländern ausharren, allen Warnungen zum Trotz. In Eile packten sie ihre Traktoren und Autos voll, die sich in langen Ketten die Serpentinen hochwanden. Man muss sie beim Namen »Kosovo« lächeln gesehen haben, um die unheimlichen, fast erschreckenden, doch auch anrührenden Facetten der Gefühlslagen zu erahnen, die mit dem Land, ihrer »Heimat«, inzwischen für sie verbunden waren.

In dieser Dynamik nun verrechnete sich das UNHCR. Und agierte also zögernd, planarm, dilettantisch. Doch nicht allein diese Unsicherheiten trugen dazu bei, dass die UNO bei der kosovarischen Bevölkerung kein hohes Ansehen genießt. Wer die Begeisterung der Kosovaren am Straßenrand gesehen hat, die beim Einmarsch der Friedenstruppe »Nato! Nato!« riefen, die alten Bäuerinnen, die es, die Hände von KFOR-Soldaten küssend, laut und weinend begrüßten, dass ihr eigenes Dorf bombardiert worden war – »Hauptsache, die Serben sind fort!« –, der wird vor allem wünschen, dass an die Stelle von solchem Enthusiasmus eines nicht zu fernen Tages Begeisterung für die supranationale Organisation treten wird.

Die UNO versagte mehrfach und nicht nur bei ihrer Fehleinschätzung des Rückkehrdranges der Vertriebenen. Den Albanern wurde sie bald doppelt suspekt, als nämlich ihre Mitarbeiter sich im Namen des Minderheitenschutzes der Serben in Mitrovica annahmen sowie die Roma, Türken und albanischen Katholiken im Kosovo gegen Übergriffe schützten. Damit enthüllten die Vereinten Nationen die wahre Natur ihres Auftrages, zeigten gleichsam das humanitäre Gesicht ihrer Mission und überließen die Kosovaren einer tiefreichenden Verwirrung. »Nur die Nato war für uns!« – so lautete deren verfehltes Fazit am Ende des Krieges. Wie aber soll nun Respekt vor der anderen »Ethnie« geweckt werden. Wie gar Liebe zu einem Nächsten, der nur noch als Verfolger erinnert wird? Wie Verständnis aufkommen für das Wirkliche, will heißen: unparteiische Mandat der UNO? Durch neue Schulbücher? Durch Songs? Durch Re-Education? Wahrscheinlich schon. Das nächste Improvisationstheater wird gewiss nicht auf sich warten lassen. Sein Verlauf wird – so ist zu hoffen – ein besserer sein.

JOSCHA SCHMIERER

Das Improvisorium

Anmerkungen zur Improvisation im Politischen

Ein für sein rhetorisches Geschick allseits gerühmter Politiker erzählte vor Jahren von der üblen Überraschung, die er bei seiner ersten Rede im Bundestag überstehen musste. Als erfahrener Versammlungsredner hatte er sich darauf verlassen, mit zwei, drei Gedanken im Kopf ans Pult treten und die Redeschlacht locker bestehen zu können. Als Redezeit hatte er, sagen wir, gerade mal 10 Minuten eingeräumt bekommen. Nicht viel Zeit für einen Redner wie ihn. Bisher hatte er in seinem Redefluss immer gebremst werden müssen. Jetzt aber im Plenum des Bundestages sei ihm schon nach wenigen Minuten nichts mehr eingefallen. Auf einmal hätte er auf die Uhr geschaut, um zu sehen, wie lange er noch durchhalten und etwas bieten muss, statt von der ablaufenden Zeit angetrieben zu werden, alles noch rechtzeitig zu sagen. Er sei fast verhungert da vorne. An einem Thema hatte es ihm nicht gefehlt, auch nicht an der Melodie. Was ihm die Luft nahm und das Gehirn lähmte, war der Mangel an Resonanz, war, dass er ins Leere zu sprechen schien, wo er es doch von seinen bisherigen Auftritten her gewohnt war, auf gespannte Aufmerksamkeit zu treffen. Es brauchte eine Weile, bis er auch im Bundestag mit ihr rechnen konnte. Er musste das Parlament erst einmal als Bühne erobern, bevor er an Improvisation wieder denken konnte. Und dazu bedurfte es einer nachhaltigen Inszenierung voller wohlbedachter Regelverletzungen und gut vorbereiteter Erkenntnisblitze unerwarteten Expertenwissens.

Um als politischer Rhetor erfolgreich improvisieren zu können, braucht man eine Bühne, die man kennt, und ein Publikum, das mitgeht, egal ob zustimmend oder ablehnend. Die Bedingungen erfolgreicher Improvisation müssen für und durch den politischen Rhetor hart erarbeitet werden. Schon für den Rhetor ist der Raum möglicher Improvisation begrenzt. Die Bezugnahme auf ein fast schon vergessenes Argument der Vorrednerin oder des Vorredners kann ihn eröffnen. Oder ein provokanter Zwischenruf.

Wo findet sich in der Politik überhaupt ein solcher Raum der Improvisation? Und ist Improvisation ein Begriff, der einer wesentlichen Seite politischen Handelns gerecht wird?

Die *Stuttgarter Nachrichten* veröffentlichten am 14. Mai, drei Wochen nach der Geiselnahme auf der Insel Jolo, ein Gespräch mit Adolf Gallwitz, den sie als Experten in Sachen Geiselnahmen an der Polizeihochschule in Schwenningen vorstellten. Zum Schluss fragte Susanne Stiefel, ob der Experte Hoffnung auf ein schnelles Ende der Geiselnahme habe. Er antwortet: »Da mischt eine unüberschaubare Anzahl von Menschen mit, so dass man nicht mehr erkennen kann, in welche Richtung das Boot fährt. Nein, ich glaube nicht an eine schnelle Lösung.« In einer solchen Situation muss man, so ist der Experte zu verstehen, vor allem Geduld aufbringen und warten lernen. Das gilt auch für die Regierung. Journalisten können einstweilen Besuchsreisen zu den Geiselnehmern improvisieren. An der grundlegenden Wartesituation ändert das freilich nichts. Sie mit Unterhaltung aufzuheizen und im Publikumsbewusstsein präsent zu halten, ist der Sinn solchen journalistischen Tourismus. Selbstverständlich können die Medien mit ihren Inszenierungen einen ungeheuren Handlungsdruck in derartigen Situationen erzeugen. Situationsadäquate Improvisationskunst kann sich dann auf Seiten der Regierung allenfalls darin äußern, wie sie sich diesem Druck entzieht, um ihrerseits handlungsfähig und souveräner Akteur zu bleiben. Auch dazu sind Krisenstäbe da.

Der Spezialist für Entführungen beschreibt eine Extremsituation. Tatsächlich handelt es sich um ein Extrem, das zum politischen Alltag gehört, ist gewissermaßen sogar definiert, denn fast immer mischt eine unüberschaubare Anzahl von Menschen mit, wirken zahlreiche Faktoren auf die Situation ein, weshalb schwer oder gar nicht zu erkennen und auch kaum voraus zu sagen ist, »in welche Richtung das Boot fährt.«

Politisches Handeln scheint sich nicht in dem Gegensatz von Planmäßigkeit und Improvisation zu bewegen. Politische Prognosen arbeiten mit Szenarien und stellen Optionen vor. Szenarios extrapolieren aus der Analyse einer aktuellen Situation bestimmte Entwicklungstendenzen. Die erste mögliche Fehlerquelle liegt bereits in der Analyse der aktuellen Situation: Erfasst sie überhaupt alle Faktoren und Trends, die für die zukünftige Entwicklung von Bedeutung sind? Übersieht sie nicht vielleicht eine für die zukünftige Entwicklung wichtige Tendenz, weil sich diese in der Gegenwart noch nicht sichtbar auswirkt? Aber selbst wenn alle wichtigen Tendenzen identifiziert wären, kann sich mit ihrem Gewicht untereinander die Gesamtentwicklung in einer großen Bandbreite verschieben. Und da politische Entwicklungen bewusst oder unbewusst, willentlich oder unwillentlich von einer Vielzahl von Menschen beeinflußt werden, sind Szenarios keine passiven Abbilder denkbarer Entwicklungen, sondern gehen über die Absichten und Entwürfe der beteiligten politischen Kräfte selbst als wirksame Faktoren in die Entwicklung ein. Die »self-fullfilling prophecy« ist nur eine Variante der möglichen Beeinflussung der zukünftigen Entwicklung durch die Rezeption und Auswirkung aktueller Szenarios.

In allen politischen Szenarios spielt die Einschätzung der zukünftigen Handlungsweise des potenziellen Gegners eine wichtige Rolle. Da von diesem angenommen wird, dass er ebenfalls in Szenarios der zukünftigen Entwicklung denkt, wird bei einem als wahrscheinlich angenommenen Szenario am Ende ausschlaggebend sein, welches Szenario als handlungsleitend für den Gegner gilt. Beim Ausbruch des Ersten Weltkrieges etwa haben Vermutungen zu den Überlegungen und Absichten des potenziellen Kriegsgegners auf allen Seiten eine kriegstreibende Rolle gespielt. Interessen wirken also nicht unmittelbar auf politische Entscheidungen ein, sondern über Szenarios, in denen vermutete Interessen anderer eine für die eigene Handlungsweise ausschlaggebende Rolle spielen können. Vernünftige Überlegungen auf der eigenen Seite kommen unter Umständen gar nicht zum Zuge, weil von der Unvernunft der anderen Seite ausgegangen wird.

Es wäre verkehrt, wenn sich Politik in erster Linie auf ihre eigenen Planungen verließe. Verkehrt wäre es aber auch, wenn sie grundsätzlich nach dem Motto verführe, kommt Zeit, kommt Rat. Oft kann dann jeder Rat zu spät kommen, weil andere bereits auf nicht intentionale Handlungen, etwa bloßes Zuwarten, reagiert haben und eine Rückkehr zum Status quo ante nicht mehr möglich ist. In der Politik ist meistens Ratlosigkeit die Mutter der Improvisation. Ein Plan ist gescheitert, weil er mit fehlerhaften Szenarios und illusionären Optionen arbeitete. Oder es gab keinen Plan, weil nie erwartet wurde, dass eine Situation so eintreten würde, wie sie nun da ist. Wo guter Rat teuer ist, scheint es nur recht und billig zu sein, auf Improvisation zu setzen. Improvisation ist aber keine Methode der Politik, sondern der letzte Ausweg, wenn Politik in die Sackgasse geraten ist.

Improvisation ist unvermeidlich, wenn man nicht ausreichend gerüstet ist. So muss die Bundesregierung Transportmaschinen teuer anmieten, wenn sie Hubschrauber zu einem Noteinsatz nach Mosambik schaffen will. Andererseits wäre es übertrieben, für seltene Fälle dieser Art eigene Kapazitäten zu schaffen, die meistens brachliegen. Über den Aufbau gemeinsamer Transportkapazitäten wollen die Mitgliedstaaten der EU hier aus dem Dilemma zwischen teurer Überrüstung und drohender Unfähigkeit, auf seltene Notfälle reagieren zu können, herausfinden. Rüstung – und das gilt nicht nur für das Militärwesen – ist das Feld, auf dem sich langfristige und zugleich ins Einzelne gehende Planung am ehesten austoben kann. Improvisationstalent ist gefragt, wenn die Rüstung versagt hat. Politik kann weder dem Planungs-, also dem Rüstungsfetischismus huldigen, noch das Hohe Lied auf die Kunst der Improvisation singen. Sie riskiert es, im Notfall improvisieren zu müssen, wenn sie die Gefahr der Überrüstung meidet.

Joe Klein als Kolumnist von *Newsweek* und Mitarbeiter des *New Yorker*, ein erfahrener politischer Beobachter, beschreibt in seinem gerade erschienenen Roman *Im Namen der Ehre* Überlegungen seines Helden, eines US-Senators aus dem Mittelwesten: »Er liebte die Politik – zumindest das Handwerk. ... Gute Politik besaß eine gewisse Eleganz. Sie war wie Astronavigation, genauso indirekt und subtil, denn man musste seine Flugbahn anhand von flackernden Lichtern bestimmen und die Position beweglicher Ziele schätzen. Im Grunde ging es darum, die Pläne des Feindes auf möglichst raffinierte Art zu durchkreuzen und die eigenen Ziele zu verwirklichen. Aber das Spiel war von den Marketingfritzen mechanisiert und pervertiert worden, es war hässlich geworden und hatte seinen Reiz verloren.« Sein Freund schätzt die Lage hingegen so ein: »Die Dinge, mit denen Charlie bisher Punkte hatte machen können – seine Spontaneität und Ungezwungenheit, sein lässiger Mumm und seine Bereitschaft, laut zu denken und manchmal auch aufzubrausen –, waren im modernen Wahlkampf von Nachteil. Anachronismen, vielleicht.« Würden demnach mit der Mechanisierung des politischen Spiels auch die Möglichkeiten der Improvisation eingeschränkt? Die Metapher der Astronavigation lässt nicht an Improvisation denken, sondern an eine Serie rascher Abwägungen und Entscheidungen in einem Raum, in dem sich eine Vielzahl von Körpern unabhängig vom eigenen Willen bewegt. Ohne Intuition wird das kaum gelingen, aber Raum zur Improvisation wäre zu keinem Zeitpunkt gegeben, weil sie auf die Bewegung der anderen Körper im Raum keinen Einfluss nehmen könnte. Mechanisierung des politischen Spiels bestünde also nur darin, auch noch die eigene Bewegung zu mechanisieren, die Selbststeuerung in voller Kenntnis des Mechanismus der Bewegungen der sich unabhängig im Raum bewegenden Körper zu programmieren. An diesem Punkt könnte Anpassung an die äußeren Bedingungen als deren Beherrschung erscheinen. Charlie, der Senator, beschreibt dies an Hand der Fokusgruppen, ohne das Ineinanderfallen von Anpassung und Beherrschung ganz zu begreifen: »Da sitzt eine Handvoll Durchschnittstypen in einem Raum. Alles wirkt ganz okay, fast normal. Sie trinken Kaffee, futtern Kekse und quatschen über Politik. Du schneidest bestimmte Themen an.

Besser gesagt nicht du, sondern ein Typ, den du angeheuert hast. Du selbst stehst hinter einer dieser Glasscheiben, die von der anderen Seite wie'n Spiegel aussehen, und schaust zu. Du redest nicht mit ihnen, sondern ein anderer nimmt sie sich in deinem Auftrag vor. Auf diese Weise findest du raus, auf welche Begriffe sie anspringen und auf welche nicht. Und dann gehst du zu ihnen rein und wendest die Schlüsselwörter gezielt an. Irre, was?« Er hält das für einen Ersatz mangelnden Führungsqualitäten, während es sich doch um vorauseilende Überanpassung handelt.

In Robert Reichs *Goodbye, Mr. President. Aus dem Tagebuch eines Clinton-Ministers* findet sich ein Beispiel politischen Handelns, das der Vorstellung von Improvisation wohl nahe kommt. Der Professor für Volkswirtschaft und linke Demokrat war Arbeitsminister in der ersten Clinton-Regierung. Als er von seinem Abteilungsleiter für berufliche Sicherheit erfährt, dass sich die Bridgestonefabrik in Oklahoma beharrlich weigert, trotz mehrerer Unfälle und der Androhung eines Strafgeldes angemessene Sicherheitsvorkehrungen zu treffen, nimmt er die Sache selbst in die Hand und überbringt mit dem üblichen Öffentlichkeitsrummel persönlich den Dringlichkeitsbescheid. Der Triumph ist kurzlebig. Erst lässt die Konzernleitung das betreffende Werk schließen, dann hebt das örtliche Gericht den Dringlichkeitsbeschluss auf. Die Konzernleitung verkündet danach, sie werde die Produktion wieder aufnehmen, wenn die Regierung auf eine Berufung verzichte. Innerhalb kürzester Zeit ist aus einer ostentativen Aktion des Ministers für die Sicherheit der Arbeiter ein Anschlag der Washingtoner Bürokratie auf die Sicherheit der Arbeitsplätze geworden.

Zur fälligen Manöverkritik im Ministerium vermerkt Robert Reich: »Tom Glynn fragt Joe, ob er vor Inangriffnahme der Expedition bedacht habe, dass der Daily Oklahoman extrem rechtslastig und der dortige Bezirksrichter vor seiner Ernennung in dieses Amt durch George Bush republikanischer Senator gewesen sei? Die Antwort liegt auf der Hand. Joe schweigt. ›Wäre vielleicht ganz gut, künftig solche Dinge nachzuprüfen, bevor man etwas unternimmt‹, sagt Tom langsam. Er ist leichenblass, Schluderigkeit ist ihm verhasst. Toms Devise heißt sorgfältigste Planung. Jede Option, jede denkbare Alternative, jeder mögliche Ausgang sind von vornherein in Rechnung zu stellen. Die Expedition nach Oklahoma war ein Musterbeispiel ungestümen Handelns. ›Es ist mein Fehler, Tom‹, sage ich kleinlaut. ›Ich hatte die Idee.‹«

Soviel zu den Improvisationsmöglichkeiten in einer führenden Position der Exekutive. Die Exekutive aber ist die Gewalt, die am ehesten über Möglichkeiten verfügt, zu improvisieren und für die Improvisation gelegentlich auch Sinn machen kann. In der Legislative widerspricht Improvisation selbstverständlich dem politischen Zweck der Institution. Gesetzgebung und Haushaltsrecht, aber auch die Kontrolle der Regierung im Alltagsgeschäft bauen nicht auf Spontaneität, sondern Nachhaltigkeit. Das gilt auch für die Judikative. Urteile zu bilden und zu fällen auf Grundlage von Gesetzen, verlangt nach der Kunst der Interpretation; nicht Improvisation ist gefordert, sondern Regelhaftigkeit der Verfahren. Beide Gewalten ziehen zusammen mit den gelegentlich als vierter Gewalt genannten Medien dem Handeln der Exekutive die entscheidenden Grenzen. Im Beispiel von Robert Reich sorgten eine rechte Lokalpresse und ein republikanisch gesonnener Richter dafür, dass der Arbeitsminister als Vertreter der Exekutive die Möglichkeiten, die ihm der Gesetzgeber eingeräumt hatte, nicht erfolgreich durch »ungestümes Handeln« nutzen konnte.

Vom Blatt zu spielen oder zu improvisieren, scheint keine sinnvolle Alternative für politisches Handeln zu sein. Weder ähnelt die politische Arena einem Orchestergraben, wo alle Mitspieler die Noten vor Augen und den Dirigenten im Blick haben, noch kann eine Regierung, nachdem sie ihr Thema gefunden und die Instrumentalisten wie die Stimmen zusammengebracht sind, frei wie in einer Jam-Session agieren, obwohl es strukturelle Entsprechungen zur letzteren gibt. Die politische Sphäre teilt sich nicht in Akteure und Publikum. Alle, die an der politischen Sphäre teilhaben können, sind auch potentielle Akteure. Damit nicht allgemeine Kakophonie herrscht, muss ausgeschlossen sein, dass Privatinteressen unmittelbar zur Geltung gebracht werden können. Politik ist eine öffentliche Angelegenheit und schafft die Trennung von bourgeois und citoyen ständig neu, indem sie beiden zu ihrem Recht verhilft. Damit sich eine politische Öffentlichkeit konstituieren kann, ist neben der Doppelexistenz des Individuums als bourgeois und citoyen eine Pluralität politischer Meinungen notwendig. Die Meinungen der citoyens müssen sich bündeln, um die öffentliche Auseinandersetzung über die politischen Herausforderungen einer Gesellschaft in Gang zu bringen. Eine solche Bündelung der öffentlichen Meinung in politischen Strömungen und Parteien setzt voraus, dass die Öffentlichkeit auch konzeptionelles Denken zulässt, rezipiert und an ihm teilnimmt. Nur dann werden die politischen Repräsentativorgane langfristig wirksame Entscheidungen treffen, aber, wenn notwendig, auch korrigieren

22730/DM 14,90/öS 109,–/sFr 14

können, und bei unvermeidlichen Ad-hoc-Entscheidungen nicht völlig den Umständen ausgeliefert bleiben, die sie erzwingen. Erfolgreiches politisches Handeln in einer Demokratie verlangt eine gesellschaftliche und öffentliche Atmosphäre, in der das Für und Wider komplizierter Entscheidungen abgewogen werden kann und nach der Entscheidung alle Argumente, die gegen sie vorgebracht wurden, im politischen Gedächtnis bleiben. Nur so kann Rechenschaft verlangt und auch abgelegt werden, nur so bleiben Entscheidungen revidierbar, wenn jene Argumente, die ursprünglich einmal gegen sie sprachen, bei ihrer Durchführung dann doch wieder stärkeres Gewicht erlangen.

Die Entscheidung von Regierung und Bundestag, an der Nato-Intervention gegen die serbische Unterdrückungs- und Vertreibungspolitik im Kosovo teilzunehmen, wenn sie auf Luftangriffe beschränkt bleibt, hätte früher oder später an den Punkt geführt, wo sie in der einen oder anderen Richtung hätte korrigiert werden müssen: Entweder hätte die Unterstützung der Intervention wegen Erfolglosigkeit eingestellt oder hätte die Intervention im Einsatz der Mittel dem Ziel gemäß, nämlich den Kosovo zu schützen, nicht aber Serbien zu zerstören, verändert werden müssen. Es war viel Glück dabei, dass es zu einem Waffenstillstand und einer Rückzugs-Vereinbarung mit Serbien kam, bevor dieser Punkt erreicht war. Hätte im anderen Fall die Möglichkeit bestanden, eine neue Alternative zu erörtern, nachdem die ganze Zeit behauptet worden war, die bisherige Entscheidung sei ohne Alternative gewesen?

Es liegt in der Natur problematischer Entscheidungen, dass bei ihrer stets prekären Realisierung eine Atmosphäre, in der politische Abwägung möglich bleibt, von allen Seiten her gefährdet wird. Wie es in anderen Bereichen darauf ankommt, die Spielräume für Improvisationen offen zu halten und zu verbessern, hängt in einer demokratischen Republik alles davon ab, ob es gelingt, die Möglichkeiten politischer Infragestellung getroffener wie auch zukünftiger Entscheidung zu sichern.

Politik besteht im Zusammentreffen vieler Akteure und in der Auseinandersetzung mit zahlreichen sich widersprechenden Faktoren und gegenstrebigen Tendenzen. Zugleich hat sie nach dem geflügelten Wort Max Webers dicke Bretter zu bohren. Abstrakt gesehen spricht nicht viel dafür, dass eine scheinbar schwache Form wie die demokratische Republik politische Stärke an den Tag legt. Überlegt man sich freilich, dass die wichtigste Erfolgsbedingung für ein Handeln unterschiedlicher Akteure bei unsicheren Aussichten eine möglichst allen zugängliche Sphäre der Erörterung und

Abwägung von Entscheidungsgründen ist, dann wundert es kaum, dass demokratische Republiken sich praktisch als robusteste politische Form der Moderne erweisen und als das einzige Muster, das propagandistische Kraft entwickelt. Sie bilden in ihrer Verfassung ein deliberatives Denkmuster ab und schreiben dem Denken kein Muster vor. Sie bleiben ein Improvisorium.

Werkgespräch

Die Wörter sind vor dem Leben da.
Interview mit Adolf Muschg
von Daniel Lenz & Eric Pütz

Die Wörter sind vor dem Leben da

Interview mit Adolf Muschg
von Daniel Lenz & Eric Pütz

NR: »Schreiben hören kann ich ihn noch: schon damals war das Klappern der Schreibmaschine fast die einzige Gegenwart des Vaters [...] Still ging es zu bei uns, die Ruhe des Vaters verlangte mein Stillsein; auch mein Erlösungswerk dachte sich die Mutter eher still [...] Dass Lesen und Schreiben ein stilles Geschäft waren, traf sich also sehr gut. Ich lernte es früh [...]«

Wie haben Sie begonnen, zu schreiben? Weckte das Klappern der Schreibmaschine Ihres Vaters schon früh die Neugier für das Schreiben?

AM: Ich glaube, die Neugier kam leider erst später, denn für mich war dieses Schreibgeräusch eigentlich der Ersatz für das väterliche Gespräch. Mein Vater war für meine damaligen Verhältnisse ein alter Mann, er war 62. Ich erinnere mich nicht an viele nicht-schulmeisterliche Beziehungen zu ihm – er war ja auch Lehrer. Er hat mich dazu angehalten, ein Herbarium anzulegen und hat es zuerst auch selber beschriftet, mit dem Erfolg, dass ich die meisten lateinischen Namen der Pflanzen noch kann, weil ich das sozusagen eingebläut bekommen habe. Das war die eine Situation. Die zweite war die heimatkundliche, namentlich die vogelkundliche. Ich erinnere mich an zwei, drei Male, wo wir ganz früh aufgestanden sind, er mich in den Wald geführt hat und mir die Vogelstimmen erklärt hat. Die dritte und vielleicht elementarste Situation war das Schreiben- und Lesen-Lehren. Er hat eine große Bilder-Bibel auf dem Gartentisch gehabt, da saßen wir dann, er hat mich auf das Knie gesetzt – so sind wir auch einmal fotografiert worden – und mir die Buchstaben gezeigt, und zwar noch diejenigen in Frakturschrift. Ich wundere mich immer, dass Kinder das heute nicht mehr lesen können, denn das war für mich die erste Schrift, ergänzt noch durch die Wandschriften in der Zürcher »Kronenhalle«. Da ging mein Vater, der sich als pensionierter Lehrer die Preise ansonsten nicht leisten konnte, am Nachmittag mit seinem Pressspanheft hin und schrieb seine Bauerngeschichten hinein. Ich saß ihm gegenüber – das war wohl seine Idee von Babysitting, so dass meine Mutter mal ein bisschen Ruhe hatte –, er kommunizierte nicht, und diese Sprüche, die ebenfalls gotisch geschrieben waren, diese kurzen jambischen Reime, die haben sich mir als früheste Poesie eingeprägt. Er war wirklich mein Lehrer, eigentlich nicht durch die Dinge, die er mit mir gemacht hat, sondern durch die Dinge, die ich in seiner Gegenwart mitbekam, und dazu gehörte ganz früh das Schreibmaschine-Klappern, die alte Olivetti, die ich noch nach Japan mitgenommen habe. Das war mein Einschlafgeräusch, und das muss wohl bedeutet haben: »Jetzt kann mir nichts mehr passieren, jetzt bin ich sicher.« Es war ein Zauber, eine Magie. Ich habe einfach zwei Berufsbilder nicht explizit, sondern durch die Poren mitbekommen. Um ein Mensch zu werden, in meinem Falle ein Mann, musste man also Lehrer und Schriftsteller werden. Auf diese Kombination war ich programmiert. Auf diese Weise bin ich geprägt worden. Ich war der einzige Mensch, den ich kenne, der nie einen Augenblick Zweifel hatte, was ich werden solle oder müsse. Das wusste ich von Kindheit an: Schriftsteller und Lehrer.

NR: Wollten Sie Ihrem Vater nacheifern? Wollten Sie noch besser sein?

AM: Nein, es war nicht die Absicht, es besser zu machen. Es gibt einen Satz in Ernst Barlachs »Selbsterzähltem Leben«, der sinngemäß heißt: »Ein Vater, den man zu früh verliert, wächst ins Mythische.« Psychologisch muss man sagen: Man hat keine Chance, sich mit ihm auseinanderzusetzen. Ich hatte keinen Streit mit meinem Vater, und das fehlte mir eigentlich ein Leben lang. Wenn es das gegeben hätte, dann wäre mein Berufsbild vielleicht nicht so fixiert geblieben.

Als ich damals von Sartre »Les mots« las, da erkannte ich mich fast in jedem Satz wieder. Das Buch beschreibt eine Kindheit, die durch Lesen und Schreiben konstituiert wird. Die Wörter sind vor dem Leben da. Das Leben ist eine Art Nachspiel – im doppelten Sinne. Man versucht, die Wörter, das hieß in meinem Fall die bescheidene Klassiker-Bibliothek meines Vaters, in seiner Biographie nachzuinszenieren, unbewusst. Das alles hat, wie man eigentlich voraussehen konnte, schon gegen Ende des Studiums und vor allem bis zu meinem 30. Lebensjahr zu einer monumentalen Schreibblockade geführt. Ich konnte fünf Jahre lang keinen geraden Satz mehr schreiben. Offenbar mußte ich mich erst durch diesen scheinbaren Musberg, dieses Schlaraffenland einer ready-made-Sprache, nicht nur durchfressen, sondern erst einmal auch darin ertrinken und untergehen, bis ich von hinten wieder an die Sprache herankam. Da kommt dann Japan ins Bild.

NR: Ihre erste Lektüre soll ein Kinderbuch mit dem Namen »Hansi und Ume«gewesen sein, das Ihnen Ihre Halbschwester aus eigenen Japan-Erfahrungen gefertigt hatte …

AM: Was ich Ihnen jetzt erzähle, ist natürlich ein bisschen ein Szenario, wie ich mir die Geschichte selbst erzähle, aber ich glaube, es ist trotzdem wahr: Es gibt in diesem Buch zwei Elternhäuser: Das eine ist mein reales, was ja zugleich ihres war, und dann gibt es auch eines in Japan. Diese beiden Zentren muss man wie in einer Ellipse besetzen: Das japanische Zentrum war meine biographische Fleißaufgabe, die ich sozusagen über zwei Anläufe ausgeführt habe. Meine erste Frau hat ein spezielles Verhältnis zu Japan, da unser gemeinsamer Sohn mit einer Japanerin verheiratet war und jetzt in Japan lebt. Meine zweite Frau Hanna habe ich als Hansi – das war ihr Kurzname – in Göttingen kennengelernt. Und jetzt bin ich am Ende mit einer Japanerin verheiratet. Damit ist sozusagen die »Ume«-Komponente in diesem polygamen Muster integriert. Das alles habe ich natürlich nicht gewusst, als ich es angezettelt habe. Es ist ein Deutungsschema, das auch ein Witz ist, wenn man es sich nachher ansieht. Es ist einfach unheimlich, wie viele Dinge jenseits jeder Wahrscheinlichkeit zusammenfallen.

NR: In Ihrer Poetik-Vorlesung verknüpfen Sie Ihre Schreibanfänge noch mit einem anderen Aspekt, und zwar soll der erste Schreibimpuls eine Reaktion auf ein defizitäres Umweltverhältnis gewesen sein: »Schreiben war mein Abwesenheitsverfahren, mit dem ich Anwesenheit simulierte, hergestellte Gelegenheiten nach verpaßter Gelegenheit, Nähe aus der Ferne [...] Ich hatte nötig zu zeigen, wie gut ich war, da ich offenbar nicht genügt hatte.« Wenn man das nun liest, kann man da resümieren, dass Ihr erstes Schreiben primär nach außen gerichtet war und keine Leistung für Ihre eigene Identität erbrachte?

AM: Ja. Im tieferen Sinne ist das ganz sicher richtig – wenn wir jetzt von den reinen Kinderreimereien absehen. Es findet natürlich in einem selber eine Spaltung in zwei Personen statt: Eine Person, die man gerne wäre, und eine, die real existiert. Dazwischen ist – und das wollte ich wohl damit ausdrücken – eine gewaltige Kluft. Zur Anstrengung des Lebens gehört, an ein paar Orten auch sich selber vorzumachen, dass man der Andere ist und nicht der Großartige, der Richtige, der Halbgott, der tragische Held. Wir alle funktionieren nach unseren Projektionsmustern, das ist, glaube ich, nicht eine Schriftsteller-Eigenschaft. Jede Pubertät besteht aus einem eingebauten Modell, welches einen abwechselnd zur Verzweiflung bringt, weil man ihm nicht genügt, und die nötigen Großartigkeitsgefühle verschafft. Meine Schreibereien waren natürlich nicht eine für andere brauchbare Wahrnehmung der Umgebung. Das kommt erst später. Sie waren zuerst einmal Triumphschreie: »Da, guckt, wer ich bin!« Man markiert sein Territorium, und es kann nur das größte sein. In dem Sinne ist es zwar auf Effekt nach außen gerichtet, aber es dient natürlich dem Aufmöbeln des Egos.

Wenn Sie es weniger negativ haben wollen: Man macht sich dicht gegen mögliche Kränkungen, gegen Dinge, die zu schmerzhaft wären, wenn man sie sich eingestehen müsste.

NR: Sie haben eben viel über Ihren Vater gesprochen, aber auch Ihre Mutter scheint – wie Sie in »Literatur als Therapie« ausführen – in Ihrem Werdegang zum Schriftsteller eine zentrale Rolle für Sie gespielt zu haben: Sie hat Sie als ein »Gotteskind« aufgezogen, welches »zur Herrlichkeit bestimmt« war. Inwiefern war Ihr erstes Schreiben auch eine Reaktion auf diese hohe Erwartungshaltung?

AM: Etwas hat mir meine Mutter erspart: Sie hat diese Art von Heiligung des eigenen Kindes niemals mit dem Schreiben verbunden. Das war für sie überhaupt nicht mit artikulierter Sprache, sondern mit bestimmten frommen Ritualen verbunden. Sie wollte ein frommes Kind haben, und das hieß, sozial gesehen, dass sie ein artiges Kind haben wollte. Nach dem Großartigkeitsmuster gesehen wollte sie also schon ein berühmtes Kind, aber eher eines, das berühmt war für irgendwelche Großtaten der Menschlichkeit. Sie hat ja schon bei meinem Vater darunter gelitten, dass der seine Hefte vollschrieb und sich von ihr absetzte – es war im Grunde eine Kommunikationsverweigerung ihr gegenüber. Die Schriftstellerei, bzw. alles, was nicht geradezu Bibelsprache war, fand sie verwerflich oder sogar gefährlich. Als mein erstes Buch »Im Sommer des Hasen« erschien, hat sie sich fast nicht mehr unter die Leute getraut, weil da offenbar eine erotische Episode drin vorkam. Daran wollte sie nicht schuld sein, das hatte nicht sie mir beigebracht.

Damals war das in einem sehr hohen Grade noch normal. Ich bin in einer vom Ritual her enorm christlich-fundamentalistisch geprägten Gesellschaft aufgewachsen, und die hatte die Mehrheitsmeinung auf ihrer Seite. Es war damals nicht so pervers, wie es heute klingt. Das Zitat, das Sie da ansprechen, ist immer noch davon geprägt, dass ich mich von meiner Mutter distanzieren oder absetzen muss. Heute tut sie mir vor allem Leid. Was hat sie alles auf diese Weise versäumt. Es gab eine Jugend für sie, aber bestimmte Optionen hat sie dann z.B. aus Ängstlichkeit nicht leben können, obwohl sie viel, viel mutiger als mein Vater war.

NR: In einem Interview mit Achim Roscher bezeichnen Sie die Anfänge Ihres eigenständigen Lebens (Gymnasium, Studium, Promotion, Dozententätigkeit etc.) als einen fortgesetzten Versuch des Bravseins gegenüber Ihrer Mutter. Auch weil sie kein lautes Wort vertrug, haben Sie viel geschluckt und konsequenterweise aufgeschrieben. Irgendwann, als der Einfluss Ihrer Mutter schwand, mussten Sie jedoch eigentlich nicht mehr

»brav sein«, verschwand also die Rechtfertigung für das frühe, stille Schreiben – es muss demnach eine Verschiebung des Schreibimpulses stattgefunden haben. Wie hat diese Verschiebung stattgefunden?
AM: Es hat über den Fürchterlichsten aller Transmissionsriemen funktioniert, nämlich über das Schuldgefühl. Auch eine »normale« Existenz wäre mit dem Leitmotiv ›Schuldgefühl‹ gelaufen, weil das einfach zu ihrem Begriff des Christentums gehörte. Aber wenn ich mich nun auch noch von ihr absetze, dann kumuliere ich eigentlich das Schuldgefühl noch. Ich kann mich dann nicht plötzlich als freier Mensch absetzen und sagen: »So, das habe ich hinter mir, jetzt fange ich an, ganz anders zu leben.« Als ich mir das vorgenommen habe, hat es mich in Form einer jahrzehntelangen Hypochondrie eingeholt. Ich habe mich körperlich selbst dafür bestraft, dass ich den Erwartungen meines Milieus nicht entsprach und darüber hinaus gegangen bin. Eigentlich habe ich – wenn ich so die symbolische Sprache meiner eingebildeten physischen und psychisch auch realen Krankheiten recht lese – wirklich mein eigenes Todesurteil mehrfach angeboten. Das hat sich dann so geäußert, dass ich immer davon überzeugt war, dass, was immer mir fehlte, dies die Krankheit zum Tode sei. In Amerika – oder wo immer ich mich untersuchen ließ – ließ ich mich sehr lange nicht davon abbringen, dass ich Krebs habe. Das war die Metapher für das Sterben. Darin sehe ich sozusagen eine Umcodierung des mütterlichen Programms, und zwar eine sehr unbehagliche. In schlichte Sprache übersetzt hieß es eigentlich: Du hast dich jetzt von mir entfernt, aber – keine Angst – damit kommst du nicht weit. Mit dem Kopf war ich anderswo, aber mein Körper hat das Programm treulich weitergedichtet. Eigentlich kann ich mein Leben als fortgesetzten Versuch ansehen, diese Grenze endlich zu erweitern, über diesen Bann, diesen verinnerlichten Fluch hinauszuleben. Zugleich – und das ist natürlich das Verfluchte daran – sind bei dieser Art Beruf solche Nachteile ja immer auch Produktionsmittel. Ich kenne wenig schreibende Menschen, Maler oder Komponisten, die nicht in diesem Sinn einen Defekt zu bearbeiten haben, ohne dass man da jetzt ein Programm daraus machen muss. Der strahlend glückliche Schriftsteller ist meines Wissens noch nicht erfunden. Den gibt es einfach nicht.
NR: Ein Autor wie Thomas Meinecke behauptet, dass er nicht schreiben muss. Er schreibt allein, weil es ihm Spaß macht.
AM: Für mich ist das Etikett ›Es macht mir Spaß‹ mit sehr vielem konnotiert. Das geht vom Neoliberalismus bis hin zur Love-Parade. Das ist für mich eine neurotische Attitüde, aber vermutlich unterstelle ich jetzt aus Neid oder was auch immer einer anderen Generation Motive, die sie mög-

licherweise wirklich nicht mehr braucht. Das kann sein. Um zum Punkt zurückzukommen: Wenn es jemand anders kann – umso besser. Es gibt vielleicht ein paar Glückliche. Mein Halbbruder Walter Muschg hat die »Tragische Literaturgeschichte« – das ist dann auch ein Stück Familienprogramm – mit der Prämisse geschrieben, dass es den glücklichen Dichter nicht gibt. Vielleicht ist das auch meine Familienspezialität, dass sich ein Muschg das nicht vorstellen kann.

Leben und Schreiben

NR: In einer öffentliche Rede mit David de Pury erklären Sie, dass Sie den Beruf Lehrer und Schriftsteller gewählt hätten, da Sie nicht den Mut gehabt hätten, Ihr Leben allein auf Feder, Schreibmaschine oder Computer zu stellen. Auch der Schreiber sei abhängig vom Markt, stellen Sie abschließend fest. Tatsache ist jedoch, dass Sie schon sehr früh von Ihrer Schriftsteller-Tätigkeit hätten leben können. In einem anderen Zusammenhang bemerken Sie, dass Schreiben vor allen Dingen Zeit voraussetze. Wenn man nun davon ausgeht, dass Sie diese Zeit, diese reine Konzentration auf den Schriftstellerberuf de facto hätten haben können, kommt der Verdacht auf, dass Ihnen diese Vorstellung Sorgen zu bereiten schien. Warum haben Sie sich immer hinter einem »soliden« Job versteckt?
AM: Wenn ich irgendjemandem raten wollte zu schreiben, dann würde ich ihm ganz dringend einen weiteren Beruf empfehlen, nur nicht den des Lehrers und des Germanisten. Ich glaube, dass Sie eine Berührungsfläche außerhalb des Schreibens und der Einsamkeit mit dem Papier brauchen. Und das geht nicht, indem Sie nur naschen. Sie müssen irgendwo auch so involviert sein, dass es für Sie darauf ankommt, ob Sie auch da etwas leisten. Vielleicht ist das zu puritanisch, aber ich hätte es als verheerend angesehen, wenn ich mit 30 ein freier Schriftsteller und sonst nichts gewesen wäre. Dann hätte ich mich durch jedes Buch immer neu in dieser Choreographie der Selbstbestätigung und der Selbst-in Frage-Stellung befunden. Ich kann mir nicht vorstellen, dass das bei mir gut gegangen wäre. Das Milieu des Schreibens allein ist ein furchtbares. Stellen Sie sich vor, Sie würden Ihr ganzes Leben in einer Gruppe leben, die auf die Vorlesungen in Klagenfurt wartet. Das ist kein menschenwürdiger Zustand. Man braucht andere Erfahrungen als die des Schreibens, und zwar auch solche, die das Schreiben völlig in Frage stellen.

NR: In Ihren Poetik-Vorlesungen entwerfen Sie die Dichotomie von Literatur und Therapie. Sie sprechen von einem Dilemma, das darin besteht, dass die Autoren einerseits die Literatur nötig haben, sie andererseits aber nicht unmittelbar für das eigene Leben fruchtbar machen können. Wie lange haben Sie – und das unterstelle ich Ihnen jetzt einfach – daran geglaubt, dass die Literatur das Rüstzeug für das eigene Leben bereitstellen kann?

AM: Als ich 30 war, habe ich mir vorgestellt, das Schreiben sei eine Chance, die Prämissen des Schreibens selbst zu überholen oder zu überlisten, wenn man so will. Wenn ich jetzt als 65-jähriger darauf reagiere, finde ich, dass diese Version meiner selbst nicht ganz falsch ist. Denn es wäre auch lächerlich, wenn ich jetzt ein Leben lang als Hypochonder rumlaufen würde.

Ich glaube, dass das unheimlich wenig miteinander zu tun hat. Was ich Ihnen gerade erzählt habe, ist eine Konstruktion, mit der ich mir selber oder jetzt Ihnen, wenn ich gefragt werde, erkläre, was ich tue. Aber nichts von alledem, was ich da auspacke, spielt die geringste Rolle, wenn ich einen Stoff anpacke und mich jedes Mal wieder in der Morgendämmerung eines möglichen Motivs bewege. Dann denke ich weder an Kompensation noch an irgendetwas Ähnliches, dann würde sogar eine Formel wie ›Das macht mir Spaß‹ die Sache besser treffen als jede Art von tragischer Herleitung meines Schreibens. Insofern ist eine gewisse Blindheit gegenüber den eigenen Prämissen Bedingung dafür, dass man sich überhaupt bewegt, und sie stellt sich – man braucht zum Glück nicht dafür zu sorgen – auf dem Wege der Faszination durch ein Thema ein. Das ist wie in der Liebe: Sie können nicht sagen, warum diese Konstellation von Augen, Nase und Stirn, warum der Geruch einer Person Sie anmacht. Wenn Sie das könnten, dann wäre wahrscheinlich bereits die Hälfte oder mehr des Rätsels und der Chance vorbei. Ich will nicht sagen, dass die Spinne ihr Netz baut und nicht weiß warum – ich glaube sehr oft auch zu wissen, warum ich einen Stoff anpacke –, aber die wirklich spannenden Augenblicke sind die, wo der Stoff sich meiner bemächtigt, wo ich mir dann einbilden kann, ich sei etwas für mich Unerwartetem auf der Spur. Dass es dann hinterher sogar mir wieder bekannt ist, das gehört sozusagen zur Katerstimmung nach der Arbeit. Aber ich würde gar nicht erst anfangen, wenn ich sagen würde, dass ich jetzt einfach wieder ein Muster bestätige.

Die Erwartung, dass man durch das Schreiben heil wird, gehört sicher zu den Grandiositätsphantasien, die ich als pubertierender Halbwüchsiger hatte. Es ist im Grunde eine Richtigstellungsstrategie, von der man aber, wenn man nicht ganz blöd ist, merkt, dass sie nicht funktioniert. Ich war weder gesünder noch schöner durch Schreiben. Das Motiv in mir, das zum Klingen kommen wird und von dem ich mir einbilde, der von mir bewunderte Schriftsteller X und die von mir bewunderte Lyrikerin Y haben es nicht, will raus. Ohne diese Phantasie würde man, glaube ich, nicht beim Schreiben bleiben. Ich stelle fest, dass, wenn man älter wird, diese Phantasien etwas weniger fordernd und drängend werden. Als ich vom alten Frisch gehört habe, dass er einfach keine Lust mehr habe, zu schreiben, da erinnere ich mich noch, wie ich mir das nicht vorstellen konnte. Bei mir war es auch nie Lust, es war so eine Art Zwangslust, Zwangsverpflichtung, ein Sich-gar-nicht-anders-denken-können-als-schreibend. Dass das bei ihm nachließ und dass er darüber noch nicht einmal todtraurig schien, das ist ein Verdacht, der mich jetzt langsam als eigene Möglichkeit anschleicht. Ich hoffe aber, dass ich in zehn Jahren, mit denselben, wenn auch nicht panischen Widerständen darauf reagiere und sage: Du mußt noch etwas probieren. Das wäre die Form der Abenteuerlust eines alternden Mannes.

NR: Aus dem Dilemma zwischen Literatur und Therapie ziehen Sie ein Fazit: Literatur kann zwar keine Lebenshilfe bringen, durchaus aber Hilfe zur Selbsthilfe: »Wer lesen kann und will, darf sich von dieser Mühe wohl ein Stück Freiheit versprechen, Bewegungsfreiheit der Phantasie. Er/Sie holt sich bei den Dichtern Mut und Anreiz, anders, also mehr er/sie selbst zu sein.« schreiben Sie in den Vorlesungen. Dieses Zitat ist 20 Jahre alt: Sind Sie auch von dieser Leistungsfähigkeit von Literatur mittlerweile abgerückt?

AM: Ehrlicherweise muss ich sagen, dass es immer noch meiner eigenen Erfahrung entspricht, aber ich würde mich sehr viel weniger getrauen, sie wie damals in dieser nahezu predigerhaften Form zu verallgemeinern. Eine der Grundtendenzen jenes Büchleins war ja, deutlich zwischen Muschg, dem Leser, der in der Tat sehr viel Geschriebenem in seinem Leben Befreiungen verdankt, die ich in anderen Medien nicht erfahre, und Muschg, dem Schreiber, zu unterscheiden. Dem Schreiben wird ja eine entsprechende Utopie-Perspektive für die Lebenshaltung abgesprochen. Das war damals meine Arbeitshypothese. Für mich selber würde ich daran nicht viel zurücknehmen. Es gibt immer wieder Augenblicke, wo ich, damit ich aus dem ganzen Medienwust wieder auftauchen kann und die Maßstäbe in meinem Kopf sich wiederherstellen, wieder »Die ästhetische Erziehung des Menschen« von Schiller lesen muss, um eine Orientierung zu haben, was ich alles nicht zu lesen brauche. Es wird leider immer weniger, was sich zu lesen lohnt. Andererseits merke ich auch, dass ich ganz schlecht ohne die Wochenendbeilage der Frankfurter Rundschau auskäme. Ich entdecke in mir gelegentlich die Versuchung, die Position von damals noch zu verschärfen und zu sagen: Für das, was mir heilig ist, brauche ich in der Tat eine bestimmte Literatur. Ich brauche die Erinnerung an Hölderlin, um zu überleben, aber das ist nicht mehr das Überleben des Siebzehnjährigen. Damals war es emphatisch. Da habe ich selber so viel Rauch und Wolken produziert, dass die Götter darin untergegangen sind. Heute sehe ich auch die Einsamkeit und Verlorenheit dieser Götter. Ich kann vielen Menschen der jüngeren Generation eigentlich gar nicht mehr vermitteln, wovon ich rede, denke ich. Die haben andere Bedürfnisse, die sind mir fremd. Ich entdecke ganz intensive Paradigmawechsel in der Kultur, und man muss nicht älter geworden sein als ich, um sie festzustellen.

NR: »Bücher können wohl Schmerz bereiten und dämpfen, aber nur als Erinnerungen an Schmerz und Wohltat. Die Erinnerung an die Freiheit macht nicht wirklich frei. Wer ihr mit dieser Erwartung begegnet, für den wird sie zur Illusion.« Wenn Literatur permanent Erinnerungen reaktualisiert, dann würde sie ja eigentlich nach einem konservativen Prinzip funktionieren?

AM: Ich habe mich im Verdacht, damals recht viel 68er-Utopie als Schmuggelgut weitertransportiert haben zu wollen. Ich hätte gegenüber dem, was hier ›Erinnerung‹ genannt wird, heute weniger Hemmungen, es auch als Kategorie der Gegenwart zu sehen. Irgendwo steckt da noch ein Fortschrittsmodell hinter, von dem ich abgekommen bin. Das würde ich so dogmatisch nicht mehr behaupten. Ich glaube, um jetzt ein neues Bekenntnis zu riskieren, dass ich die letzten Jahre meines Lebens verschiedene Modelle der »Weltanschauung« studieren möchte. Mich interessieren heute z.B. andere Möglichkeiten mit dem Leben umzugehen, die nicht phantastisch, sondern realistisch sind. Ich schreibe zur Zeit einen Roman über eine Katze: Ich möchte gerne das Zeitverhältnis dieser Katze phantasieren, aber doch so, dass ich versuche, ihrer Existenz gerecht zu werden, die ja so völlig anders funktioniert als meine. Das ist das gleiche, wie wenn ich mir vorstellte, wie eine Libelle mit ihren Körbchenaugen sieht. Wie sieht sie den Raum? Dass unsere Art, die Welt zu sehen, heute leider identisch mit unserer Art geworden ist, die Welt dominant und für den Eigennutz unserer Art zu konstruieren, finde ich schon traurig. Mich interessieren die naturwissenschaftlich möglichen Varianten auch der literarischen Sehweise heute sehr viel mehr als vor 20 Jahren. Ich bilde mir ein, dass ich mit dieser Arbeitshypothese auf neue Art an neue Gegenstände herankomme.

NR: »Was der Fotograf im Sucher wirklich gesehen hatte, gaben seine Bilder kaum preis; aber sie standen zu diesem Nicht-Gezeigten in einem genauen Verhältnis.« Wenn man diesen Satz aus Ihrem Roman »Baiyun« nun auf die literarische Wahrnehmung und die Entstehung eines Textes überträgt: Wie würden Sie das Verhältnis des im Sucher Gesehenen und des Ergebnisses, der Texte, beschreiben?

AM: Das ist nahezu eine religiöse Begründung der Kunst. Ich kann ja nicht kontrollieren, was der Fotograf gesehen hat, ich habe das Zeugnis ja nur auf dem Foto. Aber dass es mir den Eindruck gibt, dass das nicht alles ist, was im Bild ist, das kann ich feststellen. Es gibt interessante Fotografien, wo dieser Satz – nach Wittgenstein – natürlich völlig sinnlos wäre: Was da ist, ist da, und was nicht da ist, ist nicht da – fertig. Und trotzdem haben Sie gerade im zwischenmenschlichen Kontakt immer ein sehr genaues Taktgefühl dafür, ob jemand, mit dem Sie reden, alles sagt, was z.B. sein Gesicht oder seine Bewegungen verraten. Diese Differenz war damit wohl gemeint. Aber dass ich jetzt auf diesen Satz eine neue Poetik bauen würde, werden Sie nicht erwarten. Ich halte es eher mit Wittgenstein: Es zählt am Ende nur das, was dasteht, sonst kommt man in einen maßlosen Dilettantismus rein. Die dilettantische Sicht auf Kunst ist bekanntlich die, dass der Dilettant behauptet, dass z.B. in einem bestimmten Gemälde das Unsagbare eingefangen sei. Er findet dann, dass das ein großes Lob sei. Manet hat einmal auf eine solche Bemerkung erwidert: Non, monsieur. La peinture est plus bête que ça.

NR: Man muß die Wahrnehmung ja nicht genau wiedergeben. Man kann ja auch bewusst versuchen, sie zu verändern oder zu verfälschen. Versuchen Sie, dem Wahrgenommenen durch das Arbeiten am Text schärfere Konturen zu geben?

AM: Mein Trick wäre es, wenn man jetzt einmal ein bisschen salopp redet, dass ich, wenn ich weiß, dass ich mit einer bestimmten Figur nicht alles sage, was ich weiß, versuche, das durch eine andere Figur ins Spiel zu bringen. Ich würde nicht am Ort selber arbeiten. Ich würde versuchen, durch die Konstellation zu arbeiten. Wenn ich mir jetzt z.B. die Mühe gebe, eine bestimmte Figur so rein wie möglich zu kriegen, dann darf es mir nicht passieren, dass ein Germanist kommt und sagt: Herr Muschg, auf Seite 230 sagen Sie aber das und das. Die Figuren, um wahrhaftig zu sein, um anzukommen, »must be able to speak their minds«. Etwas so ausschließlich wie möglich zu tun, ist für mich nicht unweise oder unklug, sondern es ist fast immer notwendig. Mit einem Kompromiss anzufangen – daraus wird nichts. Aber von jedem wahren Satz gilt: das Gegenteil – oder etwas Anderes – ist genauso wahr. Wenn Sie etwas in einer Geschichte wieder zurücknehmen, und das kommt vor, dann tun Sie es aus künstlerischen und kompositionellen Gründen und nicht, weil Sie etwas Extremes dämpfen wollen. Literatur kann in dem Sinne gar nicht extrem genug sein. Sie müssen Dinge ausprobieren. Vielleicht sagen Sie am Schluss, dass Sie die starke Farbe vielleicht gar nicht mehr nötig haben und nehmen sie wieder weg. Aber Sie müssen Sie irgendwann einmal draufgesetzt haben.

NR: In Ihrem Werk taucht häufig der Gedanke auf, dass ein Leben von einer bestimmten Struktur determiniert wird. In diesem Zusammenhang sprechen Sie von fraktalen Mustern oder auch von Diskursen, wobei das Individuum sich dessen gar nicht immer bewusst sein muß und vielleicht nur manchmal erkennt, dass es diesen bestimmten Plan gibt. Zu Beginn des Gesprächs erwähnten Sie schon Ihr durch Japan geprägtes Lebensmuster. Gehen Sie davon aus, dass Ihre Schreibkarriere, die Themen, die Sie zur Verfügung haben, die Sprache, die Sie verwenden, auch einem bestimmten Plan folgen?

AM: Das Muster als solches ist – literarisch gesprochen – uninteressant. Ich glaube, dass das Muster nur insofern relevant ist, als Sie dann überhaupt etwas haben, wovon Sie die Chance haben, abzuweichen. An diesem Muster ist nichts Heiliges und Wichtiges. Es ist ein Kuriosum, und jeder hat sein eigenes Kuriosum. Ich brauche es eigentlich nur als mein Koordinatensystem. Vielleicht ist es ja auch nur ein Kunstdruck.

Aber dass ich selber das Gefühl habe, dass ich ein Muster variieren kann, das ist, glaube ich, die Grundarbeitshypothese, warum ich schreibe. Man schreibt nicht, um etwas zu bestätigen. Bestätigung und Bekräftigung ist etwas Rhetorisches. Eine gewisse Art von Ambivalenz ist im Grunde das, was einen an einer Figur beschäftigt. Das ist wahrscheinlich im Leben nicht ganz anders. Wenn Sie sich einen restlosen Vers auf einen Menschen machen können, dann interessiert er sie nicht mehr. Das geht zum Glück nicht: Sogar der simpelste Mensch hat seine eingebauten, vielleicht von ihm selbst negierten, aber für Sie wahrnehmbaren Widersprüche. Ich glaube, dass es zur Kunstübung gehört, diese Varianten für interessanter zu halten als jede Art von Beispiel.

NR: Sie haben vorhin gesagt, dass Schreiben eine gewisse Blindheit gegenüber den eigenen Prämissen des Schreibens erfordert. Das ist ja im Grunde eine weitere Möglichkeit, mit diesen Mustern umzugehen, nämlich, indem man versucht, sie auszublenden.

AM: Richtig. Es ist nicht einmal ein Ausblenden, sondern es ist von Ihrer Aufmerksamkeit einfach so weit weg, dass es keine Rolle zu spielen scheint, dass Sie dann nachher entdecken, dass der Tausendfüßler doch eine bestimmte Methode hat, mit tausend Füßen zu gehen – ob er nach A oder

nach B geht. Das ist das weniger Interessante für Sie, für die Illusion, dass man endlich mal etwas ganz Neues macht, auch für sich Überraschendes.
NR: Martin Walser sagt, dass er nur schreiben kann, wenn er weiß, dass seine Sprache und Literatur permanent Überraschungen für ihn bereithält...
AM: Das ist eine sehr, sehr hohe Anforderung an sich selbst. Im Grunde ist es die Forderung, die man nicht erheben kann, nämlich die nach der Inspiration. Inspiration ist etwas, was Sie nicht kommandieren können. Bei mir kommt der inspirationsähnliche Zustand eigentlich nur noch am Vormittag oder in der Nacht vor. Niemals am Nachmittag und niemals am Abend. Mein Vegetativum verlangt offenbar Frieden von diesem Stress und bietet mir das dann nicht. Die produktive Phase, wenn etwas im Kopf Gestalt annimmt, findet bei mir – und das ist für die Gesundheit ruinös – in der Nacht statt. Dann darf ich aber nicht aufstehen und anfangen zu schreiben, dann ist es nämlich weg, sondern ich muss versuchen, die Filterwirkung des Schlafes weiter auszunutzen. Denn die Traumarbeit ist etwas, worauf ich mich ziemlich verlassen kann. Das, wovon Walser spricht, erlebe ich am stärksten dann, wenn ich mich am Morgen innerlich aktiviert an den Schreibtisch setze. Dann geht es zwei, drei Stunden lang prima. Subjektiv habe ich dann das Gefühl, dass ich mich im Zustand der Gnade befinde. Um vier Uhr nachmittags finde ich diesen Zustand nicht, da kann ich mir allenfalls ein Rundfunkfeuilleton abquälen, aber nicht etwas, worauf es mir ankommt. Es müssen ganz viele Valenzen der Phantasie offen bleiben, und ich muss Dinge verknüpfen können, die ich sonst nicht verknüpfe. Je weiter der Tag fortgeschritten ist, desto eingeschliffener sind die Bahnen, auf denen ich denke. Früher war es anders. Früher konnte ich wirklich am Abend und in der Nacht beschwingt schreiben.

Sprache

NR: In einem frühen Interview mit Georges Ammann lassen Sie der Sprache für Ihre eigene Literatur folgende Bedeutung zukommen: »Ein Schriftsteller, der kein Forscher ist, mit dem Instrument der Sprache, das vom Gegenstand ebenso verändert wird, wie es ihn verändert – der ist heute auch als Schriftsteller nicht mehr gut genug.« Renate Voris resümiert in ihrem »Exkurs über Muschgs Poetik« deswegen: Während also Handke, Heißenbüttel oder Bachmann dem Medium der Bewußtseinsformung, der Sprache selbst nachfragen, nimmt Muschg die Sprache eher unreflektiert hin als Gebrauchsgegenstand.« Kann man tatsächlich sagen, dass die gerade genannten Autoren ihre literarischen Anliegen über die Sprache zu transportieren versuchen, wohingegen für Sie die Sprache reines Instrument zur Vermittlung von Inhalten ist?

AM: Das fände ich fürchterlich. Ich kann es so weit unterschreiben, als ich kein experimenteller Schriftsteller bin. In der Zeit, in der das Buch von Voris herauskam, war das noch eine Kategorie: Es gab die experimentelle und die nicht experimentelle und die avantgardistische und die nicht avantgardistische Literatur: es gab eine, die den traditionellen Mimesis-Begriff weitertransportierte und eine andere, die sichtbar und demonstrativ damit brach, wozu ich z. B. Ingeborg Bachmanns Literatur nicht rechnen würde und auch bei Handke nur den frühen Handke. Im Grunde genügt nur Heißenbüttel dieser Definition, aber selbst er mit seinen späteren Sachen wahrscheinlich nicht mehr.

Für mich findet das Experimentelle nicht im einzelnen Semion statt, das ich zerschlagen muss, um auf den Kern zu kommen, sondern in dem, was ich vorhin als gegenseitige Relativierung umschrieben habe. Wahrscheinlich ist meine Literatur darum schwer populär zu machen, weil sie einerseits die Fabel als solche verweigert, andererseits aber nicht manifest experimentell ist von Satz zu Satz, so dass man sagen kann, dass hier die Illusion gepflegt wird, man breche den Boden der Sprache noch einmal ganz neu auf. Was mir näher liegt, ist offenbar das Verfahren, wie M. C. Escher einen Strang in eine andere Form von Gegenständlichkeit zu transformieren: Plötzlich werden aus Fischen Vögel, oder aus Schwarz wird Weiß. Das ist meine Art der Relativierung der Motive, bzw. der Relativität der Motive Rechnung zu tragen und auch dem im Kopf präfabrizierten Text zu misstrauen. Wenn ich von Liebe rede, rede ich über das Wort ›Liebe‹, und es wird gezeigt, was man mit dem Wort alles machen kann und wie es missbraucht wird. Demselben fundamentalen semiotischen Misstrauen – ich nenne es mal so –, das ich in der Tat für eine Eigenschaft der traditionellen Moderne halte, Rechnung zu tragen, wäre eben das Arrangieren von Mustern, das gegenseitig nicht aufgeht. Es ist sozusagen das Enttäuschen von Erwartungen in größeren Blöcken als der semiotischen Einheit. Aber man ist ein tendenziöser Interpret seiner selbst. Sowohl wenn man sich geisselt, als auch wenn man sich auf die Schulter klopft, bringt man sich selber nicht weiter. Das sind alles Illusionen, wenn es darum geht, dass ich einem Thema gerecht werde und dass meine Sorgen gegenüber diesen Hauptsorgen, nämlich wichtig zu sein, den letzten Sprachgebrauch zu rezipieren oder die jüngste Diskurskritik einzuarbeiten, zurücktreten dürfen. Man kann so scheinbar konventionell komponieren wie Mozart und etwas völlig Neues damit schaffen.

Lesen und Schreiben

NR: »Ich stehe mit größter Verwunderung vor einem Brief, den ich meiner Mutter als Vierzehnjähriger schrieb und lese das wie einen Papyrus: Welches Weltbild hatte der Angehörige dieses Stammes? Ich kann über diesen Menschen nicht mehr in der Ich-Form sprechen. Die eigene Kindheit ist ein tolles Sujet der Recherche: so fremd wie ein Mord im 18. Jahrhundert.«

Kommt es vor, dass Sie auch ältere Erzählungen oder Romane von Ihnen wie einen Papyrus lesen, dass Sie nicht mehr erkennen können, was der Antrieb für eine bestimmte Geschichte oder Erzählung war?

AM: Ich mache die Probe darauf relativ selten, weil ich nicht allzu oft in die Lage komme, aus meinen früheren Sachen wieder zu lesen. Ich lasse mich auch nicht gerne darauf verpflichten. Da komme ich mir dann wie mein eigener Nekrologiker vor. Wenn ich etwas nachschlagen muss – es gibt ja Leute, die sich an etwas erinnern, was man geschrieben hat und danach fragen –, habe ich mittlerweile oft auch dieses ethnologische Gefühl. Nicht mehr so wie früher: das sieht man ja schon an der Metapher »Mord im 18. Jahrhundert«, dass es da nach Blut riecht, wenn ich diese Briefe wieder lese, weil ich es im Grunde furchtbar finde, wie ich mich und eigentlich auch meine Mutter damals mit diesen Artigkeitsspielen geschädigt habe.

Wenn ich heute so Sachen wie *Im Sommer des Hasen* wieder lese, dann brauche ich das nicht mehr zu wollen, sondern das ist in der Tat dann weit weg. Ich sehe das ein bisschen wie das Produkt eines anderen Menschen und denke mir: »Dem Kerl ist da was gelungen, das interessiert mich.«, oder aber: »Wenn das von mir sein soll, dann müsste das ganz anders geschrieben sein.« Man macht die Erfahrung, dass man sich selber ein Stück weit historisch wird.

NR: Teilweise ist das also Bewunderung für das, was man damals geleistet hat?

AM: Eher ein Staunen. »Brav, brav«, sage ich dann zu mir selbst. Anderen mag das anders vorkommen. Alte Freunde – das macht die Freundschaften ja zu etwas Schwierigem – haben zum Beispiel ein sehr genaues Bild von dem, wie man mal war. Gewöhnlich nicht von schriftstellerischen Sachen, sondern vom Charakter und ähnlichen Geschichten. Dann gibt es allerdings auch den Reflex von Robert Walser, der sagt: »Ich erlaube keinem

Menschen, sich so zu verhalten, als kennte er mich.« Das gilt eigentlich auch für ihn selber. Ich denke schon, dass das bei jemandem wie Grass, der ununterbrochen mit seiner *Blechtrommel* geplagt wird, zum Verzweifeln sein muss. Diese Sorge habe ich nicht.

NR: »Was ich da (an der Technischen Hochschule) tun muss und tun kann, ist das, was ich selber am liebsten tue, nämlich Lesen und Schreiben lernen respektive lehren.« So charakterisierten Sie die nunmehr beendete Tätigkeit als Germanistikprofessor an der Technischen Hochschule in Zürich. Inwiefern haben Sie in Ihrer Funktion als Lehrender wirklich gelernt?

AM: Das kann man im Einzelnen schwer nachzeichnen. Ich habe jetzt in den 30 Jahren ETH fast durchgehend einen Schreibkurs gemacht, bei dem ich von den Studenten enorm profitiert habe. Ich spürte teils die Sensibilität von Individuen, teils aber auch die einer anderen Generation sozusagen hautnah. Die saßen da und haben begründet, warum sie dieses Wort gebrauchen und warum nicht jenes und warum ihnen diese Feststellung wichtig war und jene nicht. Im Gespräch und in der Rechenschaft darüber, habe ich für mich viel für die Interpretation des Mediums und des Elements gelernt, in dem ich mich bewege. Es war zwar keine Garantie, aber doch ein entscheidendes Hilfsmittel gegenüber einer bestimmten Art des geistigen Alterungsprozesses. Dinge, die mir zunächst in meiner Terminologie analphabetisch vorkamen, hatten sehr wohl einen Grund, der nicht einfach Unvermögen bedeutete, sondern eine neue Auswahl des Interesses, eine andere Selektion der Gegenstände, bzw. ihrer Beleuchtung. In diesem Sinne bin ich der Leser meiner Studenten gewesen, und als solcher habe ich profitiert. Das ist ein Satz, zu dem ich immer noch sehr gerne stehe.

NR: In einer Diskussion mit Daniel de Roulet und dem Publizisten Frank A. Meyer haben Sie einmal über die Literatur gesagt, dass eine »Kultur der Langsamkeit« zu entwickeln ist, damit sie überhaupt noch verändernden Einfluss üben kann. Man müsse die Leute folgerichtig wieder lehren, besser zu lesen. Wie müsste man sich eine solche »Kultur der Langsamkeit« vorstellen?

AM: An der Tessiner Universität gibt es die drei Fakultäten der Architektur, der Wirtschaft und der Kommunikation. Ich bin Angestellter der Kommunikationsfakultät. In diesem Sommer habe ich gesehen, dass meine Hauptaufgabe darin besteht, Literatur als ein Modell der erschwerten Kommunikation darzustellen. In der Werbewirtschaft zum Beispiel soll ja alles rasch herüberkommen. Aber auch die gute Werbesprache besteht für mich aus einem Haken, der dort eingebaut ist. Dieser Haken hilft mir dazu, dass ich mir einen Satz merken kann. Bei der Poesie und Literatur, wozu die meisten eigentlich kein systematisches Verhältnis mehr haben, oft gar keines, heißen die Dinge nicht genau das, was sie auf einem linearen Code heißen würden, sondern es gibt Ambivalenz. Das kennen Sie zwar alles auch aus der Werbewirtschaft, aber in der Literatur hat das System, da können Sie beispielsweise nicht *Krieg und Frieden* auf anderthalb Seiten zusammenkürzen.

Das meine ich mit erschwerter Kommunikation und meine ich wohl auch mit Langsamkeit. Es ist ein modischer Ausdruck, den ich da eingesetzt habe, aber die Leute können sich unter einem solchen Begriff schon allein wegen eines Buchtitels wie *Die Entdeckung der Langsamkeit* etwas vorstellen. Wenn Sie heute eine Straße überschreiten, müssen Sie gleichzeitig sieben Zeichensysteme aufnehmen, weil von jeder Seite etwas kommen kann. Das Gutenbergsche Lesen hingegen ist eine vergleichsweise lineare Kunst. Ich entdecke z. B., dass ich im Gegensatz zu meinen Kindern Comicstrips langsam lesen muss, weil das Zusammengesetzte von Bild und Text nicht so rasch in meinen Kopf geht, wie bei ihnen. Sie sind bereits in einer anderen Zeichenwelt aufgewachsen und können das besser. Jetzt rede ich natürlich ein bißchen egoistisch davon, dass man wieder das langsame Lesen lernen muss, weil man auf das Schnelle sowieso dressiert wird, aber ich denke trotzdem, dass der Informationsgrad zur Goethe-Zeit – einem Zeitalter mit teilweise phantastisch erschwerter Kommunikation – sehr viel höher war als heute. Unsere Informationsschwemme zieht wie Durchzug durch das Fenster. Wir können unendlich viel aufnehmen, aber wir lernen nicht mehr die Informationen zu gewichten und zu verarbeiten. In diesem Sinne glaube ich, dass ich mit diesem Satz recht habe.

NR: Ist eine solche »Kultur der Langsamkeit« nicht zwangsläufig an einen langsamen Lauf der Dinge gebunden und wird in der heutigen Zeit vom Massenkonsum überrollt?

AM: Manchmal gönne ich mir einfach die Phantasie. Vielleicht kommen wir ja bald dahinter, dass ein Handy den Leuten mehr schadet als mir selbst das Pfeiferauchen.

Es ist für die individuelle Biographie durchaus denkbar, dass man viele Antennen, die man zwangsläufig glaubt, ausfahren zu müssen, wieder einzieht und schaut, was übrig bleibt. Als ich jung war, hatte ich, glaube ich, eine größere Langeweile-Toleranz, als ich es bei den meisten jungen Leuten heute feststelle, die sofort irgendetwas zuschalten müssen. Für die ist es nicht denkbar, dass man einmal fünf Minuten irgendwo hockt und guckt. Und wenn man es doch macht, dann fehlt einem gleich etwas. Kürzlich bin ich mit drei jungen Amerikanern in einem Abteil von Bern nach Zürich gefahren.

Alle drei waren verkabelt, und sie haben während der ganzen Fahrt kein einziges Wort miteinander geredet. Einer hat immerhin einmal die Kopfhörer aus den Ohren genommen und zum Fenster hinausgeschaut. Das war schon fast ein kühner Akt. Die anderen blieben an der Nabelschnur.

Die Funktion der Literatur und ihre ideale Rezeption

NR: Viele Leser Ihrer Bücher haben Ihnen geschrieben, weil Sie sich durch Ihre Literatur sehr berührt fühlten und sich selbst auch darin wiedererkannten. Teilweise endete das damit, dass manche den brieflichen Kontakt gar nicht mehr abbrechen wollten. »Es ist schade, wenn ein Autor permanent mit seinen Büchern verwechselt wird [...]Ein Buch kann man unters Kopfkissen legen, den Autor nicht.« so äußerten Sie sich einmal in diesem Zusammenhang...
AM: Sie erwischen einen da bei einer großen Ambivalenz. Wenn gar nichts von den Lesern käme, wäre das wahrscheinlich noch schlimmer, als wenn zuviel käme. Die Sozialkontakte, die man als Autor hat, sind, wenn man kein sozial begabter Mensch ist – was ich nicht bin –, limitiert. Sie lesen irgendwo vor und treffen sich nachher mit den Veranstaltern – für mich gewöhnlich eine schlechte Zeit, weil ich dann ausgepumpt bin. Eine reale Beziehung ergibt sich daraus selten. Ich muss mich auch immer wieder zurücknehmen können, ohne das Gefühl zu haben, jemanden damit zu kränken. Ich möchte dann auch wieder verschwinden und untertauchen. Wenn ich mir meinen Berg Post ansehe, den ich schuldig bin, dann ist das für mich immer wieder ein Grund zur allertiefsten Unlust, meinen Schreibtisch überhaupt anzusehen. Wenn ich einen Brief schreibe, gebe ich mir im Grunde die gleiche Mühe wie bei einer Seite aus einem Roman. Es kostet also enorm viel Aufwand. Da ich das Telefon hasse und auch fürchte, fällt bei mir damit wieder eine für andere Leute selbstverständliche Kommunikationsschiene weg. Ich weiß nicht, wie man es richtig macht, ich habe es noch nicht herausgefunden. Sich brüsk zurückzunehmen, habe ich nicht gelernt, aber ich habe auch nicht gelernt, spontan auf Leute zuzugehen. Mein Sozialproblem ist ungelöst.
NR: Die Walser-Bubis-Debatte wurde im Nachhinein so interpretiert, dass sich ein Schriftsteller mit einer literarischen Sprache in einen politischen Diskurs eingemischt hat: die Vielschichtigkeit und die Mehrdeutigkeit seiner literarischen Sprache haben Martin Walser ins Zielfeuer der Kri-

tik geraten lassen. Dazu passend haben Sie Kunstwerke einmal folgendermaßen beschrieben: »Kunstwerke sind keine Argumente, die man billigen oder verwerfen könnte – es sind Spiele.« Nun sind Sie einer der wenigen Schriftsteller, die immer wieder den Mut finden, sich politisch zu äußern. Haben Sie sich an diesem Paradox zwischen literarischer und politischer Sprache auch schon den Kopf gestoßen?
AM: Nicht nur den Kopf. Mein letztes Buch *Wenn Auschwitz in der Schweiz liegt* war eine Textsorte, die mir fast nur Prügel eingetragen hat, weil man sie natürlich als eindeutige Position gelesen hat, und ich muss ehrlicherweise hinzufügen: das war sie damals auch. Ich habe die Eindeutigkeit des damaligen Bundespräsidenten, der sagte: »Wenn man diese Leute liest, könnte man fast meinen, Auschwitz liege in der Schweiz.« nicht ertragen. Da musste ich die Gegenposition mit der nötigen Schroffheit darstellen. Das hatte etwas mit dem Nicht-Abschleifen einer Position zu tun. Das ist ja die eine Komponente. Man muss einmal auch sagen: »J'accuse!«, obwohl ich verstehen kann, wie diese Leute zu ihrer Meinung kommen. Die Spekulation, dass die Leute, die dieses Buch lesen würden, auch schon etwas anderes von mir gelesen haben und wissen, dass ich für eine bestimmte Art faschistoider Haltung allein schon darum Verständnis habe, weil ich damit groß geworden bin, war natürlich naiv. Meine Heftigkeit in der Reaktion hängt geradezu damit zusammen, dass ich mir sehr gut vorstellen kann, wie man zu dieser Position kommt. Die Naivität, die man Walser vorwerfen mag, ist, dass diese Textsorte bei solchen Gelegenheiten nicht angesagt ist. Da wird erwartet, dass er sozusagen die Mördergrube seines Herzens auspackt und sagt, dass er es so meint und nicht anders. Seine Rede ist – wie die meisten Walserschen Reden – ein Kabinettstück von Ambivalenz. Wenn er jetzt beteuern muss, dass er kein Faschist ist, wer muss es denn dann nicht beteuern?
NR: Ihrer Meinung nach ist es »eine Sache des persönlichen Anstandes, in einer zugespitzten politischen Situation Position zu beziehen«. Andererseits machen Sie sich aber auch keine Illusionen, was die Rolle des Autors in unserer Gesellschaft betrifft: »Ich glaube nicht, dass wir Schriftsteller der Gesellschaft etwas Gutes tun können.« Was motiviert Sie, immer wieder Stellung zu beziehen?
AM: Wenn Sie etwas Anständiges oder Unanständiges tun, tun Sie es nicht in erster Linie wegen der Folgen, sondern weil es ein Reflex ist, dessen Sie sich nicht schämen. Oder umgekehrt: Sie würden sich vor sich selber schämen, wenn Sie es unterließen. Es gibt Augenblicke, wo Sie nicht nach der Zweckrationalität fragen. Die Einbildung, dass man damit eine öffentliche

Dienstleistung übernommen habe, soll man sich nicht erlauben. Dass ich irgendjemanden geändert, bekehrt oder teilbekehrt hätte, das glaube ich auch nicht. Die Meinungen in den Köpfen sind unheimlich fest. Sie wünschen gar nicht, belehrt, sondern bestätigt zu werden.

NR: Uwe Kolbe hat vor vielen Jahren einmal gesagt, dass es zur Zeit gar keine deutschsprachige Literatur gebe, sondern vielmehr einen »schaumigen Wirbel an Messeneuheiten«. Welchen Eindruck haben Sie bei der letztjährigen Buchmesse von der zeitgenössischen deutschen Literatur gewonnen?

AM: Ich möchte die Antwort auf diese Frage gerne schuldig bleiben. Es gibt immer wieder Bücher, die mich anziehen, wo mich die generische Frage nach dem Stellenwert der Literatur einfach nicht interessiert. Das ist das konkrete Buch, und ich bin froh, dass es in der Sprache, die ich auch schreibe, Leute gibt, die ich gerne lese. Wenn sie in einer anderen Sprache schreiben, folgt daraus für mich nicht, dass jetzt die Deutschen einen Aufholbedarf gegenüber den Lateinamerikanern und den Russen hätten, sondern dann bin ich froh, dass jemand in einer anderen Sprache etwas schreibt – auch, wenn ich es im Original nicht lesen kann –, was mich etwas angeht. Natürlich ist es leider so, dass die Buchproduktion auch immer mehr den Saisongesetzen gehorcht, aber die Produzenten, die mich interessieren, gehorchen diesen Gesetzen nicht. Ich finde, man hat die verdammte Pflicht und Schuldigkeit, ein Buch gut zu nennen, auch wenn es vor einem Jahr erschienen ist und vielleicht bereits auf dem Weg zur Ramschkiste ist. Wie man den Markt unterlaufen könnte, weiß ich nicht. Man könnte ihn schon darum nicht abschalten, weil wir von ihm abhängen, weil es in dieser Zirkulationssphäre gar nicht anders geht.

Zukunft

NR: In einem Gespräch mit dem General-Anzeiger 1993 resümieren Sie wie folgt: »Für mich sind die Themen der Literatur, wie man mit Grenzen umgeht. Mit der eigenen, mit der Grenze des Lebens, mit der Grenze der Zeit. Aber das ist Geschmackssache.« Sie sind mittlerweile 65 Jahre alt und soeben in Pension gegangen. Sind diese Themen nun, wo Sie sich diesen Grenzen annähern, dringlicher denn je?

AM: Eine ungemein intime Frage. Objektiv: Es ist natürlich dringlicher, denn man hat weniger Lebenszeit. Andererseits ist die Lebenszeit eine statistisch definierte. Wenn Sie Pech haben, kommen Sie morgen unter ein Auto, was ich Ihnen nicht wünsche. Für die einzelne Existenz ist das Bewusstsein der Grenze mit 20 so konstitutiv wie mit 60, denn Grenzen erfahren wir dauernd, wir gehen nur unterschiedlich mit ihnen um. Vielleicht ist es ein Vorteil, älter zu werden, weil man einfach nicht drum herum. kommt, seine eigenen Grenzen z.B. in der Vitalität oder in der Leistungsfähigkeit zu erleben. Wenn Sie in meinem Alter früh aufstehen, dann müssen Sie zeitiger ins Bett als früher, wo Sie noch Nächte durchmachen konnten.

Vielleicht ist aber auch das, was ich vorhin über die Langsamkeit gepredigt habe, eine Projektion meines eigenen Bedürfnisses, aus weniger mehr zu machen. Für jede Lebensversicherung z.B. bin ich ein uninteressanter Fall. Was mache ich mit dem Rest meines Lebens? Mache ich die berühmte Weltreise? Schreibe ich ein Buch? Starre ich nur noch ins Wasser? Werde ich depressiv? Wenn man sich überlegt, wie konstitutiv die Grenze für das Leben tatsächlich ist, dann ist das nicht nur eine Frage, ob Sie eine Krebsdiagnose haben, oder nicht. Was ich da als Grenze bezeichne – das ist mir bei Goethe deutlicher aufgegangen –, ist ja eigentlich nur ein anderes Wort für Form. Nur das absolut Formlose hat keine Grenze. Es ist nicht einfach ein negativ besetzter Ausdruck, sondern wir kommunizieren ja auch über Grenzen miteinander und mit uns selbst.

Wir können unser Leben nicht beliebig verlängern, aber wir können unsere Art, mit dem Leben umzugehen, ändern. Aus unserer Haut können wir mehr machen: wir können sie aufmerksamer machen. Diese Haut können Sie überall suchen: in Kunstwerken oder in der Beziehung zu einem Partner. Sie wissen überall, dass es Grenzenlosigkeit nicht gibt und dass Sie dann irgendwo einen Weg finden müssen. Das Entscheidende ist, in einem halbvollen bzw. halbleeren Glas den Ozean sehen zu können.

NR: Wie werden Sie die freie Zeit, die Ihnen Ihre Pensionierung nun bietet, über das Schreiben hinaus nutzen?

AM: Ich werde einen Teil meines zukünftigen Lebens nicht in Europa zubringen und damit anfangen, noch einmal für eine Weile nach Japan zurückzukehren. Ich bin aber sicher, wenn es meine Gesundheit erlaubt, dass es nicht dabei bleibt. Natürlich werde ich wohl für den Rest meines Lebens zum Tourismus verdammt sein, aber es gibt auch da verschiedene Arten von Tourismus. Ich möchte mich für ein Projekt interessieren, ich möchte, dass für mich etwas davon abhängt, und dass umgekehrt – und das ist schon eine kühne Erwartung –, für das Projekt etwas von mir abhängt. Dass es eine reelle Beziehung ist, und nicht eine rhetorische. Sie sehen, ich setze die Quälerei durch meinen Vater im Grunde fort: Er hat mich damals gezwungen, ein Herbarium anzulegen, obwohl ich mich nicht dafür interessiert habe. Ich bilde mir ein, dass er mir damit einen echten Dienst erwiesen hat, und zwar nicht durch den Zwang, das Herbarium anzulegen, sondern durch den Zwang, mich für Pflanzen zu interessieren. Er hat eine Spur gelegt, die ich nachher besetzt habe. Heute gibt es bei mir ein echtes Interesse an Pflanzen. Um es schön bäuerlich zu sagen: Man weiß nie, wofür etwas gut ist.

Forum

Avishai Margalit
Die Dauer der Vergangenheit

Reiner Stach
Wahre Sätze, falsche Sätze

Georg Klein
Altkayser

Jane Heller Levi
Ich bin Dichterin, Schönheit interessiert mich nicht

AVISHAI MARGALIT

Die Dauer der Vergangenheit

Geteilte Erinnerung

Gibt es Ereignisse, an die wir uns erinnern sollten? Gibt es Ereignisse, die wir vergessen sollten? Wenn wir dieses »Wir« als kollektives, gemeinschaftliches Wir interpretieren, dann sind diese Fragen gleichbedeutend mit der Frage nach einer Ethik kollektiver Erinnerung. Der Begriff der Erinnerung, ebenso wie die Begriffe des Willens und des Glaubens, bezieht sich zunächst auf Individuen. Das heißt, sobald diese Begriffe reflektiert werden, genießt der Bezug auf den Einzelnen Priorität vor der Anwendung auf Kollektive. Die Bedeutung des Satzes »Die Nation gedenkt des Tages ihrer Befreiung« können wir einem Kind dadurch erklären, dass wir uns etwa darauf berufen, wie sein Freund sich an etwas Bestimmtes erinnert. Doch unter normalen Umständen können wir ihm nicht erklären, was »Erinnerung« für seinen Freund bedeutet, indem wir an sein Vorverständnis des Erinnerungsvorgangs einer Nation appellieren. Diese Rangfolge bei der Vermittlung der Bedeutung spiegelt die Priorität der Deutung selbst wider. Was freilich noch nicht heißt, dass wir keine kollektiven Vorbilder verwenden können zum besseren Verständnis des Individuums. Beispiele hierzu liefert Plato, der mit der in Klassen unterteilten *polis* die Struktur des individuellen Bewusstseins zu erklären suchte, oder Freud mit seiner Verwendung des politischen Zensors.

Hat man sich auf dieses psychologische Vokabular erst einmal eingelassen, gerät man fortwährend in hermeneutische Zirkel: Die Psychologie von Kollektiven verstehen wir durch Rückgriff auf Individualpsychologie, und umgekehrt. »Die Nation gedenkt ihrer gefallenen Soldaten« – man schaue sich nur diesen Satz an. Es steht gar nicht in Frage, ob das eine Metapher ist; zumindest wird ja hier das Wort »gedenken« in einem erweiterten Sinne gebraucht. Doch fragen muss man, ob es sich nicht um eine irreführende Metapher handelt, das heißt um eine Metapher, die nichtanaloge Merkmale aus einem bestimmten Bereich (in unserem Fall die Individualpsychologie) auf einen zweiten Bereich überträgt (hier die Psychologie des Kollektivs) und damit diesen zweiten Bereich in ein falsches Licht rückt.

John Elster ist der Auffassung, dass der Begriff »kollektiver Wille« eine solche irreführende Metapher ist, weil er ein bedeutsames, charakteristisches Merkmal des individuellen Willens – nämlich die Eigenschaft, ein Zentrum zu besitzen – auf das Kollektiv überträgt. In der Gesellschaft gibt es nichts, was dem Ich als Zentrum entspräche, und darum hat der kollektive Wille keinen eigentlichen Brennpunkt. Diese irreführende Metapher, möchte ich ergänzen, kann zu einer politisch durchaus gefährlichen Metapher werden, nämlich dann, wenn unterstellt wird, auch in der Gesellschaft gebe es ein »Führerprinzip« und das Zentrum des kollektiven Willens sei ein bestimmtes tonangebendes Individuum. Natürlich ist nicht jedes falsche Bild oder jede irreführende Metapher auch gefährlich. Ganz unschuldig zum Beispiel ist die Angewohnheit vieler Leute, ihren Schritt zu verlangsamen, wenn sie versuchen, sich an etwas zu erinnern – als wollten sie mit jenem Ereignis auf Tuchfühlung bleiben –, und umgekehrt ihren Schritt zu beschleunigen, wenn sie etwas zu vergessen suchen: als wollten sie davor weglaufen. Das ist wie das magische Denken von Spielern, die versuchen, eine niedrige Zahl zu würfeln, indem sie den Würfel langsam in der Hand rollen und vorsichtig werfen, und die eine hohe Zahl zu erreichen suchen, indem sie kräftig schütteln und werfen. Doch solche Dinge sind eher belustigend; das Führerprinzip hingegen ist etwas Entsetzliches.

Ich möchte an dieser Stelle eine Unterscheidung einführen zwischen *geteilter* Erinnerung und *gemeinsamer* Erinnerung. Die Menschen, die auf einem Platz in Bukarest im Dezember 1989 Ceaucescu mit Buh-Rufen empfingen, nahmen an einem Ereignis teil, das der Beginn eines Aufstandes war, und dieser wiederum führte zu Ceaucescus Sturz und Hinrichtung. Man stelle sich vor, anders als in Wirklichkeit hätte sich Ceaucescu mit Hilfe seiner brutalen Geheimpolizei, der berüchtigten Securitate, von diesem Zwischenfall erholt und die Macht wiedererlangt. Dann hätte angesichts jenes Terrorregimes in Rumänien wohl kaum jemand gewagt, von den Ereignissen im Zentrum von Bukarest laut zu sprechen oder auch nur zu flüstern. Jeder in Rumänien, der an den Ereignissen auf jenem Platz teilgenommen oder sie zumindest im Fernsehen verfolgt hat, würde sich denkwürdiger Szenen erinnern, und die Erinnerung an den lauten Protest wäre zu einer *gemeinsamen* Erinnerung geworden, keinesfalls jedoch zu einer *geteilten* Erinnerung.

Gemeinsame Erinnerung ist demzufolge ein Begriff, der eine Summe zum Ausdruck bringt. Er umschließt Menschen, die sich alle an eine bestimmte, von jedem Einzelnen erlebte Episode erinnern. Überschreitet die Zahl derer, die sich innerhalb einer Gesellschaft an ein Ereignis erinnern, eine bestimmte Quote (die meisten, die überwiegende Mehrzahl, mehr als 70 Prozent usw.), dann sagen wir, in jener Gesellschaft gebe es eine »gemeinsame« Erinnerung an das Ereignis. Eine geteilte Erinnerung hingegen ist mehr als ein bloßer Speicher individueller Erinnerungen; sie bedarf der Verständigung. Auch ist die geteilte Erinnerung *geeichte*, objektivierte Erinnerung, denn sie integriert die verschiedenen Perspektiven derer, die sich erinnern, in *eine* Version oder zumindest in eine kleine Zahl von Versionen – etwa die Perspektiven der Menschen, die auf jenem Platz in Bukarest waren und von denen jeder aus der Ecke, wo er gerade stand, nur ein Fragment des gesamten Ereignisses wahrnahm. Andere Menschen in der Gesellschaft, die zu diesem Zeitpunkt nicht dort waren, können dann durch die unmittelbar Beteiligten in jene Erfahrung einbezogen werden, freilich eher auf deskriptivem Weg als durch unmittelbares Erleben.

Gewöhnlich sind wir uns gar nicht darüber im Klaren, auf welchem Weg wir Erinnerungen mit anderen teilen, wie wir auch häufig nicht wissen, wie wir eigentlich zur Kenntnis bestimmter geschichtlicher Fakten gelangt sind. Es gibt allerdings dramatische Ereignisse, bei denen wir uns dieser Kanäle tatsächlich bewusst sind. Psychologen rätseln über ein Phänomen, das sie »Blitzlicht«-Erinnerung nennen. Die meisten Israelis zum Beispiel erinnern sich sehr genau daran, wo sie sich befanden, als sie von Rabins Ermordung hörten, und *wie* sie davon hörten. Natürlich ist die Tatsache, dass alle sich an diesen Mord erinnern, ganz und gar nicht verwunderlich, denn das war in ihrem Leben ein Ereignis von größter Tragweite. Rätselhaft hingegen ist, dass so viele sich an triviale Nebenumstände erinnern, wie etwa, wer ihnen von dem Mord erzählte, was genau sie taten, als sie davon hörten, und Ähnliches. Wie kommt es, dass derartige Einzelheiten, die sonst dem Gedächtnis entgleiten, so lebhaft erinnert werden?

Eine verbreitete Erklärung ist, dass wir uns an diese Details deshalb besser erinnern, weil wir derartige Geschichten öfter wiederkäuen. Ich möchte das jedoch durch eine eigene Erklärung – oder besser: eine Spekulation – ergänzen, die das Phänomen der Blitzlicht-Erinnerung mit der geteilten Erinnerung in Zusammenhang bringt. Bei dramatischen Ereignissen wird uns der Kanal bewusst, über den wir in die geteilte Erinnerung einbezogen werden. Die Bedeutung, die das Ereignis für uns hat, hängt davon ab, inwieweit wir mit dem Geschehen in persönlicher Beziehung stehen, und daher teilen wir nicht nur die Erinnerung daran, was geschah, sondern auch die Art der Übermittlung – gerade so, als wäre sie das Ereignis selbst. Es überrascht nicht, dass Schwarze in den USA eine weitaus genauere Blitzlicht-Erinnerung an die Ermordung von Martin Luther King haben als Weiße, während Weiße wiederum die präzisere Blitzlicht-Erinnerung an die Ermordung Kennedys haben. Diese beiden Ereignisse waren in beiden Gemeinschaften von unterschiedlicher Bedeutung.

Das Blitzlicht-Phänomen ist keineswegs begrenzt auf eine einzige Erinnerungsgemeinschaft. Zahlreiche Menschen auf dem gesamten Globus bewahrten für längere Zeit eine Blitzlicht-Erinnerung an den Kennedy-Mord. Sie hatten den Eindruck, die Rolle des Präsidenten der Vereinigten Staaten sei zu wichtig, als dass man sie allein den Amerikanern überlassen sollte, und gerade in Berlin bemerkten sicherlich viele, wie stark sie an Kennedy emotional beteiligt waren. Dennoch glaube ich, dass später einmal die Deutschen zwangsläufig viel lebhaftere Blitzlicht-Erinnerungen an den Fall der Berliner Mauer haben werden als alle Außenstehenden.

Anders als die gemeinsame Erinnerung wird die geteilte Erinnerung gleichsam zum Gegenstand einer mnemotechnischen Arbeitsteilung. In modernen Gesellschaften, die sich durch einen hohen Grad von Arbeitsteilung auszeichnen, spezialisiert sich auch die Erinnerungsarbeit. Eine direkte Verbindung der Menschen zu einem Priester, Geschichtenerzähler, Schamanen oder was auch immer gibt es nur in traditionellen Gesellschaften. Geteilte Erinnerung in modernen Gesellschaften hingegen benötigt Institutionen, wie etwa Archive, und sie bedarf öffentlicher mnemotechnischer Hilfsmittel, wie etwa Denkmäler und Straßennamen. Einige dieser Maßnahmen sind bekanntermaßen ziemlich schlechte Gedächtnishilfen. Denkmäler, selbst wenn sie an auffälligen Plätzen stehen, werden »unsichtbar« oder unverständlich – wie ein Knoten in einem Taschentuch, dessen Besitzer ständig vergisst, an was diese dauernden Knoten ihn eigentlich erinnern sollten. Doch Denkmäler und Straßennamen, seien sie nun wirksame mnemotechnische Hilfsmittel oder nicht, gehören nun einmal zu den komplexen öffentlichen Einrichtungen, die für unsere geteilte Erinnerung verantwortlich sind.

Ist die geteilte Erinnerung spezialisiert, kann es vorkommen, dass Laien von vergangenen Ereignissen nur nebelhafte Vorstellungen haben. In Prag lernte ich einen jungen Mann kennen, der halbwegs wusste, dass in Lidice während des Krieges etwas Böses und Schreckliches passiert war, doch er konnte sich weder daran erinnern, in welchem Krieg das war, noch, was genau passierte. Doch dieser junge Mann ist einbezogen in ein Netzwerk geteilter Erinnerung, das ihm die fehlenden Informationen nachliefern kann. Weniger wahrscheinlich ist es jedoch, dass er an einem Netzwerk teilhat, das ihm die Einzelheiten über das etwa zur selben Zeit stattgefundene Massaker von Oradour (Frankreich) liefern wird.

Die »Willkürlichkeit« der geteilten Erinnerung

In einer wichtigen Hinsicht ist die individuelle Erinnerung »unwillkürlich«, und zwar in dem Sinne, wie wir auch zwischen willkürlicher und unwillkürlicher Muskulatur unterscheiden. Ein Muskel ist »willkürlich«, wenn man ihn unmittelbar und willentlich in Bewegung setzen kann. Man kann natürlich auch seinen Herzmuskel willentlich beschäftigen, indem man zu laufen beginnt, doch dies wäre eine indirekte Methode. Bis zu einem gewissen Grad unterscheidet sich die willkürliche Muskulatur verschiedener Menschen: Es ist ja eine beliebte Unterhaltung auf Partys, wenn Leute uns zum Lachen bringen, indem sie Muskeln bewegen, welche die meisten von uns nicht willentlich steuern können. Für normale Menschen jedoch ist die Herzmuskulatur »unwillkürlich«, und die Handmuskeln sind »willkürlich«.

Ist nun die Erinnerung, die persönliche Erinnerung, ebenso unwillkürlich wie die Herzmuskulatur, oder entspricht sie vielmehr den Handmuskeln? Sofern es um das Vergessen geht, ist die Sache klar: Jemanden aufzufordern »Vergiss es!«, bringt diesen in keiner Weise dazu, zu vergessen, und wenn überhaupt, dann erhöht man dadurch nur die Wahrscheinlichkeit der Wiedererinnerung. Wird man dazu aufgefordert, sich zu erinnern, gibt es ebenfalls keinerlei Gewissheit, dass man dieser Forderung auch nachkommen kann – selbst dann nicht, wenn man allen Grund hat, sich zu erinnern. Es ist unmöglich, sich willentlich zu erinnern. Man kann sich natürlich dazu veranlasst sehen, hilfreiche indirekte Methoden der Erinnerung zu nutzen: Man versucht sich zum Beispiel daran zu erinnern, wo man die Schlüssel zum letzten Mal benutzt hat, wohin man danach gegangen ist usw., und man hofft, dass die Rekonstruktion dessen, was man getan hat, die Schlüssel letztendlich lokalisieren wird. Solche heuristischen mnemotechnischen Hilfsmittel sind jedoch Beispiele für indirekte Verfahren der Erinnerung, nicht für willentliches Erinnern.

Die Bedeutung all dessen für Moral und Ethik scheint auf der Hand zu liegen. Ist die Erinnerung außerhalb unserer Kontrolle, dann kann man nicht jemanden dafür loben, dass er sich erinnert, oder tadeln, weil er sich nicht erinnert. »Sollen« impliziert »Können«, das ist ein Gemeinplatz, und es hat keinen Zweck, uns zu etwas zu verpflichten, was wir nicht willentlich können. Erinnern und Vergessen sind kaum geeignete Objekte für moralische oder ethische Urteile und Wertungen.

Man kann das übertragen auf die Frage des Glaubens. Aufgrund der Stringenz genau dieses Arguments nämlich trat Locke für religiöse Toleranz ein. Die Häretiker, so argumentierte er, glauben eben das, was sie glauben müssen, und daher kann man sie nicht für den Glauben selbst zur Verantwortung ziehen, sondern nur für das, was sie aufgrund dieses Glaubens *tun*. Überhaupt spielte das Argument der Unwillkürlichkeit von Glaube, Erinnerung und Liebe eine bedeutende Rolle bei allen Versuchen, bestimmte Bewusstseinszustände aus dem Geltungsbereich moralischer Urteile herauszulösen und Moral und Ethik allein auf *Handlungen* zu beziehen. Wenn Erinnern und Vergessen außerhalb unserer Kontrolle sind, dann ist unsere ursprüngliche Frage, ob es eine Moral oder eine Ethik der Erinnerung gibt, gegenstandslos: Die Antwort muss ein deutliches *Nein* sein.

Ich glaube jedoch, dass man einen unvernünftig hohen Standard setzt, wenn man als Kriterium dafür, ob man etwas unter Kontrolle hat oder nicht, die Fähigkeit wählt, es auch willentlich zu tun. Ein Beispiel: Das Einhalten von Versprechen war schon immer ein Musterfall für die Anwendung moralischer Urteile. Doch um unsere Versprechen zu halten, müssen wir uns an sie erinnern. Ein Versprechen vergessen zu haben, ist bestenfalls eine Entschuldigung, aber keine Rechtfertigung dafür, es nicht gehalten zu haben. Und gewöhnlich fordert man, dass jemand selbst darauf achtet, dass er sich an seine Versprechen erinnert, ebenso wie man verlangt, dass er sie auch einlöst.

Doch selbst wenn man das Argument für unanfechtbar hielte, dass Erinnern und Vergessen völlig außerhalb unserer Kontrolle sind und dass daher niemand für sein Erinnern und Vergessen verantwortlich ist, so stellt sich die Sache doch ganz anders dar, sobald es um *geteilte* Erinnerung geht.
Ein kleiner Umweg, um dies zu erläutern: In den meisten Fällen ist es unmöglich, einer Kantschen allgemeinen Maxime zu folgen, ohne Katastrophen auszulösen. Ich kann mich nicht dazu entschließen, mich um die Kranken zu kümmern, weil ich erkenne, dass, wenn alle dazu verpflichtet wären, sich ständig um die Kranken zu kümmern, die Folge ein einziges Chaos wäre. Alles andere würde dann vernachlässigt. Wenn andererseits sich überhaupt niemand mehr um die Kranken kümmerte, und zwar genau aufgrund dieser Überlegung, dann wäre die Situation verheerend für die Kranken. Wir verlassen uns hier auf die Teilung der Arbeit: *Als Gemeinschaft* sind wir dafür verantwortlich, darauf zu achten, dass jemand sich um die Kranken kümmert. Doch wir sind nicht *als Individuen* dazu verpflichtet, es selbst zu tun, solange es genügend Menschen gibt, die das übernehmen.

Ebenso besteht die Verantwortlichkeit für eine geteilte Erinnerung darin, dass jeder innerhalb einer Erinnerungsgemeinschaft dafür zu sorgen hat, dass jene Erinnerung bewahrt wird. Doch keineswegs ist jeder einzelne dazu verpflichtet, sich zu erinnern. Die Pflicht, darauf zu achten, dass die Erinnerung lebendig erhalten wird, bedarf vielleicht eines Mindestmaßes an Erinnerung bei jedem Einzelnen, mehr aber nicht.

Erinnerung der Erinnerung

Unser Begriff der geteilten Erinnerung beruht auf dem Gedanken einer mnemotechnischen Arbeitsteilung. Wobei wir bisher nur von einer synchronen Arbeitsteilung sprachen, die zu einem gegebenen Zeitpunkt wirksam ist. Diese Idee kann jedoch diachronisch erweitert werden: Als Mitglied einer bestimmten Erinnerungsgemeinschaft stehe ich in Beziehung zu den Erinnerungen einer früheren Generation, diese wiederum zu den Erinnerungen vorangegangener Generationen, und das setzt sich so lange fort, bis man zu derjenigen Generation gelangt, die das fragliche Ereignis (etwa die Französische Revolution) aus erster Hand kennt. Diese Abfolge von Übergängen endet also in der Erinnerung an ein tatsächliches Ereignis. Ist die Erinnerung der ersten Generation an jenes Ereignis wahrheitsgetreu, dann bedeutet dies, dass das Ereignis tatsächlich stattgefunden hat.

Persönliche Erinnerung ist eine Leistung, ebenso wie persönliches Wissen. Wenn es wahr ist, dass ich mich daran erinnere, dass die Katze auf der Matte saß, oder: wenn es wahr ist, dass ich weiß, dass die Katze auf der Matte saß – dann ist es eben wahr, dass die Katze auf der Matte saß. Wenn ich jedoch nur *glaube*, dass die Katze auf der Matte saß, dann folgt daraus keineswegs, dass es tatsächlich so war. Während jedoch individuelles »Erinnern« und »Wissen« in dem eben beschriebenen Sinne verwandte Begriffe sind, ist das kollektive »Erinnern« näher am »Glauben« als am »Wissen«. Man denke nur an die geteilte Erinnerung der Juden an den Auszug aus Ägypten. Selbst wenn es richtig ist, dass eine derartige Erinnerung existiert, dann folgt daraus noch nicht, dass dieses dramatische Ereignis jemals stattgefunden hat. Die geteilte Erinnerung an ein historisches Ereignis jenseits der Erfahrung aller Lebenden ist Erinnerung an Erinnerung, und keineswegs zwangsläufig handelt es sich um eine Erinnerung, die mittels jener diachronischen Arbeitsteilung zu einem realen Ereignis zurückführt. Diese Art der Erinnerung führt wiederum nur zu Erinnerungen, die in der Vergangenheit geltend gemacht wurden, nicht notwendig auch zu vergangenen Ereignissen.

Dies letztere bedarf der Erläuterung. Wenn jemand sagt, Ludwig Wittgenstein sei »Halbjude« gewesen, so bedeutet dies nicht, dass Wittgenstein aus zwei Hälften bestand, von denen die eine jüdisch war. Zu sagen, Arnold Schwarzenegger sei ein intellektueller Zwerg, bedeutet weder, dass er ein Intellektueller, noch, dass er ein Zwerg ist. Ausdrücke wie »Halbjude« oder »intellektueller Zwerg« sind synkategorematische Ausdrücke, die nicht in ihre Bestandteile zerlegt werden können, ohne ihre Bedeutung zu verändern. Wenn ich nun »die Erinnerung an den Auszug aus Ägypten« ebenfalls als einen solchen synkategorematischen Ausdruck auffasse, so können wir daraus nicht mehr folgern, dass der »Auszug aus Ägypten« als historisches Ereignis tatsächlich stattgefunden hat und dass wir uns – mittels jener Übertragung geteilten Wissens – eben *daran* erinnern. Verfolgt man eine geteilte Erinnerung in die Vergangenheit, so stößt man dort möglicherweise nicht auf ein Ereignis, sondern auf die Erzählung eines Ereignisses.

Zu einer Gemeinschaft zu gehören, die geteilte Erinnerungen bewahrt, heißt jedoch noch keineswegs, dass man den Glauben daran aufgeben muss, es handele sich um Erinnerungen an tatsächliche Ereignisse. Der Erinnerung an den Exodus liegt vielleicht ein wirkliches historisches Geschehen zugrunde. Worauf es hier ankommt, ist jedoch, dass es sich um eine *geschlossene* Erinnerung an jenes Ereignis handelt, das heißt, der einzige Erinnerungsfaden, der zu dem Ereignis führt, ist derjenige, den die Gemeinschaft als »kanonisch« autorisiert hat. Andere historische Wege, die zu dem Ereignis führen, werden vielleicht toleriert und sogar begrüßt, sofern sie die Version der traditionellen Erinnerung bestätigen; doch sie werden unterbunden, sobald sie mit der tradierten Folge geteilter Erinnerungen in Konflikt geraten oder ihr gar widersprechen.

Geschichtswissenschaft, kritische Geschichte also, unterscheidet sich von geteilter Erinnerung darin, dass sie es ablehnt, sich auf geschlossene Erinnerungen zu verlassen. Sie versucht, andere Wege zu finden, die ein vergangenes Ereignis mit seinen gegenwärtigen historischen Darstellungen vermitteln. Geschichtsforschung beinhaltet ein ontologisches Bemühen um die Absicherung jenes Ereignisses, das Inhalt der Erinnerung ist. Anders im Fall traditionsgebundener geteilter Erinnerung. Hinsichtlich einer bestimmten Tradition »fundamentalistisch« zu sein ist gleichbedeutend mit dem Glauben daran, dass die von jener Tradition gepflegten Erinnerungen tatsächlich Erinnerungen an reale historische Ereignisse sind. Traditionalist zu sein bedeutet hingegen, überhaupt kein Urteil zu fällen hinsichtlich der Wahrhaftigkeit der traditionsgebundenen Erinnerungen. Für den Traditionalisten zählt vor allem die Erinnerung selbst, ihr Wahrheitsgehalt dagegen interessiert ihn wenig.

Ich habe soeben, ohne jede Vorwarnung, den Begriff der *Tradition* in die Vorstellung einer geteilten Erinnerung eingeführt. Tradition ist eine *Form* geteilter Erinnerung, eine Form, durch welche der Weg, auf dem die Übermittlung einer bestimmten Version der Vergangenheit sich vollzieht, derart autorisiert oder sogar kanonisiert wird, dass er gegenüber den Herausforderungen anderer historischer Vermittlungen immun bleibt. Die paradigmatische geteilte Erinnerung, die mir dabei vorschwebt, ist die Erinnerung an ein Ereignis. Doch geteilte Erinnerung kann auch in einem geistigen *Vermächtnis* ihren Ausdruck finden, das heißt als Erinnerung an so abstrakte Dinge wie Verhaltensweisen und Prinzipien, oder als *Erbe*, das aus so konkreten Objekten besteht wie Gebäuden und Denkmälern. Geteilte Erinnerung kann auch Ausdruck von *Nostalgie* sein. Nostalgie, will ich gleich hinzufügen, ist ein sehr wesentlicher Bestandteil gemeinsamer Erinnerung, doch kein so unschuldiger, wie man vielleicht glaubt. Untrennbar mit ihr verbunden ist die Tendenz zu einer kitschigen Repräsentation der Vergangenheit. Doch was ist eigentlich so schlimm am Kitsch, abgesehen davon, dass er ein Zeugnis schlechten Geschmacks ist? Inwiefern ist Kitsch, und insbesondere nostalgischer Kitsch, unmoralisch?

Ein konstitutiver Bestandteil der Nostalgie ist Sentimentalität. Und Sentimentalität ist problematisch, insofern sie in bestimmten Situationen die Realität auf eine ganz spezifische Weise verfälscht, die auch moralische Konsequenzen hat. Im Fall der Nostalgie verfälscht sie die Vergangenheit durch Idealisierung. Die Menschen, Ereignisse und Dinge der Vergangenheit werden in einer Weise präsentiert, als seien sie von reinster Unschuld. Ein Angriff auf die nostalgische Vergangenheit – das ist wie ein Angriff auf die notorischen Kitsch-Objekte: weinende Kinder, lächelnde Bettler, schwermütige Clowns, schlafende Babys und traurige Hunde mit braunen Augen. Nostalgie kann ein sehr zärtliches Verhältnis gegenüber der Vergangenheit zum Ausdruck bringen, doch sie kann auch mit einem sehr bedrohlichen Gefühl einhergehen, nämlich dann, wenn die geteilte Erinnerung an die Vergangenheit reiner Kitsch ist.

Kollektive Erinnerung und Mythos

Erinnerung und Geschichtsforschung erscheinen gewöhnlich entgegengesetzt, vergleichbar dem Kontrast zwischen *Common sense* und Wissenschaft. Hält man die Wissenschaft für einen systematisierten und kritischen *Common sense*, so gilt die Geschichtsforschung als systematisierte und kritische kollektive Erinnerung. Tatsächlich ist die kollektive Erinnerung den Allerweltsweisheiten enger verwandt als dem *Common sense*. Im Großen und Ganzen stimmt jedoch die Analogie, und die kollektive Erinnerung – als eine Form geteilter Erinnerung – wird durch sie in angemessener Weise charakterisiert.

In der Moderne befindet sich geteilte Erinnerung im Spannungsfeld zweier Pole: Geschichte und Mythos. Wobei ich unter »Mythos« nicht einfach falsche Annahmen über die Geschichte verstehe, die mit symbolischen Bedeutungen und mächtigen Emotionen aufgeladen werden. Auch verstehe ich unter »Geschichte« mehr als nur plausible, kritische, jedoch emotionslose Hypothesen. Das heißt, indem ich die Erinnerung zwischen Geschichte und Mythos verorte, soll nicht etwa nur gesagt sein, dass sie hin- und hergerissen ist zwischen der Suche nach Wahrheit und der Suche nach »edlen« Lügen.

Geteilte Erinnerung ist eingespannt zwischen zwei Weltanschauungen, die sich in ihrer reinsten Form als Wissenschaft (auch Geschichtswissenschaft) einerseits und als Mythos andererseits manifestieren. Das unterscheidende Merkmal ergibt sich aus dem von Weber formulierten Gegensatz zwischen einer *ver*zauberten und einer *ent*zauberten Welt. Im Mythos, als Verkörperung einer verzauberten Weltsicht, wimmelt es von wundersamen Tieren, übernatürlichen Eingriffen in Natur und Geschichte, Helden und Göttern, und nicht zuletzt von Helden, die auf dem Wege sind, Götter zu werden – all das ist bezaubert und bezaubernd im buchstäblichen Sinne. Auch die Ontologie der Geschichte kennt überlebensgroße Helden und »bezaubernde« Menschen, beides jedoch nur im metaphorischen Sinne. Sie kennt sogar charismatische Personen, die danach streben, zu beiden Welten zu gehören. Doch beide Weltanschauungen sind verschiedenen Ontologien verpflichtet, verschiedenen Interpretationsweisen und verschiedenen Vorstellungen von Ursache und Wirkung.

Der Gegensatz zwischen diesen beiden Welten trat in der Neuzeit als eine Art von Gestaltwechsel hervor, als die Menschen sich erstmals darüber klar wurden, dass es wichtig ist, in der Gegenwart zu leben statt in der Vergangenheit. Seitdem ist der Bann der verzauberten Welt gebrochen – angeblich. Doch existieren die beiden Weltanschauungen auch in der Gegenwart noch Seite an Seite, ja, in manchen Fällen wohnen sie in ein und derselben Seele, und es tritt einmal die eine, dann wieder die andere hervor.

Es wäre nun nicht besonders klug, wenn ich mit derart großflächigen und unklaren Begriffen wie »Mythos« und »Geschichte« (und dazwischen der »Erinnerung«) operieren würde. Womit ich mich beschäftigen möchte, ist anspruchsloser, wenngleich nicht weniger dunkel. Ein einzelnes Element, das Element »Ins-Leben-Rufen«, soll vergleichshalber alle drei Unternehmungen durchlaufen: Geschichte, Mythos und Erinnerung.

Ins Leben rufen

In dem Buch *Idolatry*, das ich gemeinsam mit Moshe Halbertal verfasst habe, unterscheide ich vier Bedeutungen des Begriffs »lebendiger Mythos«. Zunächst existiert ein lebendiger Mythos innerhalb einer Gemeinschaft, wenn bestimmte Mitglieder dieser Gemeinschaft den Mythos für bare Münze nehmen, gerade so, als handele es sich um einen historischen Bericht, der etwa von übernatürlichen Wesen und deren Verkehr mit Menschen handelt. Eine zweite Bedeutung des »lebendigen Mythos« liegt vor, wenn eine Gemeinschaft von einer mythischen Geschichte tief beeindruckt ist, obwohl sie als »edle Lüge« wahrgenommen wird, wenn also die Mitglieder der Gemeinschaft bereit sind, ihr Leben im Licht dieses Mythos zu gestalten. Offenbar hatte die Geschichte des Ödipus genau diese Wirkung auf die Griechen. »Lebendiger Mythos« in einem dritten Sinne bedeutet, dass er unverbraucht, vital und energiegeladen ist, dass er intensiv in seinen Bildern ist und von belebender Wirkung auf die Phantasie.

Es ist jedoch die vierte Bedeutung des Begriffs »lebendiger Mythos«, der mich hier interessiert. Ein Mythos ist dann lebendig, wenn er bedeutsam ist innerhalb eines Rituals, durch das Ereignisse und Helden wiederbelebt werden sollen. Das trifft zum Beispiel auf die Mythen um Adonis, Tammuz, Dionysos und schließlich auch Jesus zu. Wobei, wie gesagt, nicht nur sterbende Götter, sondern auch Ereignisse wiederbelebt werden: wie etwa das Ritual des *Seder* beim Passah-Fest, seiner kabbalistischen Auslegung zufolge, an den Exodus nicht nur erinnern, sondern ihn wiederbeleben soll. Wiederbelebung bedeutet nicht Auferstehung; sie erweckt die Toten nicht in körperlicher Gestalt, sondern in ihrem Wesen. Ein lebendiger Mythos, als heilige Geschichte, steht daher in Verbindung zu wiederbelebenden Momenten der Vergangenheit. Einer Weltanschauung, die das als möglich akzeptiert, kann die Welt durchaus als Mysterium erscheinen, wie unter einem Bann, als verzauberte Welt.

In einer Welt, in der zwei polar entgegengesetzte, idealtypische Weltanschauungen miteinander konkurrieren, vermag durchaus auch die Geschichtsschreibung lebendige und anregende Schilderungen zu liefern, welche die Vergangenheit »zum Leben erwecken«. Doch das Lebendig-

Machen in diesem Sinne ist eine Eigenschaft der Beschreibung, nicht der beschriebenen Realität. In der entzauberten Welt der kritischen Geschichtswissenschaft gibt es keine rückwärts wirkende Kausalität. Wir können die Vergangenheit nicht beeinflussen, wir können sie nicht ungeschehen machen, auferstehen lassen oder lebendig machen, weder in stofflicher Gestalt noch in ihrem Wesen. Allein die Schilderungen der Vergangenheit sind es, die wir verändern, verbessern oder mit Leben erfüllen können.

Stellt man Geschichtsforschung und Erinnerung einander gegenüber, so wird die Forschung gewöhnlich als etwas Kaltes, sogar Lebloses gesehen, während Erinnerungen vital und lebendig sein können. Ich deute das dahingehend, dass man Geschichten aus der Vergangenheit, an denen ein ganzes Kollektiv teilhat, in der Regel für lebendiger, konkreter und den Lebenserfahrungen näher hält als kritische Geschichtswissenschaft. Daran ist nichts Besonderes; die Frage ist nur, ob diese Behauptung stimmt. Ich glaube, dass geteilte Erinnerung als Bindemittel der Gemeinschaft den sehr viel ausgeprägteren Sinn einer »Lebens-Erinnerung« hat, eine Bedeutung ähnlich jener, die bei der Wiederbelebung durch den Mythos eine Rolle spielt. Wobei ich keineswegs von traditionsgebundenen Gesellschaften spreche, in denen geteilte Erinnerungen, heilige Geschichten und Mythen Hand in Hand gehen. Mir geht es vielmehr um Erinnerungsgemeinschaften, die den Gestaltwechsel von einer verzauberten zu einer entzauberten Weltsicht angeblich schon vollzogen haben – wie etwa die modernen, säkularen Nationalstaaten.

Ich erwähnte bereits die Wiederbelebungsrituale in Bezug auf mythische Helden, auf jene Zwitterwesen, die zur Welt der Sterblichen wie der Unsterblichen gehören. Der bürgerliche Kult des »großen Mannes«, bewahrt in Institutionen wie etwa dem französischen Pantheon und eingeschrieben in Schulbücher (etwa die der Dritten Republik), scheint mir die Gestalt eines Unsterblichkeitskultes zu haben. Die Namen der wenigen Auserwählten, die sich selbst »einen Namen machten«, werden erhöht, und ein Teil des Glanzes, den ihr Ruhm verbreitet, wird dadurch auf die gewöhnlichen Mitglieder ihrer Gemeinschaft gelenkt – dies ist dabei wohl die wesentliche Idee. Immerhin ist dieser Kult des großen Mannes, so zeremoniell er begangen wird, noch immer ein Kult des Gedenkens.

Im Kult um die gefallenen Soldaten hingegen, der nach dem Ersten Weltkrieg einen Höhepunkt erreichte, zeigen die geteilte Erinnerung an die Schlachtfelder und die Rituale, die damit zusammenhängen, deutliche Merkmale der Wiederbelebung. Diese Rituale sind nach religiösen Vorbildern gestaltet. »In der Christnacht sprechen die Toten mit menschlicher

Stimme«, schreibt Walter Flex, einer der Architekten der geteilten Erinnerung an den Ersten Weltkrieg. Die Lebenden übernehmen die Rolle ihrer gefallenen Kameraden – das ist die Form, welche die Wiederbelebung hier annimmt: ein Akt nicht nur der Identifikation, sondern realer Identität.

In der Gestaltung dieses Kults um die gefallenen Soldaten kann man zwei Schritte unterscheiden: Der eine besteht darin, eine Situation von (metaphorisch gesprochen) höchster Energiedichte zu schaffen, innerhalb derer eine Fusion der beiden entgegengesetzten Begriffe »Leben« und »Tod« möglich wird; die Toten nehmen dann weiterhin aktiven Anteil an einem erlösenden Krieg. Der zweite Schritt besteht darin, *nach* dem Krieg das Energiefeld wieder abzukühlen, indem man die beiden Begriffe »Gedenken« und »Wiederbelebung« verschmilzt und verwischt. Erfolgreiches Gedenken ruft Erinnerung ins Leben, während Wiederbelebung die Toten selbst ins Leben ruft, wenn auch nicht in physischer, sondern in geistiger Gestalt.

Diese Macht, oder eher die Illusion der Macht, durch kollektive Erinnerung etwas ins Leben zu rufen: Was bedeutet sie eigentlich? Etwas ganz Wichtiges, glaube ich. Sie ist ein deutliches Anzeichen dafür, dass eine Erinnerungsgemeinschaft nicht nur auf ihren aktuellen engen Beziehungen zu Lebenden beruht, sondern ebenso auf ihren Beziehungen zu Toten. Es ist eine Gemeinschaft, die mit Tod und Leben umgeht, in der das Motiv des Gedenkens, das in Wiederbelebung übergeht, wesentlich mächtiger ist als in einer Gemeinschaft, die lediglich auf Kommunikation beruht. Es ist eine Gemeinschaft, der es um die Frage des Überlebens durch Erinnerung geht.

Erinnerungsgemeinschaften

Familien, Clans, Stämme, Nationen und religiöse Vereinigungen sind Beispiele »natürlicher« Erinnerungsgemeinschaften. Selbstredend ist geteilte Erinnerung alles andere als natürlich, und das gleiche gilt für jene Gruppen, die »natürliche« Anwärter von Erinnerungsgemeinschaften sind, sofern man darunter etwas versteht, das analog zu den natürlichen Arten ist. In Wahrheit sind das alles »soziale Konstrukte«, um im Jargon der Gegenwart zu reden. Sollte allerdings dieser Gegensatz so gemeint sein, dass soziale Konstrukte veränderbar sind, während natürliche Arten substanziell festgelegt sind, dann ist das eine Gegenüberstellung, die nicht besonders gut durchdacht ist. Schließlich ist es doch alles in allem viel einfacher, die genetische Ausstattung natürlicher Arten wie Enten oder Glockenblumen zu verändern, als derartige Konstrukte zu manipulieren wie die holländische Sprache, der Dollar oder »abweichendes Verhalten«. Soziale Verhaltensweisen und Institutionen sind gegenüber Veränderungen beständiger als die Grundeigenschaften natürlicher Arten.

Wenn ich von natürlichen Anwärtern für Erinnerungsgemeinschaften spreche, so meine ich damit Gruppen, die – sich selbst überlassen – höchstwahrscheinlich zu Erinnerungsgemeinschaften werden, sei es, wie üblich, auf spontane Weise, sei es mit Hilfe von Manipulation. Man hat darauf hingewiesen, dass etwa die bäuerliche Mittelschicht der sogenannten Kulaken, die auf Befehl Stalins im Jahr 1929 »liquidiert« wurden, keine Erinnerungsgemeinschaft ausbildeten. Im Jahr 1905 jedoch reagierte das zaristische Regime auf die Revolution, indem es Bauern zu Eigentümern mittelgroßer Anwesen machte – ein bewusster Versuch, unter den Bauern eine Klasse von Loyalisten hervorzubringen. Es ist offenbar einfacher, eine Klasse mit gemeinsamen ökonomischen Interessen zu formen als eine Klasse, die über geteilte Erinnerungen verfügt.

Wer eigentlich erinnert sich an die ermordeten Kulaken, und wer *sollte* sich an sie erinnern? Das führt mich zu zwei weiteren Fragen: 1. Warum ist es nicht möglich, dass die Menschheit als Ganze der Kulaken gedenkt? Anders gesagt, warum kann nicht die Menschheit zu einer Erinnerungsgemeinschaft geformt werden, und warum nicht zu einer ethischen Gemeinschaft, die auf dem substanziellen Begriff der Anteilnahme beruht? 2. Wenn man die Menschheit nur als moralische Gemeinschaft betrachtet, nach meiner Definition dieses Begriffs – sollte sie nicht selbst dann der Kulaken gedenken? Sollte sich nicht auch diese moralische Gemeinschaft einen minimalen Sinn für Erinnerung bewahren, Erinnerung etwa an den Gulag, an die Kulaken, an Majdanek und Treblinka, an Hiroshima und Nanking, als Warnzeichen der moralischen Geschichte der Menschen?

Die erste Frage möchte ich aus der Perspektive zweier religiöser Projekte betrachten, die ich – mangels besserer Begriffe – als christliches und als jüdisches Projekt bezeichne. Das christliche Projekt ist der Versuch, innerhalb der Geschichte eine ethische Gemeinschaft hervorzubringen, die auf Liebe beruht. Diese Gemeinschaft sollte, dem Ideal zufolge, die gesamte Menschheit einschließen, und sie sollte auf die Erinnerung an das Kreuz gegründet sein, jenes höchste Opfer, das um der Menschen willen gebracht wurde. Die Erinnerung an den einstigen Weg ans Kreuz wird ins Leben gerufen entweder durch einen sakramentalen Akt der Wiederbelebung (wie bei den Katholiken) oder durch Gedenken (so bei den Protestanten). In beiden Fällen jedoch herrscht die Vorstellung, es bedürfe nur ein wenig göttlicher Gnade, dann könne und müsse die Menschheit zu einer ethischen Gemeinschaft der Liebe werden.

Das jüdische Projekt belässt es zumindest für historische Zeiten bei der doppelten Bindung durch Ethik und Moral und verschiebt die Idee einer universellen ethischen Gemeinschaft in die messianische Ära. Juden sind dazu verpflichtet, sich als eine ethische Gemeinschaft zu konstituieren, die auf Anteilnahme beruht. Der Nachdruck, der auf dieser Verpflichtung liegt, rührt von der Dankbarkeit gegenüber Gott: Dankbarkeit dafür, dass er ihre Vorfahren aus dem ägyptischen »Sklavenhaus« errettet hat. Die entscheidende Funktion der Erinnerung besteht für die jüdische Gemeinschaft darin, dass sie beständig an diese Dankesschuld gemahnt. Im Gegensatz zur Ethik hat die Moral aus jüdischer Sicht einen anderen Ursprung: Sie gründet in der Dankesschuld der gesamten Menschheit dafür, dass Gott sie nach seinem Bilde erschaffen hat.

Beide Projekte haben ein gemeinsames Merkmal: Sie verankern ihre Pflichten in einer Dankesschuld, die es gilt, in Erinnerung zu behalten. Diese Erinnerungen, die unsere Dankbarkeit wach halten sollen, sind durchweg positive Erinnerungen: die Schöpfung, das Kreuz, der Exodus. Das sind Erinnerungen an Geschenke, die Gott den Menschen darbrachte, oder den Juden, wie im Fall des Exodus. Im Gegensatz dazu sind diejenigen Erinnerungen, die geeignet sind, die Menschheit als moralische Gemeinschaft zu begründen, negativer Art, und überwiegend sind es entsetzliche Beispiele von Grausamkeit. Solche Erinnerungen machen nicht dankbar, sondern eher rachedurstig.

Eine universelle ethische Gemeinschaft?

Es sind zwei Fragen, die hinsichtlich des Projekts einer universellen ethischen Gemeinschaft auftauchen: 1. Ist sie machbar? 2. Ist sie wünschenswert?

Mit Chesterton könnte man sagen: Die Schwierigkeit des christlichen Projekts, die Menschheit zu einer Gemeinschaft der Liebe zu machen, besteht vielleicht gar nicht darin, dass man es schon versucht und dann entdeckt hätte, dass kein Verlass darauf ist, sondern eher darin, dass man es noch gar nicht wirklich versucht hat. Wenn das so ist: Warum nicht einen Versuch machen? Vielleicht sollte man es einmal ohne jedes religiöse Brimborium versuchen, das ja doch immer nur provinziell und beschränkt ist, auch wenn es die ganze Menschheit einzubeziehen sucht.

Warum ist es so schwierig, die Menschheit in eine ethische Gemeinschaft zu transformieren? Zugegeben, es ist eine nur vorgestellte Gemeinschaft, so weit wie nur möglich entfernt von allen denkbaren Gemeinschaften, die auf unmittelbaren, persönlichen Beziehungen basieren. Doch als Bindemittel einer moralischen Gemeinschaft ist persönliche Bekanntschaft weder notwendig noch hinreichend, um Anteilnahme auszulösen. Das Kind, das Anteil nimmt an seiner Mutter, die es niemals gesehen hat, beweist, dass unmittelbare Beziehungen nicht notwendig sind; der Priester und der Levit in der Geschichte vom guten Samariter zeigen, dass sie auch nicht hinreichend sind. Kurz, wir können Anteil nehmen auch an Personen und Gemeinschaften, denen wir nie begegnet sind und denen wir wahrscheinlich auch während unseres ganzen Lebens nicht begegnen werden. Warum also sollte die Menschheit nicht eine Gemeinschaft begründen können, die auf Anteilnahme beruht? Schließlich gründet die anteilnehmende Haltung in einer Zugehörigkeit, nicht in einer Leistung. Die Zugehörigkeit zur »Familie aller Menschen« – das müsste doch genügen.

Die Frage hierbei ist, ob Anteilnahme als Bindemittel einer ethischen Gemeinschaft *ohne jeglichen Kontrast* standzuhalten vermag. Hat es irgendeine Bedeutung, Freunde zu haben, wenn man keine Feinde hat? Wenn solch ein Gegensatz wirklich notwendig ist – so könnte man argumentieren –, dann kann die Menschheit ihn gewiss nicht liefern, denn sie ist ja die umfassendste Gemeinschaft, die denkbar ist, und außerhalb ihrer gibt es nichts und niemanden von Bedeutung, der für einen Kontrast sorgt. Anteilnahme könnte sich unter solchen Bedingungen in einen blassen, inhaltsleeren Begriff verwandeln. Sollte Anteilnahme ohne Gegenpol tatsächlich eine begriffliche Unmöglichkeit sein, dann ist die Umwandlung der Menschheit in eine ethische Gemeinschaft der Anteilnahme nicht nur praktisch schwer zu verwirklichen, sie ist dann überhaupt logisch unmöglich. Aus der Tatsache, dass einige abstrakte Gemeinschaften dennoch ethische Gemeinschaften sind, folgt also noch keineswegs, dass auch die Menschheit als Ganze eine solche Gemeinschaft sein kann.

Denkt man andererseits an die Nation als die paradigmatische ethische Gemeinschaft der Moderne, dann ist der gesuchte Gegensatz scharf ausgeprägt. Der obskure Dean of St. Paul Inge definierte einmal die Nation als eine Gesellschaft, die einem gemeinsamen Irrtum über ihre Abstammung unterliegt und einen gemeinsamen Hass auf ihre Nachbarn hegt. Das Band der Anteilnahme innerhalb einer Nation hinge dann von zwei Elementen ab: falsche Erinnerung und Hass auf alle, die nicht dazugehören. Nun herrscht ja, was die Gemeinschaft aller Menschen betrifft, wahrlich kein Mangel an

Ursprungsmythen, seien es nun Adam und Eva im Monotheismus oder das erste Paar nackter Affen in der Evolutionstheorie. Und in gewissem Sinne sind diese Auffassungen vom Ursprung der Menschheit viel besser etabliert und weniger illusionär als die meisten nationalen Ursprungsmythen. Das zweite Element jedoch, der Hass auf die Außenstehenden, ist irritierend, denn wir erkennen die Wahrheit darin. Ich sage bewusst: die Wahrheit *darin*, nicht die Wahrheit *dessen*. Es ist ein historisches Faktum, dass innerhalb vieler Nationen das Band der Solidarität von einem aktiven oder wenigstens platonischen Hass auf die Nachbarn abhängt.

Welcher Art von Gegensatz bedarf es, wenn überhaupt, für die Beziehung der Anteilnahme? Welcher Gegensatz wäre sinnvoll? Das läuft auf die Frage hinaus, ob es sich um einen begrifflichen Gegensatz handeln soll, wie der zwischen Konsonant und Vokal, oder um einen bloßen psychologischen Kontrast.

Selbst dann, wenn der Begriff der Anteilnahme aus theoretischen Gründen nach einem Gegensatz verlangt, muss dieser Gegensatz nicht aktuell gegenwärtig sein. Vielleicht genügt es, wenn wir uns *vorstellen* können, was es bedeutet, keinen Anteil zu nehmen. Auch wenn die Vorstellung der Dunkelheit das Licht als Gegensatz braucht, ist es immer noch möglich, von einer »Finsternis über der Urflut« zu sprechen, vor der Erschaffung des Lichts, sofern das Licht nur eine *Möglichkeit* ist. Bedarf aber der begriffliche Gegensatz nicht unbedingt des aktualisierten Gegensatzes, dann ist auch der Übergang der Menschheit in eine ethische Gemeinschaft, die auf Anteilnahme und geteilter Erinnerung beruht, keine logische Unmöglichkeit.

Natürlich ist ein solcher Übergang sehr schwer zu bewerkstelligen. Das heißt nicht, dass wir die Idee einer Menschheit als ethischer, Anteil nehmender Gemeinschaft auch als regulative Idee aufgeben sollten. Es bedeutet jedoch, dass wir vorläufig das Zweitbeste anstreben sollten, und das Zweitbeste wäre die Umwandlung der Menschheit in eine *moralische* Gemeinschaft. Im allgemeinen interessieren mich präskriptive Begriffe mehr als normative, also das, was zur Verbesserung beiträgt, mehr als das, was den Idealzustand herbeiführt. Deshalb möchte ich mich im folgenden der Frage zuwenden, ob die Menschheit auch als moralische Gemeinschaft über ein Minimum an geteilter moralischer Erinnerung verfügen sollte oder ob man die Erinnerungsarbeit ganz und gar an kleinere, ethische Gemeinschaften delegieren sollte.

Auf den ersten Blick scheint es, als gäbe es tatsächlich einiges, an das die gesamte Menschheit sich erinnern sollte. Auf die berühmte Frage Hitlers:

»Wer denkt heute noch an die Armenier?« hätte die deutliche Antwort lauten müssen: »Wir alle«, oder zumindest: »Die aufgeklärte Welt denkt daran.« An was also soll sich die Menschheit erinnern? Die Antwort lautet, kurz: an außergewöhnliche Manifestationen des radikal Bösen und an Verbrechen gegen die Menschlichkeit, wie etwa Sklaverei, Deportationen der Zivilbevölkerung und Massenmorde.

Versteht man unter »radikal böse« eine Handlung, die nur deshalb begangen wird, »weil sie eben böse ist«, dann halte ich das für keine besonders kohärente Vorstellung. Nicht einmal der Teufel selbst kann allein aus diesem Grund handeln, das ist logisch unmöglich. Miltons Satan behauptet zwar, »immer Böses zu tun« werde »uns einzig nur ergötzen«, doch auch er tut es nicht um des Bösen willen, sondern es ist ein Akt der Rebellion, um sich dem Willen Gottes zu widersetzen.[1] Mein Begriff des radikal Bösen ist weniger radikal: Ich schlage vor, dass er all jene Handlungen umfassen sollte, welche die Fundamente der Moral selbst untergraben. Der eliminatorische Biologismus, wie ihn die Nazis bei der »Ausmerzung« von »Untermenschen«, das heißt von Juden und Zigeunern praktizierten, war ein unmittelbarer Angriff auf die Idee der Humanität als solcher, mithin auf die grundlegende Kategorie der Moral. Derartige Angriffe sollten aufgezeichnet und erinnert werden.

Doch auch wenn es wünschenswert und notwendig ist, einem solchen »schwachen« Begriff einer von der ganzen Menschheit geteilten Erinnerung zu folgen, so ist es noch immer unermesslich schwierig, derartige Erinnerungsvorgänge politisch herbeizuführen. Es ist nicht leicht, sich effektiv arbeitende Institutionen vorzustellen, die jene Erinnerungen speichern und verteilen könnten. Solche Institutionen werden wahrscheinlich bürokratisch und seelenlos sein, vergleichbar den Dienststellen der UNO. Angesichts dessen, wie nahe »Erinnern« und »Verewigen« beieinander liegen, kann man kaum erwarten, dass eine anonyme Menschheit als Gemeinschaft des *Eingedenkens* funktioniert, wenn sie schon als Gemeinschaft der *Verständigung* versagt. Außerdem beruht geteilte Erinnerung nicht nur auf einem Netz von Menschen und Organisationen, welche die mnemotechnische Arbeitsteilung sicherstellen, sondern auch auf den erinnerten Fakten selbst, die wiederum kohärente »Netzwerke« bilden sollten. Es ist schwierig, Erinnerungen an völlig isolierte Ereignisse und Menschen aus ganz verschiedenen Geschichten weiterzugeben. Die Erinnerung, beispielsweise, an Captain Kelly und das Massaker von My Lai gibt nicht viel her, solange es dabei lediglich um eine vereinzelte Episode aus dem Vietnamkrieg geht.
Ein weiteres Problem, das die geteilte Erinnerung einer moralischen

Gemeinschaft der Menschheit aufwirft, ist die Gefahr einer voreingenommenen Gewichtung. Ereignisse aus der sogenannten Ersten Welt, der technisch fortgeschrittenen Welt, fallen uns wahrscheinlich mehr ins Auge als vergleichbare Ereignisse in der Dritten Welt. Die Erinnerung an den Kosovo wird die Erinnerung an Ruanda überschatten. Mehr noch: Da die Gräueltaten, die sich in Europa abspielen, wahrscheinlich genauer erinnert werden, werden sie auch als moralisch bedeutsamer wahrgenommen und beanspruchen zu Unrecht moralischen Vorrang. Die Situation ist ähnlich der des sprichwörtlichen Studenten aus einer britischen Kolonie, der zu seinem Landsmann sagt: »Ich bin immerhin in Oxford durchgefallen, du aber nur an der London School of Economics.« Es gibt auch einen Snobismus des Versagens, nicht nur des Erfolgs.

So weit einige meiner Befürchtungen hinsichtlich des Projekts einer geteilten moralischen Erinnerung der Menschheit. Alles in allem ist mir noch keineswegs klar, wie wir es anstellen sollen, eine solche Erinnerung tatsächlich zu etablieren. Aber ich weiß ganz gut, wie es *nicht* geht. Wir kennen wohl alle jenen gutgemeinten Vorschlag, das umstrittene Holocaust-Mahnmal in Berlin mit dem biblischen Gebot »Du sollst nicht töten« zu versehen. Diesem Vorschlag zufolge sollen hebräische Schriftzeichen und biblische Worte verwendet werden; er reagiert insofern mit einer schwächlichen Geste auf die Tatsache, dass die Opfer in weit überwiegender Zahl Juden waren. Dennoch ist die Botschaft unmissverständlich: Das Mahnmal in Berlin wurde errichtet *von* der Menschheit *für* die Menschheit.

Ich bin der Auffassung, dass dieser Vorschlag zwei krasse Denkfehler enthält. Zum einen: Die Position der Deutschen, die als Erinnerungsgemeinschaft in Beziehung zu den Tätern stehen, lässt es einfach nicht zu, dass sie im Namen der ganzen Menschheit handeln. Sie sind involviert in die Erinnerung, um die es hier geht. Zweitens aber kann es nicht richtig sein, die Opfer nur als »menschliche Wesen« anzusprechen, wenn doch klar ist, dass viele von ihnen, vor allem aus Osteuropa, sich selbst als Juden identifiziert hätten. Selbst dann also, wenn man sehr dafür ist, ein Mahnmal zugunsten der geteilten Erinnerung der gesamten Menschheit zu errichten, sollten doch keineswegs Deutsche dies tun – und schon gar nicht in Berlin.

Das Berliner Mahnmal sollte ein Versuch des deutschen Volkes sein, sich selbst wieder zu einer ethischen Gemeinschaft zu machen, auch wenn sie belastet ist von schmerzhaften geteilten Erinnerungen. Der Weg dahin führt von der Grausamkeit, die sie einst mit den Juden verband, zur Reue. Mutatis mutandis gilt das gleiche für die japanische Gemeinschaft – angesichts der koreanischen »comfort women«, die zur Prostitution gezwungen wurden. Diese Frauen in die geteilte Erinnerung Japans mit aufzunehmen würde bedeuten, sie wieder »ins Leben zu rufen«, indem man ihre Leiden anerkennt – ein erster Schritt zur Reue.

Ich glaube noch immer, dass das aussichtsreichste Projekt geteilter Erinnerung dasjenige ist, das sich gleichsam »natürlicher« Erinnerungsgemeinschaften bedient; die Frage ist dann nur, auf welche Weise man schmerzliche, traumatische Erinnerungen an die Vergangenheit einsetzt und wie sie innerhalb der Erinnerungsgemeinschaften »geteilt« werden sollen. Dies scheint mir jedoch weniger utopisch als die beiden erwähnten universalistischen Projekte: die Menschheit als ethische Gemeinschaft oder als moralische Erinnerungsgemeinschaft. Selbst das Vorhaben, die düsterste aller möglichen Erinnerungen wieder ins Bewusstsein zu heben, ist ein hoffnungsvolles Vorhaben. Denn es bedeutet den endgültigen Abschied von jenem pessimistischen Gedanken, alles werde vergessen, den der Prediger Salomo formuliert hat: »Man gedenkt derer nicht, die früher gewesen sind, und derer, die hernach kommen; man wird auch ihrer nicht gedenken …« (Kohelet, 1:11) Das Projekt der Erinnerung ist alles andere als eitle Leere.

1 John Milton, *Das verlorene Paradies*, Stuttgart 1986, I. Buch, 120–130, 184f.

REINER STACH

Wahre Sätze, falsche Sätze

Vom Handwerk des Biographen

für Monika Schoeller

In den siebziger Jahren, zur Zeit meines Philosophiestudiums, kam es hin und wieder vor, dass auch im Fernsehen Philosophie geboten wurde – nicht, wie heute weithin üblich, als ein von Zitaten untermaltes Trommelfeuer bedeutungsschwerer Bilder, sondern gleichsam *in actu*, als Streitgespräch prominenter Denker. Da die Frechheit, mit der heutige TV-Moderatoren jedem Redner ins Wort fallen, um nur ja keine Langeweile aufkommen zu lassen, damals noch wenig erprobt war, stellten diese Diskussionssendungen höchste Anforderungen an die Konzentrationsfähigkeit der Zuschauer: Nicht nur waren sie von beträchtlicher Länge, was dem einzelnen Disputanten enorme Möglichkeiten der Selbstentfaltung eröffnete – sie waren auch von einem absoluten Vertrauen in die Macht der mündlichen Rede geprägt; keine Zwischentitel, keine *trailer*, keine Musikeinblendungen störten die Arbeit des Diskurses. Und Werbepausen waren so undenkbar wie noch heute im philosophischen Seminar.

Während einer dieser Diskussionen kam es zu einem Wortwechsel, der sich meinem Gedächtnis in eigentümlicher Weise eingegraben hat. Zunächst wahrscheinlich deshalb, weil es sich um einen der seltenen Augenblicke handelte, in denen die Beteiligten mit offenem Visier aufeinander losgingen anstatt, wie leider die Regel, ihre grundsätzlichen Differenzen unter einem Polster falscher Höflichkeiten zu ersticken. Das verbot sich in diesem Fall. Denn es ging um »Wahrheit« und »Dialektik«, und diese Begriffe standen damals unter politischer Hochspannung. Mit den Professoren Alfred Schmidt und Hans Albert hatte man je einen Vertreter der feindlichen Lager eingeladen – Schmidt, ein Schüler Adornos, repräsentierte das dialektische Denken der »Kritischen Theorie« und galt demzufolge als politisch »links«, Albert hingegen, ein Anhänger Karl R. Poppers, bekannte sich zum »Kritischen Rationalismus« und stand so zwangsläufig unter dem Verdacht eines kalten Konservatismus. »Kritisch« wollten damals alle sein. Doch gerade zwischen diesen beiden hätte es lächerlich gewirkt, hätte man das Publikum unter Berufung auf die allseitige Aufgeklärtheit mit den üblichen akademischen Artigkeiten abgespeist. Nein, hier konnte es nur einen Sieger geben.

Albert scheint sich dessen weitaus bewusster gewesen zu sein als der eher behäbige, konziliante, jedem verletzenden Streit durchaus abgeneigte Schmidt, dem es gleichwohl nichts half, dass er einige Wissensfelder, darunter die Mathematik, von vornherein großzügig der Kompetenz seines Gegners überließ. Der ließ sich dadurch nicht im geringsten beschwichtigen. Er könne sich, beharrte Albert, unter »dialektischer Wahrheit« schlechterdings nichts vorstellen. Eine Aussage sei entweder objektiv wahr oder objektiv falsch, und wenn das nicht in jedem einzelnen Fall zu entscheiden sei, so liege es nicht an der Aussage, sondern an unserem vorläufig noch unzureichenden Wissen. »Nennen Sie mir, Herr Professor Schmidt, einen einzigen Satz«, holte schließlich Albert aus, »der zugleich wahr und falsch ist!«

Schmidt hatte, wie ich wusste, vor allem im Frankfurter Raum, im Umfeld seines Lehrstuhls, zahlreiche Fans, denen nun vorm Fernseher gewiss der Atem stockte. Denn die Frage an ihn war unhöflicherweise so gestellt, dass ein Ausweichen unmöglich war: Fiel Schmidt jetzt nicht ganz schnell der verlangte Satz ein, dann war die Diskussion entschieden und die Linke hatte wieder einmal eine schmachvolle Niederlage erlitten. Doch beinahe schien es, als habe Schmidt auf genau diese Attacke gewartet. Denn er antwortete, ohne sich auch nur eine Sekunde zu besinnen: *»Einmal ist keinmal.«* Und nach kurzer Pause, während derer sich Verblüffung auf dem Gesicht Alberts ausbreitete: »Nun sagen Sie mir, ob dieser Satz wahr oder falsch ist.«

Ich entsinne mich deutlich, dass mir diese erstaunliche Wendung keineswegs das Gefühl der Erleichterung vermittelte – ich selbst hatte ja genug von Schmidt gelernt, um ihm alles Gute zu wünschen –, sondern eher den einer peinlichen Anmutung. Peinlich schon die Selbstgewissheit, mit der Albert glaubte, einen professionellen Philosophen mit einer derartigen Prüfungsfrage in Verlegenheit setzen zu können. Peinlich aber auch die geradezu abgründige Trivialität des von Schmidt angeführten Beispiels, das *mir*, so glaubte ich damals, während einer wirklichen Prüfung schon aus Furcht vor dem unweigerlich anhebenden Gelächter wohl kaum über die Lippen gekommen wäre.

Was war denn das für ein Niveau, auf dem diese Herren verhandelten? Es war doch offensichtlich, dass der Satz »Einmal ist keinmal« mitnichten gleichzeitig wahr und falsch ist. Falsch ist er allein als logische Aussage; auf der semantischen Ebene des Sprichworts hingegen bringt er keine Tatsache, sondern eine moralische Wertung zum Ausdruck, etwa in dem Sinne, dass kleine Sünden und Regelverletzungen tolerierbar sind, wenn sie sich nicht wiederholen. Das gilt in verschiedenen Kulturen in verschiedenem Maße. Albert hatte schlicht vergessen, derartige Wertungen als von Natur aus unentscheidbar auszuklammern, und das hätte er nun nachholen sollen. Stattdessen versteifte er sich darauf, Schmidts Beispiel sei reiner Nonsens und als solcher nicht diskutabel – eine spürbar der augenblicklichen Verlegenheit entsprungene und nicht besonders souveräne Taktik. Offenbar gehörte Albert zu jenen unglücklichen Menschen, denen vor laufender Kamera das Naheliegende nicht einfällt, während ihnen dann auf dem Nachhauseweg die brillanten Repliken nur so zufliegen.

Die Szene, deren Zeuge ich geworden war, ließ mich lange nicht ruhen, und je länger ich darüber nachdachte, desto rätselhafter schien sie mir. Albert hatte offenbar angenommen, es werde sehr schwer, ja unmöglich sein, einen Satz zu finden, der seinen Bedingungen entspricht; Schmidt hingegen hatte einfach einen Satz hingeworfen, der ein Moment des Unberechenbaren, des Unklaren, des – ja, eigentlich nur Menschlichen enthielt, und der »Kritische Rationalismus« fiel wie ein Kartenhaus in sich zusammen. Fabelhaft, dass es dazu lediglich dreier Worte bedurfte. Doch hatte man den Trick erst einmal durchschaut, dann stellten sich wie von selbst Myriaden von Sätzen ein, die man ebenso gut hätte anführen können, Sätze, die alle mehr oder weniger verborgen »Menschliches« enthalten, menschliche Urteile, Gefühle, Gewohnheiten, Sprachregelungen, Lebensentwürfe.

»Heute ist schönes Wetter.« Niemand denkt sich etwas bei einer solchen Bemerkung. Doch während sie im Munde des Urlaubers noch wahr ist, bedeutet sie vielleicht im Ohr des Bauern eine Drohung. Und ein wirklich entscheidbarer Satz darf natürlich keine Rückstände privater Interessen enthalten. – »Dort steht eine alte Brücke.« Im »dort« steckt eine menschliche Geste, im »Stehen« der Leib als Ganzes, und was »alt« ist, entscheidet sich am Maß der höchst variablen menschlichen Lebenserwartung. Es scheint, als seien die im philosophischen Diskurs so beliebten keimfreien Sätze schwer auffindbare Ausnahmen, und als seien es gerade die einfachen, harmlosen, ja scheinbar völlig neutralen Aussagen, die über die ewige Kinderfrage nach der Wahrheit die tiefsten Schatten werfen.

Es dauerte freilich ein Jahrzehnt oder länger, ehe ich verstand, dass mit dem schulterzuckenden Bekenntnis zur allgegenwärtigen Ungenauigkeit der Sprache dieses Problem noch längst nicht abgetan ist. Das Motiv der Sprachskepsis war mir vertraut, die außerordentliche Bedeutung von Hofmannsthals *Chandos-Brief* längst geläufig. Doch eines Tages öffnete ich ein Buch und las auf der ersten Seite die folgende Frage: »Was kann man heute von einem Menschen wissen?« Eine wunderbare, doch gerade in ihrer Schlichtheit auch teuflische Frage. Der Autor hatte sein Programm auf die denkbar kürzeste Formel gebracht: denn eine Biographie war es, der er sie voranstellte. Aber er war auf mehr als 2500 Druckseiten nicht mit ihr zu Ende gekommen, und hätte nicht Krankheit ihn an der Fortführung gehindert, es wäre ihm auf den geplanten wer-weiß-wieviel Seiten wohl ebenso wenig geglückt.

Man kennt die Kritikerstimmen, die in solchen Fällen unweigerlich vom »Scheitern« sprechen und damit eigentlich nicht das Buch meinen, sondern ihren Versuch, es zu lesen. Gewiß, Sartres monumentale Biographie über Flaubert, *Der Idiot der Familie*, ist gescheitert, insofern sie Fragment blieb, und kein anderes mir bekanntes Werk, nicht einmal *Der Mann ohne Eigenschaften*, hinterlässt so bezwingend den Eindruck, hier habe sich jemand »übernommen«. Kein Wunder, würde wohl der kritische Rationalist sagen. Denn Sartre ging es darum, die Fruchtbarkeit einer von ihm entwickelten »dialektischen Methode« zu demonstrieren, und schon zuvor hatte er 1000 Seiten allein daran gewendet, deren ungeheuer komplizierten Mechanismus zu erklären – *Kritik der dialektischen Vernunft* hieß jener Grundstein, den er in die philosophische Debatte geschleudert hatte und der dann einfach liegen blieb und verwitterte.

Dabei war der Leitgedanke gar nicht schwer zu verstehen, und bereits im Titel seiner Flaubert-Studie hat Sartre ihn auf beeindruckende Weise verdichtet. *Der Idiot der Familie* – das war schockierend. Und es war keineswegs metaphorisch gemeint. Denn der kleine Gustave Flaubert galt nicht nur als Versager und als Schande der Familie, er versagte tatsächlich, war beziehungslos, passiv, verstockt, lernte Lesen und Schreiben unter Qualen und mit jahrelanger Verspätung, blieb in jeder Beziehung zurück hinter seinem erfolgreichen Bruder. Später erwies er sich als unfähig zu geregelter Arbeit und verschanzte sich hinter Krankheiten. Man kann seine Angehörigen verstehen – in gewissen Grenzen. Andererseits kann ihnen wohl kaum verborgen geblieben sein, dass sich hinter Gustaves »Dummheit« eine exzessive und frühreife Einbildungskraft regte, wie sie bei tatsächlicher Geistesschwäche wohl niemals vorkommt; als Kind schon begann er zu schreiben, und die erhaltenen Hefte beweisen, dass bereits seine ersten Texte selbsttherapeutischen Zwecken dienten. Da ihm eine wirkliche Revolte gegen die Familie verwehrt blieb, wuchs er in die auferlegte Rolle bewusst hinein und zog Gewinn aus ihr. »Wenn ihr mich schon für einen

Idioten haltet, dann versorgt mich auch wie einen Idioten.« Das bedeutet: Flaubert machte sich zu dem, der er war; er ergab sich in sein Schicksal, um *innerhalb* dieses Gefängnisses unbehelligt zu bleiben und seine Freiheit zu finden. Eine höchst zweideutige Strategie, in der Handeln und Erleiden untrennbar verschmelzen.

Irgendwann – ich hatte schon Monate über Sartres Biographie zugebracht – schreckte ich von der Lektüre hoch, und mit rätselhafter Dringlichkeit stand mir der kuriose Disput zwischen den beiden TV-Philosophen vor Augen. Er schien mir jetzt schulmäßig, lebensfremd und intellektuell zutiefst unergiebig. Aber ein Zusammenhang leuchtete auf. Wenn jeder Satz, in dem irgend »Menschliches« steckt – und das ist die überwältigende Mehrzahl aller denkbaren Sätze –, schon allein aus diesem Grunde sich der einfachen Antinomie von Wahr und Falsch entzieht, wie steht es dann erst mit Sätzen, in denen es um nichts anderes als um Menschen geht, gar um einen einzelnen, benennbaren, zwangsläufig nur in seinen begrenzten Äußerungen sichtbaren Menschen? In solche Sätze strömt der Zweifel gleichsam von beiden Seiten: aus dem Munde des Sprechers wie aus der Gestalt dessen, über den er spricht. Und da eine Biographie ausschließlich aus Sätzen besteht, die ein Einzelner über einen anderen Einzelnen äußert, ist sie diejenige literarische Form, die dem epistemologischen Zweifel so nackt ausgesetzt ist wie keine andere. Wie ein Ruderer bewegt sich der Biograph auf einem Ozean von Unklarheiten.

»Gustave Flaubert ist ein Idiot« – ein Satz, der sich als äußerlich wahr, innerlich falsch und schließlich doch wieder als wahr erweist. (Und am Ende erneut als falsch, wenn man an Flauberts literarische Leistung denkt.) Sartres dialektische Rekonstruktion ist überzeugend. Doch je länger er über diesen Satz improvisiert, desto deutlicher wird, dass dies nur der anschwellende Akkord aus einer ganzen Kakophonie zahlloser ähnlicher Sätze ist, die seit je das Abendland beunruhigen (und seltsamerweise zugleich beruhigen). Novalis ist Romantiker. Hegel ist Optimist. Nietzsche ist verrückt. Valéry ist ein Kopfmensch. Virginia Woolf ist Feministin. Benn ist zynisch. Und so weiter. Fast niemals führen Diskussionen über solche Sätze zu etwas Greifbarem, immer ist »etwas dran«, und immer erhebt sich eine Stimme, die das Gegenteil behauptet, an dem dann zur allgemeinen Überraschung gleichfalls »etwas dran« ist. Und immer wieder geschieht es, dass solche Dispute sich aus der Sphäre scheinbar unverbindlicher Wortklaubereien erheben und eine Definitionsmacht gewinnen, die über die Schicksale von Büchern und Menschen entscheidet. Wem etwa das Etikett »Phantast« anhängt wie eine Hundemarke – das ist E.T.A. Hoffmann geschehen –, der bleibt für immer in der zweiten Reihe; er kann tun und lassen und schreiben, was er will, die letzte Beförderung zum Klassiker wird ausbleiben. Gar im eigenen Land für »dekadent« gehalten zu werden, kann zur existentiellen Bedrohung werden, obwohl – oder gerade weil – kein Mensch eine halbwegs stichhaltige Definition dieses Begriffs würde liefern können. Ist es also die Verschwommenheit unserer Worte, die Sätze über Menschen so ambivalent machen? Dann gälte es, Phrasen zu vermeiden, und alles wäre gut. Aber das allein ist es nicht. Jeder glaubt zu wissen, was ein Mörder ist. Und doch wurde über die Frage, ob der französische Philosoph Louis Althusser ein Mörder ist oder nicht, erbittert gestritten. *Ja*, denn er hatte im November 1980 seine Frau Hélène erdrosselt. *Nein*, denn er hatte es in einem Zustand verminderten oder psychotisch entstellten Bewusstseins getan. Ein Philosoph sei keine moralisch privilegierte Person, so die einen. Die Tat sei dem Intellektuellen offenbar »wesensfremd«, die anderen.

Als ich mich Mitte der neunziger Jahre entschloss, selbst eine Biographie zu verfassen, und zu diesem Zweck ein möglichst überzeugendes Exposé zu formulieren hatte, leuchteten die signalroten Buchrücken von Sartres Riesenwerk wie warnend herüber. So viele Sätze, und kein Schlusswort. Daneben Althusser, der Rivale, das Hervorbrechen des absolut Unvorhersagbaren. Das war nicht sonderlich ermutigend. Mir wurde plötzlich bewusst, daß die Wahrheit, die wir einer Biographie abverlangen, die Summe ihrer wahren Sätze nicht nur übersteigt, sondern womöglich etwas völlig anderes ist. Es genügt ja nicht, sich an Tatsachen zu halten. Die beiden schlechtesten Biographien, die ich jemals zu Ende gelesen hatte – die Jahnn-Biographie von Thomas Freeman und die Wittgenstein-Biographie von Ray Monk –, sind nicht deshalb schlecht, weil sie zu wenige präzise recherchierte Fakten enthielten, sondern deshalb, weil sie überhaupt nichts anderes enthalten: Es ist, als irrte man mit der Lupe über ein immens vergrößertes Porträt. Doch dass aus vielen Bildpunkten – je mehr, desto besser – am Ende ein Bild wird, gilt für den Computer, nicht für das menschliche Bewusstsein.

Ich begann, über Kafka zu schreiben. Kafka war ein Liebhaber von Biographien und Autobiographien, seine nachgelassene Bibliothek beweist es, ebenso seine Tagebücher. Aber er las Biographien nicht um ihrer wahren Sätze willen, sondern weil er wissen wollte, wie es anderen gelingt, ihr Leben zu bestehen. Er wollte einen Blick auf das *Gesetz* werfen, dem ein fremdes Leben folgt, und historische Genauigkeit interessierte ihn nur, insofern sie diesen Blick eröffnete. Kann man über ihn schreiben und sich dieser Haltung dennoch verweigern? Ich glaube, nein. Wie kein anderer

Autor hat gerade Kafka die Machtlosigkeit streng verifizierbarer Sätze seinen Lesern förmlich eingeimpft. »Richtiges Auffassen einer Sache und Missverstehen der gleichen Sache schließen einander nicht vollständig aus«, heißt es im *Proceß*, und der Angeklagte, dessen unablässige Suche nach sauber abgepackter Information ergebnislos blieb, hat dieser furchtbaren Dialektik wenig entgegenzusetzen.

Solche Sätze blitzen bei Kafka immer wieder auf. Dass sie so tief ins Fleisch schneiden, hängt augenscheinlich damit zusammen, dass sie nicht der philosophischen Spekulation, sondern alltäglichen Erfahrungen abgewonnen sind, die er nicht überflügelt, sondern eher skelettiert. Wahr und falsch zugleich? Man erlebt es auf Schritt und Tritt. Eine an sich treffende Bemerkung wird im Munde eines Menschen, der ihren Gehalt nicht wirklich erfasst, an Wahrheit verlieren, ja kann sich in reinen Unsinn verkehren. Jemandem, der Angelerntes, gar auswendig Gelerntes daherredet, wird man schwerlich zubilligen, dass er »Recht hat«. Und eine Zeugenaussage, die ausschließlich aus präzisen Angaben besteht, muss selbst dem juristischen Laien verdächtig erscheinen. Sie stimmt vielleicht, aber sie ist nicht stimmig.

Wahrscheinlich verbirgt sich hier der letzte Grund dafür, warum es so schwer ist, gute Biographien zu schreiben. Welche Haltung ist adäquat, welche ist »stimmig«, welche vermag ein Bild zu vermitteln, in dem die Wahrheit jeder Einzelheit aufgehoben ist? Der Leser verlangt Genauigkeit. Doch Genauigkeit ist nur erreichbar, wenn ich mich aus dem Leben, das ich schildere, völlig heraushalte; wenn ich Lebensdaten in Datenbanken umwandle; wenn ich Ordnung in die Fakten bringe, sie isoliere, zergliedere, sie auf dem Schreibtisch aneinanderfüge in immer neuen Kombinationen. Aber nicht das ist es, was der Leser sehen will. Er weiß, oder spürt zumindest, dass man ein menschliches Leben nicht präsentieren kann wie eine Käfersammlung. Er wartet darauf, dass eine Beziehung sich einstellt.

Diese Beziehung ist für den Biographen vom ersten Augenblick an wirksam, ob er sich dessen bewusst ist oder nicht. Nachdem ich einmal stundenlang über die formalen Probleme der Biographie gegrübelt hatte, versuchte ich, um mich wieder aufzuheitern, einen Satz niederzuschreiben, in dem auch der kritischste Kritiker keinen methodischen Wurm würde finden können. »Franz Kafka«, tippte ich, »wurde am 3. Juli 1883 in Prag geboren.« Ein pures Faktum, leicht nachprüfbar und stilistisch anspruchslos formuliert. Leider auch trivial. Doch wenigstens Professor Albert würde hier nichts auszusetzen haben. – Nun versuchte ich mir vorzustellen, wie dieser Satz wirkt, wie er »ankommt«. Ich stellte fest, dass er eine Assoziation gleichsam aus sich selbst hervortreibt, eine Assoziation, die ich nicht hineingelegt hatte. Hätte ich geschrieben: »Am 3. Juli 1883 war Franz Kafka etwa 40 Zentimeter groß«, dann wäre das ebenso wahr, aber komisch. Warum? Weil es unvermeidlich ist, dass man sich unter »Kafka« einen erwachsenen Menschen vorstellt, einen Schriftsteller, vielleicht einen Sonderling, einen ungewöhnlichen und nicht ganz gesunden Menschen jedenfalls, dessen Name unheilvolle Bilder heraufbeschwört. Liest man nun, dieser Mensch sei an dem und dem Tag geboren worden, so stellt man sich unwillkürlich vor, mit diesem Datum sei ein Schriftsteller in die Welt eingetreten, was offenbar falsch ist. Ich erinnere mich daran, wie ich das erste Mal eine Fotografie zu Gesicht bekam, die Kafka als Kleinkind zeigt. »Unglaublich«, dachte ich verblüfft, »dass *daraus* Kafka werden konnte.« Der Zwischenruf der Vernunft ließ nicht lange auf sich warten: »Aber dies *ist* Kafka!«

So schwer ist es also, selbst einfachste Sätze gegen unerwünschte Projektionen und fragwürdige Denkgewohnheiten abzudichten. Ich machte die Gegenprobe. Gab es denn keine Möglichkeit, dasselbe Faktum auszudrücken und den künftigen Weltautor aus dem Spiel zu lassen? Gewiss: »Am 3. Juli 1883 brachte Julie Kafka, die Frau des Kaufmanns Hermann Kafka, in Prag ihr erstes Kind zur Welt, einen Sohn. Die Eltern gaben ihm den Namen Franz.« So könnte es gehen; diese naturalistische Variante taucht ein in den geschichtlichen Augenblick und lässt ihn miterleben. Man begreift, dass dieses Neugeborene wenig mehr war als ein Bündel von Optionen: Es hätte am 4. Juli sterben können – die Wahrscheinlichkeit dafür war sehr groß, gemessen an heutigen Verhältnissen –, und für die Eltern war noch lange nicht ausgemacht, ob ihr Sohn jemals eine Schule betreten oder gar das kommende Jahrhundert erleben würde. (Die beiden Brüder Kafkas starben als Kleinkinder.) Doch kann man sich eine Biographie wünschen oder auch nur vorstellen, die derartige Protokollsätze aneinanderreiht, die das Bewusstsein immer nur von Augenblick zu Augenblick führt und jeden Seitenblick versperrt? Noch niemals hat jemand bei Null begonnen, kein Trick ist denkbar, der im Gedächtnis des Biographen oder in dem seines Publikums *tabula rasa* machte. So zu tun, als wisse man nicht, wie es weiterging, als bangte man mit seinem Helden um jede Schulnote, um jede Liebschaft, um jedes begonnene Werk, das kann ein für den Augenblick erhellendes Spiel sein, ein zärtlicher Schlag auf den Hinterkopf des Lesers gleichsam, um ihn daran zu erinnern, dass zuviel Wissen womöglich blind macht für die Tiefe eines historischen Moments. Die Simulation von Nichtwissen als konstante Haltung jedoch wäre ein unerträglicher Manierismus, sie wäre Lüge.

Wie man es macht … Man könnte auf den Gedanken verfallen, allein eine Biographie, die vom ersten bis zum letzten Satz im Konjunktiv geschrieben ist, werde letztendlich der Kritik standhalten. Die Leser freilich würden sich bedanken; sie verlangen zu Recht, dass man ihnen erzählt und nicht vorturnt. Heute glaube ich, dass die natürliche Eitelkeit dessen, der schreibt, die methodischen Probleme vielleicht nicht vergrößert, aber doch in allzu leuchtenden Farben malt. Der Biograph ist nicht der einzige, dessen Beruf es verlangt, wahre Sätze über Menschen zu finden. Psychotherapeuten, Lehrer, Ärzte und Richter stehen vor einer durchaus vergleichbaren Aufgabe: Auch sie müssen sich an vorgegebene Methoden, Prozeduren, Begriffe und Regeln halten, wenn sie etwas erreichen wollen, und zugleich müssen sie anerkennen, dass sie das »Objekt«, das jenen Prozeduren unterworfen wird, nicht auf Distanz halten können. Sie müssen einsehen, dass ihre Arbeit immer wieder zur Struktur einer menschlichen Begegnung gerinnt, die das Interesse weckt oder dämpft, die erheitern, deprimieren, langweilen oder explodieren kann.

Weder ein guter noch ein schlechter Arzt wird einer Krankheit jemals auf den letzten Grund kommen. Allein die Tiefe psychosomatischer Zusammenhänge ist unauslotbar. Dennoch unterscheidet sich das Vorgehen eines guten Arztes maßgeblich von dem eines schlechten. Letzterer wird strikt nach Aktenlage entscheiden (mehr oder weniger sorgfältig) und anschließend dem Patienten freundlich auf die Schulter klopfen und Zuversicht verordnen; er wird also Empathie – oder das, was er dafür hält – erst nach getaner Arbeit zeigen. Das erinnert an Biographen, die dem Leser im Vorwort (das ja in der Regel ebenfalls »nach getaner Arbeit« geschrieben wird) ein paar halbherzige Geständnisse machen, warum sie sich gerade mit dieser und keiner anderen Figur beschäftigen, und die persönliche Gründe anführen, von denen dann auf den folgenden Seiten nicht das Mindeste zu spüren ist.

Mir erscheint diese Spaltung nicht weniger sinnlos als die früher weit verbreitete Unterwürfigkeit des Biographen. Da ist dieses Foto: Kafka, ein Jahr alt. Ich kann darüber schreiben, was Ende des 19. Jahrhunderts erstgeborene Söhne bedeuteten, insbesondere im Judentum; ich kann recherchieren, wie häufig sie an Kinderkrankheiten starben; man kann sich ironisch auslassen über das eigentümliche Interieur damaliger Fotostudios und über die Präsentation bürgerlicher Kinder als Puppen – das alles gehört zur Aktenlage, zum Handwerk der Kulturgeschichte. Doch zugleich suche ich im Blick dieses Kindes den künftigen »Kafka«, den Ängstlichen, den Gewitzten, den Träumer, den Angeklagten, den Tuberkulosekranken, den

Asketen, den Entdecker des »Kafkaesken«. Das ist unwissenschaftlich, denn es bedeutet eine Rückprojektion unseres Wissens in die Vergangenheit. Doch es ist Bestandteil dessen, was Therapeuten »Beziehungsarbeit« nennen, eine Arbeit, ohne die jede Einfühlung undenkbar wäre.

Es ist sinnlos, eine dieser beiden Haltungen zugunsten der anderen verschleiern, gar ersticken zu wollen. Kein einziger Satz wird dadurch wahrer. Wir haben diese Spannung zu ertragen, denn sie bedeutet, dass wir weder informationsverarbeitende Maschinen sind noch Bündel von Instinkten, sondern irgendetwas dazwischen und darüber. Und wahrscheinlich beginnt erst dort, wo der Biograph aus diesem Widerspruch seinen Nektar zieht, dessen eigentliche Kunst.

GEORG KLEIN

Altkayser

Erzählung

Im Ersten Bezirk kam mein Zug an. Hier, im zentralen Kopfbahnhof der Stadt, enden alle Geleise vor einer halbkreisförmigen Wand, die ohne einen einzigen Stein ganz aus Stahl und verdrahtetem Glas errichtet ist. Wie ein riesiges Auge ist der Hallenstirn eine alte Normaluhr eingesetzt. Ein schon unter unserer Verwaltung verfasster Prospekt rühmt sie als den größten mechanischen Doppelchronometer Mitteleuropas, der ganze Bahnhof wird als ein Denkmal der Technikgeschichte zur Besichtigung empfohlen.

Der Nachtzug hatte mich aus dem Westen hierher gebracht, und mit steifen Knien ging ich den Bahnsteig hinunter. Nur eine Handvoll Reisender war gleich mir bis hierher, bis in den äußersten Osten unseres Landes, gefahren. Meine Augen, von der nächtlichen Arbeit am mobilen Rechner, von der Nähe des Bildschirms erschöpft, nahmen die Höhe des Tonnengewölbes und den monumentalen Zeitmesser dankbar zur Kenntnis. Verkrampft hatten meine Hände zuletzt auf der eng bemessenen Tastatur gelegen, froh war ich über die ersten Besonderheiten, die diese Stadt am Rand unseres wieder ineinander geratenen Landes für sich verbuchen konnte, und ökonomisch klug, weil dem Gemüt bekömmlich, schien es mir, alles Ungewohnte in den hiesigen Verhältnissen als potenzielles Stimulans zu verstehen. Fatal wäre es gewesen, sich jetzt noch innerlich gegen die Versetzung zu sträuben.

Das zweite Zifferblatt sah mich mein Gepäck durch die menschenleere Schalterhalle tragen. Rücken an Rücken hingen die gewaltigen weißen Scheiben der Doppeluhr aneinander, und die Wand verbarg das Werk, das ihre Zeiger synchronisierte. Durch eine flache, in Waben gegliederte Glaskuppel drang das Licht der Morgensonne mit einem Schmelz, wie er mir im Westen unseres Landes lange nicht entgegengeflossen war. Dort, an meinem Geburtsort, dem Ort meines gesamten schulischen und beruflichen Werdegangs, ist das Fehlen von Wetter längst sprichwörtlich geworden. Ins Freie des Vorplatzes getreten, warf mein Körper einen starken Schatten, und den rechten Arm nach vorne schwenkend, bemerkte ich, dass mein Haupthandwerkszeug, dass das Köfferchen meines tragbaren Rechners, gegurtet an die Außenseite einer Reisetasche, in ein fast übermütiges Schaukeln geraten war.

Im Zweiten Bezirk wollte mich mein gescheiterter Vorgänger erwarten. Er hatte vorgeschlagen, mich noch einen Arbeitstag lang in mein neues Amt einzuführen. Das Ganze war kaum mehr als eine freundliche Geste. Alles Wesentliche war mir nach Westen überspielt worden, in knapper und vorbildlich strukturierter Form. Mein Vorgänger, den manche üble Nachrede verfolgte, hatte von mir diesbezüglich keinen Vorwurf zu erwarten. Der Taxistand war leer, aber eine hochrädrige Straßenbahn verharrte in einem hellen, mehrstimmigen Surren. Aus drei Waggons war sie zusammengekoppelt, sechs Federbügel presste das Gesamtgefährt an die Oberleitung. Alle Türen standen offen, und lange Leuchtröhren vermochten das Innere der Wagen über das Lichtmaß des Morgens hinaus zu erhellen.

Mit der letzten Dienstpost waren mir noch eine Monatskarte und ein Fahrplan der hiesigen Verkehrsbetriebe zugestellt worden. Strahlenförmig gingen die Tramlinien vom Bahnhof aus und schnitten in symmetrischer Ordnung die aus konzentrischen Kreisen aufgebaute Streckenführung der Busse. Auf den ersten Blick war mir diese Vernetzung maßlos erschienen. Unsinnig wirkte auch der enge Zeittakt, in dem die plumpen Bahnen und die nicht weniger vorsintflutlichen Busse aufeinander stießen. Der ganze Beförderungsaufwand stand in einem lächerlichen Missverhältnis zur Verödung, der die Stadt nachweislich in allen vier Bezirken erlegen war. Erst mit dem Anfahren der Bahn erröteten die Heizspiralen in den gusseisernen Zylindern unter den Sitzbänken. Meine Füße fanden Platz auf der gegenüberliegenden Bank, so entgingen Schuhwerk und Hosenbeine dem Gluthauch. Meine Hand lag schon auf dem obersten Mantelknopf, als mein Gesicht den eisigen Zug des Fahrtwinds verspürte. Durch den Fensterrahmen ließ sich ins Freie greifen, die gesamte Verglasung fehlte, und in schüttelnder Fahrt ging es ohne Halt über die nächsten Stationen. Schnell war jener Bereich des Zweiten Bezirks erreicht, der in Ermangelung eines neuen Namens weiterhin RING DER KOSMONAUTEN heißen musste.

Zum ersten Mal sah ich die imposanten Hochhäuser, die vor kurzem noch die gesamte Verwaltung der Stadt und mehrere Hundert Dienstwohnungen beherbergt hatten. Aus meinen Unterlagen, aus einem kommunalgeschichtlichen Abriss meines Vorgängers, war mir bekannt, wie das Ensemble entstanden war und warum es vor einem halben Jahr komplett geräumt werden musste. Alle Gebäude waren mit den gleichen, ungewöhnlich großen Keramikplatten verkleidet worden. Den schwergewichtigen Wetterschutz hatte man mit einem damals neuartigen Kleber, einer Entwicklung der hiesigen Technischen Hochschule, befestigt. Der asbesthaltige Kunstharzmörtel sollte die üblichen zeit- und materialraubenden Verschraubungen überflüssig machen, und tatsächlich schienen die in Rekordzeit gefliesten Fassaden panzerhaft glänzend, über Jahrzehnte, beständig. Längst aber hatte saures, durch haarfeine Kanäle einsickerndes Regenwasser an Beton und Kleber gefressen. Binnen eines Tages, provoziert von einem böigen Herbstwind, stürzte ein Dutzend Platten von den obersten Geschossen und zerschmetterte auf Parkplätzen, Grünflächen und Straßen. Ein leitender Kader der damaligen Gesundheitsbehörde, ein Hygiene- und Desinfektionsspezialist, wurde auf dem Weg zur Arbeit von einem abgesprengten Keramiksplitter in den Hals getroffen und wäre erstickt, hätte nicht eine beherzte Passantin den Fremdkörper vor Ort mit bloßen Fingern aus seinem Kehlkopf gezogen.

Aus dem Tramfenster gelehnt, den kalten Fahrtwind wie eine natürliche Brise genießend, zählte ich ab, bis zu welcher Stockwerkhöhe die Fenster in der Zeit ihres Leerstands zerschmissen worden waren. Unter den Rowdys mussten sich exzellente Werfer befunden haben, oder die Zerstörer hatten Katapulte benutzt. Auch meine Hände wollten nicht müßig sein. Mein Fahrtziel lag im äußersten Zipfel des Zweiten Bezirks, noch ein Dutzend Stationen entfernt. Immer war es mein Prinzip gewesen, auch Wege als Arbeitszeit zu nutzen. Schon war mein Köfferchen aufgeklappt, der Flüssigkristallbildschirm reflexionsfrei aus dem Licht gedreht, und eine für das Übergabegespräch relevante Tabelle konnte memoriert werden.

Im Dritten Bezirk sollte mein Schlafquartier sein. Dort war mir eine Dienstwohnung eingerichtet worden, und dorthin sollte mich mein Zeitplan führen, sobald das Zusammentreffen mit meinem Vorgänger vonstatten gegangen war. Mein bürokratischer Automatismus rechnete damit, dass der Kollege mich und mein Gepäck aus dem Zweiten in den Dritten Bezirk hinüber chauffieren würde. Die Großkantine, die mir in einer letzten Fernkopie als Treffpunkt vorgeschlagen worden war und vor der mich die Straßenbahn auslud, saß trotz ihrer zwei Stockwerke seltsam geduckt auf einem sockelartig erhöhten Fundament. Rundum war der plumpe Versorgungsbau verglast, und sein Speisesaal ließ sich während der Öffnungszeiten wohl von allen Seiten betreten. Mein Klinkendrücken jedoch stieß auf verschlossene Türen. Erst ein zweiter Rundgang, meiner ungläubigen Verärgerung entsprungen, führte dazu, dass mir die Botschaft, die mir der Kollege hinterlassen hatte, überhaupt vor Augen kam. Die schlampig angeklebte Folie war abgefallen. Ihre Durchsichtigkeit, die auf dem Glas der Tür zur Lesbarkeit der Aufschrift beigetragen hätte, machte sie auf dem Betonboden fast unsichtbar. Zum Glück lag das Blatt richtig herum, so stach mir mein Name ins Auge. Mein Amtsvorgänger teilte mir mit, er sei verhindert, weitere Informationen seien in meinem Quartier hinterlegt.

Seinen interpunktionslos hingeworfenen Text vor Augen, kam mir zum ersten Mal der Verdacht, er sei doch nicht nur an den bekannten Missständen gescheitert, an jenem Wust aus organisationshistorischen Altknoten und spontanem Wildwuchs, der in den westlichen Behörden als typisch östlich gilt. Längst gab es über den unbestreitbar hochqualifizierten Fachmann amtsinternes Gerede. Schon vor seiner Versetzung war über allerlei Absonderlichkeiten getuschelt worden. Es zeigten sich ungute Auswüchse seiner ursprünglich durchaus dem Beruf dienenden Datenmanie. Aus Tüfteleien des Wochenendes drangen Schrullen in die Verfahrensweisen des Dienstes. Peinlich wurde es den Kollegen, wie eigensinnig, fast fanatisch der eigentlich geschätzte Mitarbeiter im Konfliktfall auf seinen Einfällen beharrte. Offenbar war nun auch ich Opfer dieser Verhaltensverzerrungen geworden. Wichtig schien mir, nicht zuviel Zeit damit zu verlieren. Alle Arbeit gedeiht allein im Vollzug. Ein Blick auf den Stadtplan verdeutlichte, dass mein Quartier, das ehemalige Studentenwohnheim SOLIDARITÄT DER WELTJUGEND, am schnellsten zu Fuß zu erreichen war.

Schon dreiundzwanzig Minuten später, verschwitzt und mit Rückenschmerzen, jedoch im Wissen um meine Kraftreserven bestärkt, betrat ich die kahle Eingangshalle des Wohnheims. Es roch nach Kochfett und sanitären Desinfektionsmitteln. Das Glashäuschen des Pförtners war unbesetzt, ein tellergroßer Karton, mit rotem Isolierband angeklebt, trug meinen Namen und die Sätze: KOMME SOFORT. HEIMLEITERIN. Unter der Pappe hing ein Schlüssel, dessen Plastikanhänger mir meine Zimmernummer verriet. Ein schematischer Gebäudeaufriss fand sich im Fahrstuhl, mehr war zur Orientierung nicht nötig, das mir zugedachte Appartement ließ sich auf direktem Weg ansteuern.

Oben, im dritten Stock, waren offenbar Zwischenwände herausgebrochen worden, um großzügigere Raumverhältnisse zu schaffen. Die einstige Gemeinschaftstoilette des Gangs hatte eine Verbindungstür zu meinem Wohnbereich erhalten, der alte, allgemeine Zugang vom Flur her war mit einer dicken Platte zugenagelt worden. So standen mir, quasi privatisiert, gleich drei Klokabinen zur alleinigen Verfügung. Aber als ich die mittlere betrat, erklang zu meinem Erschrecken das heftige Aufrauschen und lautstark anhaltende Abströmen einer Druckspülung aus der Kabine zu meiner Linken.

Im Vierten Bezirk hatte mein Vorgänger sein Informationszentrum aufgebaut. Das ganze Konzept war seine Idee, und er hatte es gegen erhebliche interne Widerstände durchgesetzt. Ich war ihm dafür zu Dank verpflichtet, denn die Gründung dieses ZENTRUMS FÜR INFORMATIONSERHALT UND NEUVERNETZUNG hatte die hiesige Arbeit über eine bloße Abdeckerei hinausgetrieben. Noch immer schwelte deswegen in der Westbehörde ein Groll gegen ihn. Selbst Kollegen, die nicht direkt davon betroffen waren, zogen missmutige Schnuten und verstummten, wenn eine zufällige Wendung des Gesprächs an das eigenwillige Projekt meines Vorgängers rührte.

Erneut heulte die Spülung der linken Klokabine auf. Vorhin, als sie mich zum ersten Mal erschreckt hatte, überfiel mich die Befürchtung, die Heimleiterin habe aus irgendeinem Grund ausgerechnet die Toiletten des mir zugewiesenen Appartements aufgesucht, um ihre Blase zu erleichtern. Sogleich stand mir ein vages, aber dennoch abstoßendes Bild der Niegesehenen vor Augen: Gedrungen und muskulös stellte ich sie mir vor. Schon bald nach dem Beginn unserer Ostarbeit war sie Ansatzpunkt gewisser Gerüchte geworden, und seinen Höhepunkt erreichte das Getuschel, als mein Vorgänger mit ihr in Kontakt geriet. Die Heimleiterin hatte nicht nur das ehemalige Studentenhaus, sondern alle kommunalen Wohneinheiten der Stadt unter sich. Zwangsläufig ging jeder, der aus den Westbehörden hierher versetzt wurde und Anspruch auf Unterbringung erhob, durch ihre Hände.

Diese Befugnisfülle war mehr als erstaunlich, denn die fragliche Person hatte noch kurz vor dem Umschlag der Verhältnisse Majorsrang in einem Sicherheitsorgan der alten Ordnung bekleidet. Für solche Halbmilitärs gab es zwar die Möglichkeit, im nervösen Aufwuchern der Übergangswirtschaft Fuß zu fassen, aber von leitenden Stellungen in den neu aufgeforsteten Behörden wurden Funktionsträger der alten staatlichen Sicherheit grundsätzlich ausgeschlossen. Heimleiterin und schließlich Heimstättenorganisatorin der ganzen Stadt zu werden, wäre dem dienstlosen Major unmöglich gewesen, hätte er nicht, hellsichtig früh, jenen radikalen Weg beschritten, der die Ausnahme von der Regel darstellte.

Im Tratsch unserer Mutterbehörde wurde zwanghaft über diese rettende Maßnahme, über ihren operativen Vollzug und über ihr physisches Ergebnis gemutmaßt. Einerseits hieß es, der Major habe die kostspielige Operation und die aufwändige Nachsorge noch ganz von der Krankenversorgung des Ost-Reichs geleistet bekommen. Meine ehemalige Sekretärin behauptete sogar zu wissen, die Umarbeitung des einstigen Majors zur jetzigen Heimleiterin habe in der Luxusklinik der ehemaligen Staatsführung stattgefunden. Dieses Waldsanatorium in der Nähe der Hauptstadt sei längst für dergleichen eingerichtet gewesen, und man habe beste Arbeit auf Westniveau geleistet.

Andere, vor allem ein EDV-Mitarbeiter meines Vorgängers, Ostflüchtling früherer Jahre, widersprachen dieser Darstellung in wichtigen Teilen. Zwar sei es richtig, dass der Major schon in einer Ostklinik so umgestaltet worden sei, dass er nach der Wende als westbehördentauglich gelten konnte. Die anatomische Transformation sei jedoch nicht auf dem im Westen üblichen Standard durchgeführt worden. Im Gegenteil: die nötigen Beschneidungen und Additionen hätten nur in der für Osttechnik und Ostchirurgie typischen Plumpheit, ja Rohheit geschehen können. Grundfalsch sei es auch zu behaupten, der seinen Dienst fliehende Major habe die Behandlung gratis bekommen. Die ebenfalls um ihre Zukunft bangenden Ärzte hätten ihm vielmehr auf erpresserische Weise seine gesamten Ersparnisse abgenommen.

Eine dritte Version des Vorgangs, die zwischen diesen Gerüchten quasi vermittelt, wurde mir noch kurz vor meiner Abreise mitgeteilt. Einer unserer Fuhrparkchauffeure hatte meinen Vorgänger bei dessen einzigem Heimaturlaub in der gemeinsamen Stammkneipe getroffen. An der heimischen Theke habe ihm der Versetzte von Mann zu Mann und in beiderseitiger Trunkenheit seine Beziehung zum Exmajor in beschämenden Details geschildert. Die Heimstätten-Distributorin verfüge über bestürzende primäre und sekundäre Merkmale. Die operative Umgestaltung sei von einem russischen Chirurgen, einem Gastdozenten an der medizinischen Fakultät der Hauptstadt, geleitet worden. Der greise Operateur, schon unter Stalin Teilnehmer an streng geheim gehaltenen einschlägigen Versuchen und Begründer einer eigenen Schule für anatomische Gestaltchirurgie, habe sich das üppige Ausgangsmaterial des Majors zunutze gemacht und Monumentales geschaffen. Auch mit den im Osten kostbaren, weil aus den USA importierten Spezialsilikonen und den vorbereitenden wie nachsorgenden Hormonkuren sei verschwenderisch, ja exzessiv verfahren worden.

Ein Glück, dass das lang anhaltende Rauschen der Spülung im Sanitärteil meines Dienstappartements nicht von der starken Hand der Heimleiterin herrührte. Es handelte sich nur um eine jener für den Osten typischen technischen Kuriositäten, eine zu niedrig eingestellte Arretierung der Druckausgleichsfeder oder eine Materialermüdung derselben. Damit ließ sich lernen umzugehen. Weitaus schwieriger wäre es gewesen, der vielleicht noch den Sitz ihrer Strumpfhose regulierenden Heimleiterin vor der Tür der Klokabine mit der nötigen Sachbezogenheit entgegenzutreten.

Auf dem Schreibtisch am Fenster fand sich ein Kuvert, adressiert an mich in der Handschrift meines Vorgängers. Es enthielt nichts weiter als eine graue Diskette. An der Machart der Papphülle erkannte ich, dass der Datenträger zum alten östlichen EDV-System gehörte. In den hiesigen Forschungsstätten hatte man in einer verzweifelten Zusammenkrampfung aller verfügbaren Mittel sogar noch einen eigenen Individualrechner entwickelt, bevor auch dieses technologische Subsystem wie eine überhitzte Bildröhre implodierte.

Dass ich bereits am Tag meiner Ankunft in den Fünften Bezirk gelangte, muss ich ein Wunder nennen. Im mir überspielten Datenmaterial findet sich nicht der kleinste Hinweis auf die Existenz dieses Teils der in vier Bezirke aufgeteilten Stadt. Selbst mein verwaltungstechnisch ausgefuchster Verstand hat bis heute Mühe zu akzeptieren, wie diese fünfte Sphäre in den Raum der vierten eingebettet ist. Von den Fenstern meines Appartements aus bot sich ein grandioser Ausblick. Das unheimlich klare Wetter machte eine Fernsicht möglich, die mich sogar weit entfernte Objekte als umrissscharfe Miniaturen erkennen ließ. An dieser Deutlichkeit gemessen, erschien es finstere Vergangenheit, dass die Stadt vor der Umwälzung unter einem jede Kontur verschmierenden Smog gelitten hatte. Kinderleicht ließ sich, orientiert an markanten Großgebäuden und den Schneisen der Ausfallstraßen, das ganze Panorama verstehen. Schnell fand mein Blick zum zentralen Platz des Vierten Bezirks, der noch immer, trotz der himmelschreienden Antiquiertheit des Namens, ARENA DER ARBEITERZUKUNFT zu heißen hat.

Selbst aus dieser Entfernung ließ sich die Plastik in der Mitte des Platzes ausmachen. Mein rühriger Vorgänger hatte mir eine ganze Serie schematischer Aufrisse übersandt, die die äußere Form und den inneren Aufbau des mächtigen Bildnisses in berechenbare Darstellungsformen aufzulösen versuchen. Vereinfacht lässt sich das Monument als maßstabsgetreue Vergrößerung einer Totenmaske bezeichnen. Sie liegt horizontal, die Nase und die bartüberwölbte Kinnkuppe zum Himmel gerichtet. Haupthaar, Ohren und Bart gehen in einen felsenartig strukturierten Sockel über, der wie das Gesicht aus einem schwarzen Granit gefertigt ist. Die buckelige Gesamtform und das seltene, auf Hochglanz polierte Material hatten jene anonymen Sprachschöpfer, die man im Begriff Volksmund kollektiviert, zu immer neuen Spitznamen angeregt. Ein Verzeichnis, das mein Vorgänger angefertigt hat, verrät, dass der Einfallsreichtum der Gewitzten dieser Stadt während der Krise des ersten Umschwungs in einer Vielzahl neuer Prägungen kumulierte, bevor das gewaltige Denkmal an den Rand der Wahrnehmung rückte und im Lärm allgemeiner Umbenennung keinen neuen Beinamen mehr an sich binden konnte.

Der monumentale Halbschädel ist natürlich nicht aus einem einzigen Granitblock gehauen. Die Computergraphiken meines Kollegen zeigen, wie die Gesichtsfläche des Verewigten als ein Puzzle unterschiedlich großer Steinplatten aufgebaut ist. Die schweren Stücke ruhen auf einer Stahlkonstruktion, die aus statischen Gründen zu drei Teilen in den Boden hineinreicht. Das Antlitz ist trotz seiner überwältigend massiv wirkenden Steinhaftigkeit auf eine fast organische Art hohl. Dieser Innenraum wurde von Anfang an als Denkmalswerkstatt genutzt, denn der komplizierte Bau erwies sich als wetterfühlig und erschütterungsempfindlich. Ein plötzlicher Temperatursturz durch starken Ostwind, das Hüpfen eines überladenen LKW-Anhängers durch ein Schlagloch, wenig genügte, um Verspannungen im Stahlskelett oder Risse im schwarzen Fugenkitt zu verursachen. Kühn und kalt berechnend muss man meinen Vorgänger nennen, wenn man sich vor Augen hält, dass er schon unmittelbar nach seiner Ankunft beschloss, in der frischverwaisten Werkstatt, in der Höhlung des Denkmals, sein Informationszentrum einzurichten.

Starke motorische Unruhe und das Gefühl, nicht zu spät kommen zu dürfen, zwangen mich, sofort dorthin aufzubrechen. Mir war eine Gruppe Fahrräder aufgefallen, die in Reih und Glied vor dem Eingang des Wohnheims standen. Die dunkelgrauen, spartanisch simplen Räder besaßen eine auffällige Besonderheit: Das Verbindungsrohr zwischen Sattel und Lenkstange war nicht gerade, sondern in einem flachen Buckel nach oben gewölbt. Unter die Krümmung, die ihnen etwas Vorwärtsdrängendes verlieh, war ein Blechschild geschweißt, das in gestanzten Großbuchstaben die Aufschrift FUHRPARK trug. Diese Zweckbestimmung stach mir beim Verlassen des Wohnheims zum zweiten Mal ermutigend ins Auge, und ich packte die Lenkstange des erstbesten Rades, obwohl in meinen Unterlagen nur von der Verfügungsgewalt über vier Zweitakt-PKWs aus den Beständen der aufgelösten Altbehörden die Rede gewesen war.

Die Fahrt vom Dritten Bezirk hinüber in das Zentrum des Vierten mutet mich rückblickend wie ein technisches Abenteuer an. Meine nervöse Aufmerksamkeit beschränkte sich so ausschließlich auf die verwegene Eigenart meines Untersatzes, dass ich von den städtebaulichen Umständen des Weges rein gar nichts wahrnahm. Zwanghaft konzentriert auf den mechanischen Ablauf, blieb mir kein Raum zu bemerken, wie stark oder schwach die durchfahrenen Straßen von Einheimischen belebt, wie locker oder dicht der mich einschließende Verkehr beschaffen war. Das Rad besaß keinen Freilauf. Solange sich die hintere Nabe drehte, waren auch die Pedale in Bewegung. Ein schnelles Anhalten wäre nur durch eine abrupte Blockade der verketteten Drehkreise möglich gewesen. Kein Fortschritt war mir je so zwanghaft, so sichtlich nur durch eine Katastrophe aufhaltbar vorgekommen wie diese rasante Zweiradfahrt hin zur Arena der Arbeiterzukunft. Mit der Rechten hielt ich die klobige, nur aus einem verrosteten Eisenrohr bestehende Lenkstange gepackt, mit der Linken schwang ich das Köfferchen meines Rechners im Aufundab der Pedale.

Der Zugang zum Inneren des Denkmals befindet sich am Rand des weiten Platzes. Dort ist er in einem Kiosk verborgen, in dem man Stadtpläne, historische Reiseführer und Ansichtskarten angeboten hatte. Wie viele kommunale Einrichtungen war auch diese Dienstleistung längst zum Erliegen gekommen. Die Verkaufsfenster waren mit Spanplatten vernagelt, aber die eiserne Hintertür, durch die es auf eine steile Wendeltreppe und dann direkt in den Tunnel hinabging, war unverschlossen. Der Gang, der den halben Platz bis zu dessen Mitte untertunnelt, muss, trotz seiner Länge, ein elendes Bauwerk genannt werden. Seine Höhe und Breite sind fast unmenschlich, zumindest frühmenschlich knapp dimensioniert, selbst kleine Männer wie ich werden zu einem gebückten Tippeln genötigt. Die Mitnahme von Gerät oder Gepäck erscheint fast unmöglich, man ist froh, den eigenen Leib durch die Enge zwängen zu können. Dazu wird von den übergroßen, aber lächerlich lichtschwachen Deckenlampen ein rhythmisches Niederbücken erzwungen. Schlüpft man, ängstlich nach oben schielend, unter diesen Ungetümen hindurch, wächst die Wahrscheinlichkeit, in eines der Löcher zu tapsen. Der Tunnel ist schmierig feucht, und in den Vertiefungen des Gangbodens sammelt sich eine Flüssigkeit, deren Zersetzungsgestank auf das Einsickern von Fäkalien schließen lässt. Dass sich die gesamte Kanalisation der Stadt in einem gotterbärmlichen Zustand befindet, macht ein umfassender Bericht meines Vorgängers an schlagenden Beispielen deutlich.

Das drängende Empfinden, als Spätling unterwegs zu sein, schärfte sich auf dem letzten Stück der Gangdurchquerung unerträglich, und ich nahm keinerlei Rücksicht mehr auf Kleidung und Gerät. Die rechte Faust, das Rechnerköfferchen im Griff, und mein rechtes Knie rammten die Tür am

Tunnelende auf, das Blech ihrer Unterkante schleifte kreischend über den Boden. Dahinter, in der reinen Finsternis der Werkstatt, in die ich vernunftlos weit hineinstürmte, verhinderte nur der Zufall einen Sturz. Meine zitternde Hand hielt das Gasfeuerzeug so hoch wie es ging, über den Kopf, und der schwankende Schein des Flämmchens offenbarte ein heilloses Durcheinander. Tränen schossen mir in die Augen. Im Informationszentrum meines Vorgängers, in der vormaligen Denkmalswerkstatt, hatte barbarische Zerstörungslust getobt. Eine einzige Glühbirne war unzerschlagen und verschaffte mir einen ernüchternden Überblick über das Ausmaß der Verwüstung. Wie das Inventar einer Gefängniszelle waren die Gegenstände Zielpunkte eines Verlangens nach umfassender Zertrümmerung geworden.

Das Zentrum für Informationserhalt und -neuvernetzung war, so viel ließ sich noch erkennen, ein raffinierter Zusammenbau von altem Ostgerät und neuester Westware gewesen, wobei die gerade wegen ihrer bombastischen Klobigkeit schäbig wirkenden Ostapparaturen so arrangiert waren, dass in ausgetüftelter Vernetzung wenige Spitzengeräte mit ihnen kopulieren konnten. Mein über das Chaos schweifender Blick identifizierte einiges, was selbst in unserer Mutterbehörde erst auf den Wunschlisten stand. Es stimmte also, was als Gerücht der Gerüchte über den Vorgänger gemunkelt worden war. Er hatte aus eigener Tasche und aus obskuren Altkassen Rechner der neuesten Baureihen angeschafft. Die Zerstörer, wer immer sie gewesen sein mochten, hatten das Alte wahllos über das Neue gestürzt. Ihre Hast und die Plumpheit ihres Vorgehens waren offensichtlich. Hier lag meine Chance. Meine Suche verlief geordnet, in einer gegen den Uhrzeigersinn gerichteten Spirale von außen nach innen. Und schon bei meinem ersten Rundgang durch das Gewölbe fand sich am Fuß eines restlos abgeräumten Wandregals ein Apparat, bei dem lediglich das Gehäuse beschädigt war.

Wer zählte die Stunden, wenn er unterirdisch, unter schwarzem, tonnenschwerem Granit, eine dienstliche Angelegenheit verfolgen darf. In einem Haufen kleinerer Trümmer verborgen, lag die halbvolle Flasche einer im Osten gebrauten, colahaltigen Erfrischungslimonade, und mein Mund, rüsselartig gespitzt, schlürfte den vergorenen Rest wie Nektar. Dann machten sich meine Augen und meine Hände wieder an die Arbeit. Jeder in komplizierten und langwierigen Tätigkeiten Erfahrene kennt die eigentümlichen, dem Gesamtzweck scheinbar widersprechenden Randumstände eines solchen Tuns. Vergesslichkeit, partielle Blindheit und seltsame Fehlleistungen begleiten das überkonzentrierte, fast grell bewusste Vorgehen. In obskurem Einverständnis, fast verschwörerisch, scheinen sich Zufall und

Plan zuzuzwinkern. Und so ist es nichts Besonderes, sondern liegt ganz und gar in der Natur des Verfahrens, dass mir das kontinuierliche Hintergrundgeräusch meines Suchens und Aufbauens erst auffiel, als meine Arbeit fertig war. Gerade verschwand die an mich adressierte Diskette in einem schmuddeligen Laufwerk, gerade lehnte ich mich, ein erstes Bild erwartend, vom Monitor zurück, als es den feinstrukturierten, sich polyrhythmisch verändernden Lauten gelang, auf meine Wahrnehmungsoberfläche durchzustoßen.

Das Geräusch kam aus einem Transportkarton in meinem Rücken, den ich wie andere Dinge nicht mehr untersucht hatte, weil mir das nötige Gerät beisammen schien. Der hüfthohe Behälter stand, sorgfältig verklebt, wie zum Transport bereit, in der Mitte des Fußbodens. Auch das zarte, aber deutliche Scharren aus seinem Inneren schien in seiner Pausenlosigkeit auf baldigen Aufbruch zu drängen. Ein plötzliches Absinken meines Blutzuckerspiegels oder die berauschende Wirkung der verdorbenen Ost-Cola führten dazu, dass sich eine erste, rein spekulative Deutung des Gehörten zu einem System von Angstvorstellungen erweiterte: Womöglich hatte mein Vorgänger in geistiger Umnachtung sein eigenes Werk verwüstet. Womöglich war der Verwirrte dann von der muskulösen Majorin entdeckt und in diese Pappkiste gepackt worden. Womöglich war dies alles im Endeffekt eine tückische Falle, die mich, den Nachfolger, um Verstand und Amt bringen sollte. Womöglich mit Erfolg. Denn war ich der für mich ausgelegten Köderkette nicht nachgegangen, wie ein primitiver Vielbeiner den Spuren eines synthetisierten Sexualduftstoffes folgt? Diese Hirngespinste und ein in der Kühle des Gewölbes doppelt effektvoller Angstschauder drohten mich zu lähmen. In einer Art Kältestarre verharrte mein warmblütiger Körper vor dem Karton, auf den, um die Rätselhaftigkeit noch zu erhöhen, mit rotem Filzschreiber ein großes Vau und ein fetter Punkt aufgemalt waren.

Inzwischen, nachdem die Diskette meines Vorgängers gesichtet worden ist und immer aufs Neue durchgespielt wird, lächelt fast alles in mir über diesen Stillstand und über das panischen Handeln, in das er umsprang. Mit lidschlaglosen, brennenden Augen, mit schmerzhaft verkrampften Backenmuskeln, mit heißdurchbluteten Ohrmuscheln stand ich über die Pappkiste gebeugt, lauschte dem impertinenten Scharren aus ihrem Inneren, bis mir ein kreischender Schrei entfuhr, bis meine Finger und meine Zähne, ohne Rücksicht auf Nägel und Lippen, den starken Karton auseinanderrissen.

Das Datenmaterial der Diskette, die immaterielle Hinterlassenschaft meines verehrten Vorgängers, ist ohne weitere Widrigkeiten auf dem Bildschirm erschienen. Das schlichte Nacheinander der einzelnen Informationsblöcke macht einem in gängigen Programmen durchschnittlich Versierten keine Probleme. Hier und jetzt wäre es grundfalsch, das Ererbte in unserer scheinbar geläufigen, aber in Wirklichkeit grausam radebrechenden Syntax nachzuerzählen. Wohlweislich verzichtet mein lieber Kollege in seiner Darstellung auf das verbundene Wort. Nur einzelne Begriffe dienen den Panoramen der Schaubilder als demütige Fußnoten, und sogar diese Wörter wirken trotz ihrer Vereinzelung und Kürze noch klobig und gichtig altersstarr, verglichen mit der milbenhaften Beweglichkeit der piktogrammatischen Zeichen. Stumm und kopfnickend durchwandert der Nachfolger die wunderbar vorgegebenen Rahmen. Mit gleichmütiger Kühnheit scheinen sie abgesteckt. Mein alterierendes Fingertippen reiht Diagramm an Diagramm und schickt den Suchpfeil durch die dreidimensionalen Landschaften der Datensäulen.

Jetzt, in optimaler Nähe zum Bildschirm, bei marginalem Pupillenrucken, beschämt mich die Erinnerung an meinen ersten Blick in den aufgerissenen Karton. Wie von Furien gehetzt, wie vom schaurig Geahnten zum grässlich Erkannten flüchtend, starrte ich in die Tiefe der Kiste. Dieses gierende und zugleich schon wieder zurückzuckende Schauen war und ist lachhaft. Gemessen an meinem Fund, gemessen an der Arbeit meines Vorgängers, bleibt eine solche Art zu sehen nichts als eine vielleicht noch anrührende, aber in Zukunft auszumerzende ästhetische und moralische Marotte.

Im Grund des Kartons befindet sich ein flacher, mit Styropor ummantelter Glaskasten. Er dient als einfaches Terrarium. Sein durchsichtiger Deckel macht aus dem Inhalt alles andere als ein Geheimnis. Auf der schwammartig porösen Bodenplatte, die Halt gibt und Feuchtigkeit speichert, sitzen eng beieinander eine Gruppe kapitaler Sechsbeiner. Die Hornhäkchen ihrer Geh- und Beißapparate sind hart und schwingungsfähig genug, um auf dem Bodenbelag ein Rascheln zu erzeugen. Es handelt sich um nichts weiter als um fünf annähernd gleichgroße Küchenschaben. Angeblich ist diese in Gesamteuropa heimische Spezies in unseren westlichen Großstädten ausgestorben. Tatsächlich aber hat sie auch dort diverse Vernichtungsfeldzüge überdauert. Ihre Unsichtbarkeit ist nicht Beweis ihrer Ausrottung, sondern zeigt nur, mit welch perfekter Bescheidenheit diese uranfängliche Mitbewohnerin aller menschlichen Behausung uns die Treue hält.

Um einer Schabe Finger gegen Fühler gegenüberzustehen, muss keiner von uns in den hintersten Osten reisen. An unseren Arbeitsplätzen genügt es oft, den Stuhl auf den Schreibtisch zu stellen und eine Platte der Deckenverkleidung abzuhebeln. Schon hat man den anpassungsfähigen Allesfresser kopfüber vor Augen. Die Tiere lieben die wohltemperierten Schächte,

Röhren und Hohlräume der modernen Luft- und Energieversorgung. Und nicht selten mischen sich dort, in anrührend harmonischer Koexistenz, einige eingeschleppte, amerikanische Schaben, größer und glänzender, gleich einer heimgekehrten Utopie, unter ihre biederen alteuropäischen Vettern.

Trotzdem konnte es meinem findigen Vorgänger allein im Osten gelingen, eine absolute Rarität des gemeinen Getiers zu erbeuten. Hier in der Mitte der Stadt, unter ihrem kahlsten Platz, unter dem Granitpuzzle, unter der Verballhornung eines großen Vordenkers fand sich ein sogenannter Kakerlakenkönig. Diese Zusammenbildung mehrerer Einzelwesen entsteht vermutlich auf früher Entwicklungsstufe. Bereits die Eier, die ein älteres Individuum, auf dem Rückenschild festgeklebt, mit sich trägt, sind nicht sauber voneinander geschieden, sondern durch ein membranartiges Gewebe in Kommunikation befangen. So gut wie nichts wissen wir über den Charakter dieses Stoffwechsels. Die dann geborenen Geschwistertiere sind an Kopf oder Hinterleib fest verwachsen, aber in dieser Zwangsgemeinschaft existenzfähig. Denn an seiner Peripherie wird das Körperkollektiv von den Einzeltieren wie von einem Hofstaat mit Extrafutter versorgt – domestike Dienstleistungen, die vielleicht auch das überdurchschnittliche Größenwachstum des Verbunds erklären. Trotz erwiesener Existenz war ein solcher König immer mehr Saga der Handbücher als Objekt der Forschung. Im naturwissenschaftlichen Museum unserer Hauptstadt befindet sich ein einziges, uraltes Präparat. Elend verschrumpelt und durch missratene Konservierungen glasartig überlackt, lässt es nicht ahnen, was ein Kakerlakenkönig in Bewegung vorstellt. Ein wahres Nichts muss man den schrumpfköpfigen Mumienverbund, gegen den fiebrig lebendigen Ostfund meines Vorgängers gehalten, nennen.

So viel, so gut. Unser Kollege hat sich in verständiger Selbstbeschränkung damit begnügt, das Bewegungsspiel des Königs auf dem bescheidenen Raum einer Ostdiskette zu umreißen. Hier setzt unsere Arbeit an. Noch leidet unsere Beobachtung an Schwärmerei, blendet sich mit Verzückung, tippelt in bloßer Anbetung auf der Stelle. Noch scheut sich der methodische Apparat, die hochkomplexen Selbstumkreisungen unseres fünfköpfigen Königs mit ersten Parametern zu betasten. Aber seien wir unbesorgt. Insgeheim sind wir schon kühl und konzentriert genug, um uns die notwendigen Vernetzungen zuzugestehen. Ja, vielleicht ist vieles, was wir uns scheuen anzugehen, bereits durch uns selbst hindurch wie in luzidem Schlaf geschehen.

Gez. Altk.

JANE HELLER LEVI

Ich bin Dichterin, mich interessiert Schönheit nicht

Vier Gedichte

Schweiz oder Sonstwo

Egal. Wohin
sie gingen, Hauptsache mein Vater
kam vom Telefon weg. Bald, die Postkarten:
»So schön hier. Solltest du sehen.
Du schriebst ein Gedicht …«

Oh, Mom, mich interessiert Schönheit nicht;
deine Seen: prickelnd wie Champagner,
deine Aussicht: immer »atemberaubend«; und wer,
frage ich meine Freunde, tippt *vor* den Ferien
Namen und Adressen
auf Haftetiketten?

Mich interessiert Schönheit nicht, mein Fuß stampft
Teenager-Frust und Freiheit
laut durchs leere Haus. (Zwei Wochen
jeden August war ich Wunsch-Waise.)
Alles Lug und Trug,
so hast du uns eingewickelt,
wie Isolierband um heißen Draht.
Sieh mich. An mir ist nichts Schönes,
höchstens die Augen:

tiefliegend, braun, extra ungeschminkt. Was ich suche
ist schrecklich: ein Ende der Stille, oder
absolute Stille, und
nichts

dazwischen.
Lies mich. Du findest
keine Silberseen,
keine Landschaften, Schneeberge-erbebend.

Nein, Mom, mich interessiert Schönheit nicht.
Und wenn du endlich still liegst, deine Brust ein leises,
offenes Feld, wo
auch der Tod ruht,
schriebst du dann noch gern:
»So schön hier. Solltest du sehen.
Du schriebst ein Gedicht…«

Kommst du deshalb nicht heim?
Krebs fraß deine Zunge,
nagte deine Wangen,
machte deine Zähne schwarz, den Atem faul,
biss dein Zahnfleisch wund und krustig.
Ich fragte, *Tut's weh?*, aber nie *Zeig mal.*
Oh, Mom,. Doch, du kannst jetzt heimkommen.
Ich versprech dir:
Ich bin Dichterin; mich interessiert Schönheit nicht.

Mein Vater ruft mich jeden Sonntagmorgen an

Mein Vater ruft mich jeden Sonntagmorgen an.
Aus dem Schlaf gleitend,
fühle ich es kommen.
Er ist seit Stunden wach.
Er kontrolliert seine Uhr,
zieht das Telefon auf den Schoß
wie ein widerspenstiges Kind,
tippt ihm eine Kurzwahl ins stumme Gesicht.
Im Bett liegend, fühle ich jeden Ton – klar, venenblau –
pochen;
durch 200 Meilen starren Drahts braust

mir Vaters Vaterschaftsvorstellung entgegen.
Und jeden Sonntag knallt's,
pünktlich nach Plan,
in der Black Box an meiner Wand.

Wir beginnen mit dem Wetter: wie's hier oben ist,
wie's da unten ist.
Mein Vater weiß: alles Maßgebliche
passiert erst in Baltimore, anschließend woanders. Er vermeldet Stürme,
Kaltfronten, Reisewetter, stets unterwegs zu mir.
Was will er? Ich habe einen Trick raus.
Ich erzähle ihm eine Geschichte – fast egal welche –
Hauptsache, ich tu oder sage etwas,
das mich als Dumme darstellt.
Das hilft immer.
Mein Vater lacht.
Sein Lachen ist sagenhaft.
Es beginnt irgendwo
tief in seiner Brust, schwillt und platzt in die Welt.

Wer es hört, denkt an einen Mann,
der im dunklen Wald marschiert,
die Arme schwenkt in der wintergrünen Luft.
Und höre ich das Lachen, wie es steigt
und steigt,
liebe ich ihn irre. Wie die Bäume
den Mann lieben, der sie fällt,
ein langes schreckliches Stöhnen,
wenn sie zur Erde taumeln,
eins mit dem langen Wonneröhren
des Holzfällers.

Ehe

1.
Der Maler
malt.

Im Körper,
Sinn.
Im Sinn,
eine Hand.
In der Hand,
ein Pinsel.

Du hast ihn wohl
dein ganzes Leben geliebt.

2.
Eines Morgens.
Dogwood-Baum maulfeucht gegen dein Fenster.

Die Nacht davor,
in einem kalten Auto,
hieltst du ihn, und er weinte. Das Herz kann einem
brechen.

Du merkst es beim Mann an den Schultern.
Sie beben, auf und ab, auf und ab.

3.
Ein Männerkopf in seine Kissen gerollt.
Ringel und Wirbel von Haar.
Sein Bart wächst tapfer in den Morgen.

Bei uns passt der Weg nicht zum Ziel.
Ich verließ ihn, ich kam wieder. Heißt das
ich bin gar nicht gegangen?

4.
Ich verließ dich. Es war ein Sonntag. Oder ein Montag. Ich
war der Wind
den ganzen Tag.

5.
Sinnlos. Selbst jetzt, Anfang und Ende
stimmen überein, doch die Mitte fällt raus.
Und wir fallen rein.

6.
Und das Kratzen? Vergaß ich das Kratzen an unserer Tür?
Es kommt in Gestalt des Anderen, aber bitte keine Details.
Bitte keine Details über sein Haar. Gelb-weiß. Oder die
Augen. Blau. Oder wie lange ich ihn kenne. Jahre.

7.
Der Maler
malt.

Im Körper,
Sinn.
Im Sinn,
eine Hand.
In der Hand,
ein Pinsel.
Oder ein Messer.

Ein Malermesser für den Schein, den er will:
Er will
Geschichte.
Die kriegst
du nur
mit dem Messer.

Er will
seine Frau
wiederhaben.

Sie kommt.
Sie kommt das Bild ansehen.
Das sie liebt,
wobei sie wünscht
es gäbe darin
mehr Gelb, Weiß,
oder Blau,
sie weiß nicht recht.

Auf dem Weg zum Auto sagt sie ihm,
wir kannten uns schon
in vielen anderen Leben.

Wir sahen uns oft
In immer neuen Fenstern des Palasts.

8.
Ich will ja nur sagen,
das Herz kann einem brechen.
Du merkst es beim Mann an den Schultern.

Joan rief an

Joan rief an. Ihre Mutter lag im Sterben.
Wir trafen uns an Penn Station,
fuhren nach Orange.
Zum Haus ihrer Mutter. Natürlich
war ihre Mutter nicht da, aber
ihre Schwester. Joan, Susan
und ich saßen in der Küche,
tranken Tee.

Meine Mutter starb '78;
Ich kenne mich also aus.
In jener letzten Nacht ging ihr Atem scharf, schrecklich.

Ich holte Decken,
machte ein Lager auf dem Wiesenblumensofa
im Elternschlafzimmer.
Gern bilde ich mir ein,
ich tat kein Auge zu; und gegen Mitternacht
sah ich meines Vaters Blinzelblick,
seine Augen voll Tränen,
und er sah meine.

Wer einen Blick durchs Fenster
ins Haus von Joans Mutter geworfen hätte,
der hätte drei Frauen Tee trinken gesehen.
Zwei hörten sich diese Geschichte an. Bloß eine Geschichte.
Denn mein Vater und ich konnten uns durchs Dunkel nicht
sehen,
und meine Mutter starb am nächsten Morgen um 8 Uhr 41,
als Sonne ins Fenster brach.

Nie wieder werde ich Joans Gesicht so sehen
wie an jenem Abend, mit dem Gesicht, das wir
aufsetzen wollen, wenn unsere Mutter stirbt.
Doch wenn es soweit ist,
setzen wir ein anderes auf.

Kinder vor lauem Tee, kühl
in dämmrigen Küchen, wir haben uns
nichts zu sagen.
Doch bloß beim Reden bleiben wir Menschen.
So bleiben unsere Stimmen stets
wie ein Herzschlag, wie die Uhr
tickt, damit der Satz
sie ist tot,
schon gewohnt klingt, schon gut.

[Aus dem Amerikanischen von Christine Frick-Gerke]

Einsprüche und Nachreden

György Konrád
Distanz und Liebenswürdigkeit

Hans Joachim Schädlich
Sarah

Reinhard Mehring
Das Politikum der Kritik

Friedrich Balke
Kreuzzug und Kartei

Wolfgang Ullrich
Historische Zeitschriftenschau (3)

GYÖRGY KONRAD

Distanz und Liebenswürdigkeit

Die Mann-Familie

Mann ist Mann.

Gewinnende Eltern, schöne, interessante Geschwister, Kinder und Enkel, auch so einer kann dieser Mensch sein: zur Querschleife gebundene Krawatte, lächelnd mit dem Enkelkind, ein klein wenig der Kamera zugewandt.

Wie ein Bankier, so wirke er mit dem nie in Unordnung geratenen Scheitel, schreibt jemand. Ein Bürgeraristokrat sei er, Abstand gebiete selbst dessen Schnurrbart noch.

Im *Tonio Kröger* ist von einem Bankier die Rede, der leidliche Novellen schreibt. Eigenartig, denn es stellt sich heraus, dass er sich der Unterschlagung schuldig gemacht hat. Aha! So wird die Geschichte verständlich.

Wenn ich lese, von wie viel Zweifel, Krankheit und Rückfall der Hintergrund des beharrlichen und von Tag zu Tag schwer erkämpften Stolzes gebildet wird, wenn ich lese, dass der Großbürger keineswegs frei von Sorgen gelebt hat, dass er für seine sechs wunderbaren Kinder auf Lesereisen gehen, große Reisen unternehmen und umfangreiche, gut lesbare Meisterwerke schreiben musste, wenn ich sehe, wie sehr der Bürger dorthin gehören möchte, wohin er gehört, denn ein Sonderling zu sein hat er sich nicht vorgenommen, wenn ich sehe, dass er Rundfunkansprachen hält, um sich von der anderen Seite an seine Nation zu wenden, an die von Maß und Wert abgefallene Nation, wenn ich den leutselig lächelnden Herrn sehe, der die nach dem Krieg in Frankfurt und Weimar sich um ihn Scharenden schon innerlich reserviert betrachtet, wenn ich mir diese schönen Frauen mit dem beredten Gesichtsausdruck anschaue, die auf dem anderen ansprechenden Bild vom Ende des neunzehnten Jahrhunderts noch niedliche kleine Mädchen gewesen sind, in der Obhut ihrer stattlichen älteren Brüder, die sie an der Hand halten oder auf dem Schoß haben, und wenn ich in den biographischen Angaben blättere, dass die jüngeren Schwestern, Carla und Julia, Selbstmord begangen haben und dass Klaus, der erstgeborene Sohn, dieser strahlende junge Mann, offensichtlich der Stolz seiner Mutter, die Serie fortgesetzt hat, wenn wir daraus schlussfolgern, wie mannigfaltig Thomas, die Hauptperson der Ausstellung, vom Tod umgeben gewesen ist, dann erblicken wir einen zerbrechlichen Menschen, der mit einer schweren Bürde über das Seil wandelt.

Es ist gelungen, er ist drüben angekommen. Mit achtzig Jahren hat ihn nach einem erfüllten Leben der Tod ereilt.

Es war gerade Sommer. Auf der Hochzeitsreise saß ich neben meiner wunderbaren, mit mir gleichaltrigen, das heißt zweiundzwanzig Lenze zählenden, Frau auf einer zum Wasser gehenden Hotelterrasse am Ufer des Plattensees. In einer ausgezeichneten ungarischen Übersetzung las ich gerade seinen Essay *Goethe und Tolstoi*, eine seiner hervorragendsten Schriften. In der Zeit hatten sowohl Vera als auch ich sozusagen fast alles schon von ihm gelesen.

Die Prädilektion, das günstige Vorurteil unserer kulturellen Umgebung hatte Thomas Mann zum Symbol erhoben. Er war ein europäischer Deutscher. Im Radio wurde die Nachricht von seinem Tod gemeldet. Die Hochzeitsreise, über die sich ein Schatten gelegt hatte, verkürzte sich.

Ich sehnte mich zurück in den Forschungsraum der Parlamentsbibliothek,

Heinrich und Thomas Mann 1940 *Foto: Archiv der Akademie der Künste*

dessen große Fenster zur Donau gingen. Schreiben wollte ich wieder, vielleicht gerade etwas über den toten Schriftsteller, indem ich mich bei ihm danach erkundige, was er wohl zu all dem sagen würde, was uns damals, ein Jahr vor der Revolution, umgab.

Den Forschungsraum teilte ich mir mit einem grauhaarigen Mann, dessen Gesichtszüge jung geblieben waren, der nach fünfjähriger Haft unlängst aus dem Gefängnis entlassen worden war und die Übersetzung einer älteren Proust-Ausgabe auffrischte, natürlich unter einem Pseudonym, denn noch war sein eigener Name ein Tabu.

Die fünf hinter ihm liegenden Jahre ließen sich eher aus Kafkas denn aus Thomas Manns Blickwinkel beschreiben, sagte er. Kafka hatte ich noch nicht gelesen.

Jener gewisse bürgerliche Humanismus zwischen den Kulissen der bröckelnden Diktatur, dessen Träumer und vom Schicksal ernannte Botschafter Thomas Mann auch 1936 an der Budapester Musikakademie gewesen ist, bedeutete meinen Gefährten und mir viel.

Attila József, der bedeutendste ungarische Dichter seiner Zeit, hieß ihn in einem Gedicht willkommen: »denn sie sind glücklich, heute hier, wie schön, unter Weißen ein' Europäer zu seh'n.«

Ich dachte an meinen Onkel, der eine ähnliche Haltung einnahm. Die ganze Familie Mann, deren sämtliche Angehörige so beeindruckend zu schreiben verstanden, empfand ich allein schon aufgrund intimer Kenntnis der Bücher als mir verwandt. Und dieses Gefühl hat sich jetzt während des Betrachtens der Bilder kraftvoll wieder belebt.

Herrlich die Begegnung von Thomas und Heinrich Mann 1940 in Amerika, nachdem so vieles passiert war.

Geistige Widersacher, Verbündete, eifersüchtige und schwärmerische Brüder. All das waren sie füreinander schon gewesen. Wechselseitig zu quälen vermochten sie sich deshalb, weil einer dem anderen wichtig war.

Und nun betrachten sich die beiden gut gekleideten grauhaarigen Herren, freuen sich über das Wiedersehen. In ihrem Blick scheint etwas Schelmisches zu lauern. Na, was ist los?, scheinen ihre Augen zu fragen. Ich weiß nicht, ob sie sich zur Begrüßung umarmt haben. Ich glaube eher, sie haben sich die Hand gereicht.

Von Los Angeles haben mich Freunde mit dem Auto zu Thomas Manns hinter Hecken sich versteckende Haus im kalifornischen Pacific Palisades gebracht. Eine ansehnliche puritanische Bauhausvilla.

Unnahbar sei er gewesen, hieß es. Doch dann hörte ich, drei neugierige Schulmädchen hätten bei ihm geklingelt, sie hätten den *Zauberberg* gelesen und wollten ihn um Verständnishilfe bitten. Freundlich forderte er sie auf, Platz zu nehmen und antwortete auf ihre Fragen in seinem deutsch klingenden Englisch. Katja Mann, seine Frau, zauberte Kuchen auf den Tisch. Das eine der Mädchen war Susan Sontag.

Distanz und Liebenswürdigkeit sind anwesend auf dem Gesicht und in den Werken. Dieser Mensch verstand zu leiden und auch, seiner Freude Ausdruck zu verleihen. Als Selbstschutz stehen zwischen ihm und der Welt der Text, der makel- und furchenlose Text, der Hut, der Schnurrbart, die Fliege und die Galoschen.

Die einen sind an ihm zugrunde gegangen, die anderen haben ihn vergöttert.

Der Akademie gereicht es zur Ehre, dass sie im Wissen um das Wissbare einst beiden Brüdern wichtig zu sein vermochte und dass diese Bilder im Archiv wohnen, von wo sie jetzt, zu Thomas Manns 125. Geburtstag, zu uns gekommen sind.

[Aus dem Ungarischen
von Hans-Henning Paetzke]

HANS JOACHIM SCHÄDLICH

SARAH

Ein Geburtstagsgruß

Manche wissen es vielleicht: Dass vom Mai 1974 bis zum August 1977 in Ostberlin, in der Wohnung des einen oder der anderen, ziemlich regelmäßig Schriftsteller aus dem Osten und aus dem Westen zusammentrafen, um einander aus Manuskripten vorzulesen und die Texte zu bemängeln oder zu loben. »Westen« ist weit gefasst; es kamen auch Westler aus Österreich, aus der Schweiz und Aras Ören. Das war natürlich keine einfache Unternehmung mitten im Stasi-Reich; da mussten telefonisch Termine vereinbart und Namen genannt werden, und Wohnungen, in denen man sich ungestört treffen wollte. In Ostberlin gab es jemanden, der die ostdeutschen Fäden in der Hand hielt, und das war Sarah Kirsch. Die Zusammenkünfte passierten in den Wohnungen von Erich Arendt, Edda Bauer, Adolf Endler, Sybille Hentschke, Bernd Jentzsch, Sarah Kirsch, Günter Kunert, Hans Joachim Schädlich und Klaus Schlesinger. Ich erinnere mich an 14 Treffen dieser Art, und bei 10 Treffen habe ich Sarah Kirsch getroffen. 1992 war ich neugierig darauf, was die Stasi-Schnüffler über diese Zusammenkünfte wussten. Sie hatten die Telefongespräche zwischen Sarah Kirsch, Bernd Jentzsch und mir abgehört, und sie wussten, wo die Treffs stattfinden sollten und stattfanden und wer teilnehmen wollte und wer teilgenommen hatte. In den Schnüffler-Akten finden sich Fotos von westlichen Teilnehmern, wie die gerade aus dem S-Bahnhof Friedrichstraße geklettert kamen, und es findet sich beispielsweise ein Bericht über die Zusammenkunft bei Erich Arendt, der am Prenzlauer Berg parterre wohnte und wegen der sommerlichen Wärme die Fenster zur Straße offen gelassen hatte. Man liest: In der Wohnung des E. Arendt säßen Leute, die Papiere in den Händen hielten, und auf dem Tisch sähe man erhebliche Mengen Alkohol. – Aber über den Ablauf aller 14 Zusammenkünfte, und das waren Lesungen und Diskussionen, erfuhren die Schnüffler nichts. Im Stasi-Jargon heißt das: »Der Inhalt der Beratungen konnte nicht aufgeklärt werden.« – Zweimal, am 28. August 1976 und am 6. Mai 1977, fanden die Lesungen bei Edda Bauer in Berlin-Friedrichshagen statt. Die Stasi-Strategen müssen geglaubt haben, dass Edda Bauers Wohnung zu unserem bevorzugten Treff-Ort avanciert war, und um für die Zukunft besser gerüstet zu sein, wurde in der Nachbarwohnung eigens ein sogenannter »operativer Stützpunkt errichtet«, um eventuelle weitere Treffen direkt observieren zu können. So sagen es die Schnüffler-Akten. Es hätten da im Einvernehmen mit dem Mieter die Schnüffler hocken sollen, ausgerüstet mit hochempfindlichen Mikrofonen usw., und vielleicht hatten sie in Höhe der Scheuerleiste schon ein feines kleines Loch in die Wand gebohrt.

Das letzte Treffen, an dem ich teilgenommen habe, fand am 5. August 1977 in meiner Wohnung in der Köpenicker Rotkäppchenstraße statt. Es war ein wenig eng für die 24 Leute, die im Wohnzimmer saßen. Sarah Kirsch sagte an diesem Tag, dass ihr Ausreiseantrag, den sie am 25. Juli, vormittags 10 Uhr, im ZK der SED abgegeben hätte, am 26. Juli, 9 Uhr vormittags, genehmigt worden sei. 23 Tage später, am 28. August, vier Tage nach der Verhaftung Rudolf Bahros, zog Sarah mit ihrem Sohn Moritz nach Westberlin. Ich besitze ein Foto, das Roger Melis kurz vor Sarahs Abreise in ihrer Wohnung auf der Fischerinsel gemacht hat: »Sarah auf einem Stapel russischer Kisten der Firma VEB DEUTRANS vor ausgeleerten Bücherregalen, in Kopfhöhe ein Strauß getrockneter Blumen, der von der Zimmerdecke hängt, auf der Kiste die Aufschrift, in Russisch: ›Export DDR, Kontrakt 2703/3070, Partie 49, Platz 91/108, brutto 60 Kg‹, das war das Schlussbild.«

Wenn ich etwas über Sarah Kirsch sagen will oder – wie Sarah Kirsch es sagen würde – »zu die Schreiberei oder wie lange wir uns kennen und was wir so erlebten«, dann ist es unvermeidlich, gelegentlich von mir zu reden, deshalb frage ich mich, wo und wann wir uns erstmalig persönlich begegnet sind. Es war bei Bernd Jentzsch, das ist sicher, in Berlin-Wilhelmshagen, in welchem baumreichen Ortsteil der Stadt auch ich seinerzeit wohnte, aber ob es anno domini 1972 oder 1973 war und ob in der alten Wohnung von Jentzsch in der Schönblicker Straße oder in der neuen Wohnung in der Lassallestraße, das weiß ich leider nimmer. Jedenfalls, es muss zu einer ungelegenen Zeit gewesen sein, dass ich bei Jentzsch hineinschneite, da saß Sarah Kirsch am Fenster und rauchte stark Zigarette, ich setzte mich am anderen Zimmerende nieder, und Bernd Jentzsch saß in der Mitte. Ich hatte den Eindruck, Sarah Kirsch und Bernd Jentzsch hätten gerade über ein welt- und menschenerschütterndes Naturereignis ratlos gesprochen, was sollte da mit einem Hereingeschneiten angefangen werden, den Sarah Kirsch nicht und von dem sie nichts kannte? Aber ich kannte von Sarah Kirsch das »Gespräch mit dem Saurier. Gedichte« [1965] und »Landaufenthalt. Gedichte« [1967] und die »Gedichte« aus dem Leipziger Reclam Verlag [1967] und »Die Pantherfrau. Fünf unfrisierte Erzählungen aus dem Kassettenrecorder« [Impressum: 1973; erschienen im Frühsommer 1974] und »Die ungeheuren bergehohen Wellen auf See. Erzählungen«

[1973]. Jetzt fragt sich aber, ob das 1972 gewesen sein kann, denn »Die ungeheuren bergehohen Wellen auf See« sind 1973 erschienen, oder ob das 1973 gewesen sein kann, denn »Die Pantherfrau« ist entgegen der Angabe im Impressum [1973] erst im Frühsommer 1974 erschienen, oder ob ich die beiden Prosabände noch gar nicht kannte. Und es fragt sich auch, ob ich die »Zaubersprüche« [1973] schon kannte, die auch 1973 erschienen sind. Aber egal, ob es 1972 oder 1973 oder gar erst 1974 war – Sarah Kirsch war für mich eine Größe, und ich war für sie ein Unbekannt mit einem seltsamen Namen. Einen gewissen Namen muss ich mir bei ihr erst in den Jährchen 1974–1977 gemacht haben: bei den privaten ostwestlichen Schriftstellertreffen, von denen ich keines ausgelassen und während deren ich allemal eine unveröffentlichte Erzählung vorgelesen, weil die Versammelten doch mein einziges Publikum waren. Schon das dritte dieser Treffen war bei Sarah Kirsch in jenem erschreckenden Hochhaus auf der Fischerinsel am 6. Dezember 1974, und das siebente Treffen wiederum, dieses Mal am 27. Februar 1976. Erschreckend war dieses Hochhaus jedenfalls wegen des starken Schnüffler- und Wanzenbefalls.

Von 1976 stammt Sarahs Gedicht »Das Hochhaus«:

»Ein Porzellantiger auf der Konsole der
Diamantene Tränen vergießt. Es klingelt
Und vor der Tür steht der Angeber aus dem
Achtzehnten Stock und beschwert sich
Daß ich die ganze Nacht Chopin gespielt
habe.
Als er jetzt meinen Tiger sieht dieses
Lächelnde Schweigen die rollenden Tränen
Entfernt er sich schnell. Damit
Hatte er nicht gerechnet und ich
Ziehe fort aus dem Haus der Stadt dem Land
Und vielleicht noch weiter für immer.«

Im Hause wohnten nur wenige wirkliche Menschen wie zum Beispiel der geschätzte Übersetzer Eckhard Thiele.

In der »gottlob! versunkenen deutschen demokratischen DDR« – wie Sarah Kirsch den Landstrich 1996 genannt hat – hatte man von Anfang bis Mitte der 70er Jahre allerhand zu erleben, ich muss das noch einmal aufzählen: Im April 1971 darf und soll Peter Huchel in den Westen. Im Mai desselben Jahres wird der Spitzbart durch das Saarländer Hütchen ersetzt. Und im Dezember 1971 spricht es aus dessen Mund: »Wenn man von der festen Position des Sozialismus ausgeht, kann es meines Erachtens auf dem Gebiet von Kunst und Literatur keine Tabus geben: Das betrifft sowohl die Fragen der inhaltlichen Gestaltung als auch des Stils ...« Das hieß, kurz gefasst: Es gibt in der Kunst und Literatur Tabus. Im Jahr 1972 haben aber plötzlich verschiedene Leute geglaubt, es gebe keine. Im Februar 1973 kriegt man an Stelle von Klaus Gysi einen Kulturminister namens Hoffmann und im März dessen unrühmlichen Stellvertreter namens Höpcke. Schon im lustigen Mai, auf dem so gezählten 9. Plenum des ZK der SED, mäkelt der Saarländer, gewisse Künstler, zum Beispiel Ulrich Plenzdorf, hätten die verkündete Kunst- und Literaturfreiheit missverstanden. 1974 im Oktober, am 7. nämlich, das war das Gründungsdatum jener Scheinrepublik, werden die Begriffe »deutsche Nation« und »Deutschland« aus der Staatsverfassung gestrichen. 1975 im Februar gibt es das Auftrittsverbot für Gerulf Pannach, im August allerdings die KSZE-Schlussakte von Helsinki und in deren Folge massenhaft Ausreiseanträge, und ab Mitte Oktober immerhin einen Ständigen Vertreter der Bundesrepublik in Ostberlin. Wirklich beunruhigend geht es in der zweiten Hälfte 1976 zu: Im August verbrennt sich in Zeitz der Pfarrer Brüsewitz, im September erscheint in der Bundesrepublik Reiner Kunzes »Die wunderbaren Jahre«, im Oktober wird

Reiner Kunze aus dem ostdeutschen Schriftstellerverband ausgeschlossen, am 13. November gibt Wolf Biermann auf Einladung der IG Metall ein Konzert in Köln, am 16. November wird Wolf Biermann die DDR-Staatsbürgerschaft entzogen, und am 17. November kann man den Ausbürgerungsbeschluss in der SED-Zeitung »Neues Deutschland« lesen.

Selbigen Tags protestieren 12 Schriftsteller gegen die Ausbürgerung in diesem Offenen Brief, der an erster Stelle die Unterschrift von Sarah Kirsch trägt. Anderntags, in der Wohnung von Sarah Kirsch, im Hochhaus auf der Fischerinsel, habe ich, zusammen mit Kurt Bartsch, auch einen Platz auf der Unterschriftenliste gefunden. Sarahs liebreiche Hochhaus-Nachbarn gaben auf Wandtafeln in den Hausfluren anonym kund, wie verhasst ihnen die Hausbewohnerin Sarah Kirsch sei. Und dieser November hatte es noch anders in sich: Am 19. November wurde Jürgen Fuchs, am 21. wurden die Sänger Gerulf Pannach und Christian Kuhnert verhaftet. In Jena wurden über 40 jugendliche Biermann-Sympathisanten festgenommen. Am 26. November wurde Robert Havemann unter Hausarrest gestellt, weil er im SPIEGEL gegen die Ausbürgerung Biermanns protestiert hatte. Sarah Kirsch wurde natürlich von der SED-Mitgliederliste gestrichen. Am 20. Dezember wurde sie aus dem Vorstand der Berliner Sektion des DDR-Schriftstellerverbandes ausgeschlossen. Ich zähle das auf, weil sich heute kaum noch jemand vorstellt, dass die Lage prekär, ja gefährlich war. Die Stasi schlug um sich, und niemand wusste, vor wem sie nicht Halt machte. In dieser Zeit und später erschien mir Sarah unangreifbar; sie besaß eine Sicherheit, die wie selbstverständlich wirkte, obwohl sie es doch nicht sein konnte. Diese Sicherheit rührte von einer inneren Autonomie her, die haushoch über den dummen und gefährlichen Sprüchen der Politbürokraten und dem Terror der Geheimpolizei stand, und sie übertrug sich auf andere, zum Beispiel auf mich.

Im Frühjahr 1977 war ich von einigen DDR-Verlagen endgültig darüber belehrt, dass meine Erzählungen dortselbst nicht gedruckt werden würden. Übrigens, die Spitzeldichte in diesen Verlagen war groß. Als ich die undiplomatischen Beziehungen zum Rostocker Hinstorff Verlag abbrach, da nahm ich Abschied von einem Verlagsleiter und einem Cheflektor, die – wie ich erst 1992 erfuhr – tüchtige Stasi-Spitzel waren, und an Spitzeln unter den Lektoren hatte es auch nicht gemangelt. Im nächsten und letzten Verlag, den ich im Osten zu finden trachtete, im Verlag Neues Berlin, kam ich vom Rostocker Regen in die Ostberliner Traufe; mein Lektor erwies sich – 1992 – dito als Stasi-Zuträger. 1996 hat Sarah Kirsch in Göttingen gesagt, ich sei ein Autor, »dem es in diesem Ländchen ehemals … nicht gelang, ein einziges Buch nur herauszubringen … ein Meisterstück …« Aber im Frühjahr 1977 wollte ich, dass es mir gelänge, ein Buch in der Bundesrepublik herauszubringen. Die Frage, in Ostberlin, wie das Manuskript des Buches »Versuchte Nähe« unter den Augen der Grenzposten in den Westen gebracht werden könne – da war verlässlicher Rat kostbar, das Scheitern gefährlich. Sarah wusste den Weg. Es kam zu mir Sarahs Freundin Christel Sudau, die, als Ostberliner Korrespondentin der Frankfurter Rundschau in Sarahs Nähe dienstlich ansässig, mitten in der Nacht, wenn die Kontrolle westlicher Journalisten an der Sektorengrenze unwahrscheinlich sein sollte, das Manuskript außer Staates schmuggelte.

Ich weiß nicht, wann Sarah in dieser ersten Jahreshälfte 1977 die Zeichen auf

Ausreise gestellt hatte. Die Zeichen müssen aber schon gestellt gewesen sein, als drei Leute – Sarah, Krista und ich – sich im frühen Sommer dieses Jahres auf eine Autoreise begaben von Ostberlin in ein Dorf bei Schwerin, weil Krista von ihrem Bruder im Mecklenburgischen vernommen hatte, in jenem Dorf sei ein Bauernhaus billig zu haben; man müsse sich nur bei dem Nachbarn melden. Dieses Haus zu kaufen hatten Sarah und wir in Berlin erwogen. Das Haus stand frei auf grünem Grund, ein schönes Haus, billig im Preis, sogar eingerichtet mit Bauernmobiliar. Doch geschah es plötzlich, dass Sarah sagte, der Fußboden sei brüchig, und dass ich sagte, durch die Wände wachse schon der Schimmel. Unsere Schritte durch das Haus wurden schneller, wir sahen das freundliche Dorf für einen unerträglichen Provinzschlupf an und stiegen ins Auto für die Rückfahrt nach Berlin. Unterwegs sagte Sarah: »Das is nix mehr mit Mecklenburg, wir müssen ja doch in den Westen.« Viel später, 1995, sah ich die Sache folgendermaßen an: »Eine Fahrt mit Sarah, im Frühsommer 1977 ins Mecklenburgische, an einen Ort nahe Schwerin, weil es geheißen hatte; dort gebe es ein Bauernhaus zu kaufen, weitab von der unsicheren Stadt Ostberlin könne man sich ungestörter einrichten, das war der letzte Versuch ostdeutscher Sesshaftigkeit inmitten der Fahndung nach Schriftstellern, die misstrauischen Dörfler, das Haus eine halbe Ruine, der Nachbar, der nichts anpries, und auf der Rückreise nach Ostberlin die schlagende Gewissheit, dass sich kein Platz der Ruhe mehr finde, keine sichere Arbeit, keine Aussicht, das war der Abschied vom Wunschglauben an unbehelligtes Dasein.« In ihrem »Allerlei-Rauh« schreibt Sarah Kirsch an passender Stelle: »Ich hatte mich letztlich in meinem Hochhaus längst auf eine Hallig begeben, wo das ganze Jahr der Ruf Landunter! erscholl« (1988, S. 89–90).

Und – wie gesagt – am 25. Juli 1977 gab Sarah Kirsch im ZK der SED ihren Ausreiseantrag ab. Die Ausreise am 28. August 1977 vom Bahnhof Friedrichstraße. 1992, in den Stasi-Akten, kann Sarah »paar lustige Stories« lesen, die sie »vergessen längst hatte«: »Schreibt ein Oberstleutnant einen Bericht wie ich bei der Verabschiedung von Eva Maria Hagen mit Moses und anderen Kindern auf ihn in Zivil da losging mit dem Finger ihn fast berührte: ›Kinder, seht euch hier diesen Herrn an, so sieht ein Spitzel aus!‹ Oder ich sagte zu einem anderen ›Sie sind aber wieder schlampig getarnt!‹ Würde aber hoffen es bekommt noch jeder den Lohn wie im Märchen« (»Das simple Leben«, 1994, S. 88).

Aber noch vor ihrer Reise von Ost- nach Westberlin, Mitte August nämlich, wollte Sarah, dass ich etwas abhole bei ihr. Da hatte wer ein Buch aus dem Westen zu ihr gebracht, sie gab es mir, und in dieser Sekunde hatte ich das erste Exemplar meiner Erzählungen »Versuchte Nähe« in der Hand. Hatte Christel Sudau es in den Osten geschmuggelt, wie sie einige Monate zuvor das Manuskript in den Westen geschmuggelt hatte?

In Deutschland, wie ich die Bundesrepublik stets doch nannte im Unterschied zur Zone, welches der gängige Name für die DDR blieb, ging es Sarah besser. »Das Ländchen«, schrieb Sarah 1994, »es hat mich geknebelt und schikaniert. Ich kann alles bloß in die Entfernung rücken und mich immer wieder beglückwünschen, dass ich mit Moses entkam« (»Das simple Leben«, 1994, S. 89). Aber »das Ländchen« streckte sein Händchen nach Deutschland aus, und in Deutschland fanden sich genug Leute, die der Zone ihre Hand liehen, waren das Handleiher oder Handlanger? Der bundesdeutsche Verbandsvorsitzer Bernt Engelmann liebte die kommunistische Diktatur mehr als die Demokratie und schrieb an seinen kommunistischen Kollegen Hermann Kant, er werde schon dafür sorgen, dass Sarah Kirsch in der Bundesrepublik keinen Fuß auf die Erde kriege. Da hatte sich der MarxEngelsmann verhoben, er konnte auch – trotz seiner wissenschaftlichen Weltanschauung – nicht voraussehen, dass man seine Briefe an den lieben Genossen Hermann ab 1992 in den Stasi-Akten würde lesen können. Weiß der Liebe Gott, wer alles in Deutschland den Zonenherren in die Hände gearbeitet hat, es sollen runde 20 000 gewesen sein, und nicht gerade wenige auf dem Acker der Literatur.

Es kann von ungeschminkten Versuchen berichtet werden, Schriftsteller, die aus dem Osten in den Westen gegangen waren, für östliche Zwecke zu missbrauchen. Die Westberliner Akademie der Künste hatte unter dem Einfluss ihres Ostberliner Mitgliedes Stephan Hermlin zu einem tatsächlich so genannten Friedensgespräch für den 22. und 23. April 1983 in Westberlin eingeladen. Das hübsche Wort Frieden sollte dazu dienen, die unfriedliche Politik der DDR-Diktatur zu kaschieren. Während die Repression gegen Schriftsteller und gegen die unabhängige Friedensbewegung im Osten munter vorankam und die Kriminalisierung ausgebürgerter Schriftsteller zum Exportschlager von DDR-Handlungsreisenden in Sachen Kultur (wie zum Beispiel Hermlin) avancierte, zelebrierten Kunst-Akademiker aus Ost und West »Friedens«-Orgien. Unter den geladenen Gästen des »Friedensgesprächs« befanden sich der Stasi-Hymnen-Dichter Helmut Baierl und der damalige Präsident des DDR-Schriftstellerverbandes und – wie man heute weiß: bewährte Stasi-IM »Martin« – Hermann Kant. An diesem Gespräch sollten auch drei aus der DDR ausgebürgerte Schriftsteller teilnehmen, nämlich Sarah Kirsch, Jürgen Fuchs und ich. Für uns drei galt seit Jahren ein Stasi-Verbot, die DDR zu betreten. Wir hatten keine Lust, mit Schreibtischtätern wie Kant und Baierl vor der Haustür der DDR an einem Tisch zu sitzen und ein wenig mitzuplappern über den »Frieden«. Sarah Kirsch nannte die Veranstaltung in der Frankfurter Rundschau vom 22. April 1983 – dem Eröffnungstag der Veranstaltung – »eine absurde Talkshow« und »Verlogenheit gegenüber der verfolgten Friedensbewegung in der DDR«.

Mit der Westberliner Akademie hatte Sarah Kirsch noch einmal trouble. Im Februar 1992 beschloß die Westberliner Akademie der Künste, sich mit der Ostberliner Akademie der Künste zusammenzuschmeißen. »Im Interesse der Vereinigung der Deutschen, als Beitrag zur deutschen Einheit« – oder so ähnlich klang die Begründung. Man habe den Ost-Akademikern helfen wollen, ihr Gesicht zu wahren. Günter Kunert hat damals dazwischengesagt, manche von denen hätten doch ihr Gesicht längst verloren. Jedenfalls, wie seinerzeit der »Frieden«, so half jetzt die »Einheit«. Obwohl man eigentlich von der Einheit Deutschlands gar nichts wissen wollte (man sprach angewidert von Anschluss oder Eroberung der DDR), konnte jetzt die »Einheit« herhalten, weil man hinter der »Einheits«-Schminke den traurigen alten falschen Fuffzigern aus dem Osten eine Pauschalreise in die West-Akademie zukommen lassen konnte. Der Komponist Jürgen von Bose, der angesichts dessen aus der Akademie West ausgetreten ist, hat geschrieben: »Es ist unglaublich, dass sich die Intellektuellen in diesem Land wieder nicht fragen lassen müssen, wofür sie eigentlich stehen.« Und im Herbst dieses Jahres 1992 wählte die vereinigte Akademie Sarah Kirsch zu ihrem Mitglied. Aber Sarah lehnte die Wahl mit der Begründung ab, dass die Akademie »in absehbarer Zukunft eine Schlupfbude für ehemalige Staatsdichter und Zuträger der Staatssicherheit« sei.

»Gemeiniglich ist der Zorn eine Traurigkeit über dem von anderen uns … angethanen Unrechte, verknüpft mit einem Hasse gegen den, der uns … beleidiget.« So definiert der Philosoph der frühen deutschen Aufklärung, Christian Wolff, in seinem Buch »Vernünfftige Gedancken von Gott, der Welt und der Seele des Menschen« aus dem Jahre 1720 die Gemütserregung namens Zorn (zitiert nach Jacob und Wilhelm Grimm, »Deutsches Wörterbuch«). Diese Gemütserregung ist Sarah Kirsch nicht fremd, weder im Alltag noch in der Poesie. Sarahs Zorn äußert sich für gewöhnlich schroff, rigoros; man muss einmal erlebt, haben, wie sie jemandem Gruß und Handschlag verweigert. Was macht Sarah zornig? Zum Beispiel Verrat. Ich erinnere mich, wie Sarah 1992 in einem Leseraum von Joachim Gauck die Akten einsah (»Das Jahr der Einsicht begann«, schreibt sie [»Das simple Leben«, 1994, S. 88]), Operativer Vorgang »Milan« war sie von der Stasi genannt worden, und wieder und wieder erschien in den Papieren ein Spitzel mit dem Decknamen Inoffizieller Mitarbeiter »Hölderlin«. Vor allem, dass ein Spitzel sich den Decknamen »Hölderlin« zulegen konnte, erregte Sarahs Zorn, und sie stieß Verwünschungen dieses »Schweins« lauthals aus. Ein anderer Inoffizieller Stasi-Mitarbeiter, der den Decknamen »Schäfer« trug, hatte sein Unwesen in Sarahs Umgebung und in meiner allernächsten Nähe getrieben. Ich war von dieser Einsicht wie betäubt. Sarah schickte mir unterm 28. Januar 1992 ein Gedicht und schrieb dazu: » … Dieser Text hier aus meinem 1. Gedichtband fiel mir im Zusammenhang mit unserem IMB ›Schäfer‹ ein. Konnte mich nur sehr dunkel erinnern, bes. an die Zeile ›Sag Bruder dass du mein Bruder nicht bist … ‹ war doch ne gute Vorahnung seinerzeit, nicht? Man mußte bloß gewappenet seyn. Es ist eines meiner ersten Gedichte, etwa unter den ersten 12 die ich je schrieb … «
Das Gedicht heißt »Aufforderung«:

»Denk nach Bruder und zähle dein Geld
Kauf einen schillernden Hahn verrate mich
sag
Ich könnte Fische verstehen wüßte wie Gras
wächst

Auf bitterer Erde erstorbener Dörfer, aber
Du hast es gesehn ich verriegle
Abends die Türen vertraue dir nicht und
keinem Computer

Hab einen steifen Rücken ein Maultier das
störrisch ist
Noch im Kleefeld nicht frißt manchmal
Die Peitsche nimmt aber verdorben ist seit
diesem Tag

Sag Bruder daß du mein Bruder nicht bist
Daß deine Fingerabdrücke den meinen
fremd sind verwahr dich
Und deine zahlreiche Sippe wenn sie dir lieb
ist gegen

Mein einfältiges Schweigen.«

Wie ist es hingegen um die Sanftheit bestellt? Die Sanftheit ist ein poetisches Mittel der Subversion. Oder, wie Günter Kunert es über Sarah dem Sinne gemäß sagt: Das Erschreckende, ja das Schreckliche wird mit schöner Naivität ausgesprochen, »als bestünde es in Wirklichkeit gar nicht sondern sei eigentlich eine Erfindung unseres Kollegen Hans Christian Andersen« (Günter Kunert, Nachwort zu »Landwege«, 1985, S. 168). Es ist eben folgendermaßen: Gerade ängstigt man sich angesichts schutzloser Empfindungen, und schon ist kühlster Abstand gewahrt. Wenn nun etwas von »stilistischer Dynamik« gesagt werden soll, wie Sarah selbst es nennt, dann ist es doch am einleuchtendsten, mit ihrer Genehmigung aus einem Brief vorzulesen vom 23. Januar 1983: »... etwas entwickelt sich auf einen Punkt hin und kurz bevor es manieristisch wird, fängt der Abbau wieder an wenn man Glück hat... Bei mir sind das eben gerade die glühendsten beschreibenden Adjektive, die ich aber niemals völlig verlieren kann und auch nicht muß wenn ich mich nicht völlig inflationiere, manchmal brauche ich zu der Zeit gleich 2 oder gar 3, die müssen dann aber notwendig sein und sich gegeneinander bewegen, ich möchte damit Vorgänge in den Verschen bewerkstellen können, daß etwas passiert, in Bewegung, in dinglicher, ist, ich meine erst mal keine Innere damit, sondern daß eine Tür zuschlägt momentan in den Zeichen vielleicht, oder aufspringt je nach Bedarf... Und weil alles kurz vorm Untergang sich befindet, muß ich es wohl preisen...«

Jemandem gleichgestimmt und gleichgesinnt geneigt sein, mit jemandem Freud und Leid anhänglich teilen, das ist Freundschaft. Sich zugunsten von jemandem sorgen, das ist Fürsorge. Freundschaftlich und fürsorglich, das ist Sarah. Ich kenne manchen, um den sich Sarah gesorgt hat oder sorgt, sei er krank, arbeitslos oder verblendet oder sei er es gewesen. Ich frage mich, ob so manche sich um Sarah sorgen; womöglich sagen sich welche, sie wirke der Fürsorge nicht bedürftig. Dieser Eindruck kann herrühren von der Entschiedenheit, mit der sich Sarah noch stets durchgeschlagen hat, nach Rücksprache allerhöchstens mit den Tieren des Waldes und Pflanzen des Feldes.

Da ich von einem Autor weiß, der zu einem Kunstrichter sagt: »Es ist mir ein Rätsel, wie Sie sich angesichts des gänzlichen Mangels objektiver Geschmacksgesetze nicht in ständiger Verlegenheit befinden!«, unternehme ich es nicht, Sarahs Texte auszudeuten, zumal es gescheite Schriften zuhauf gibt, die das bereits getan. Ich bleibe lieber bei meinem Leisten und sage ohne Beachtung von Gesetz und Regel: Sarahs Schreibart, geläufiges Alltagsdeutsch, historische Sprach-Restbestände und zarteste Sprachbilder zu verschmelzen, schafft Abstand von den Welt-Dingen und zieht zugleich tief in sie hinein. Leben und Poesie fallen in eins und sind doch haarscharf zu unterscheiden. Es gibt hoffentlich nur noch wenige Unwissende, die kurzsichtig befinden, Sarah Kirsch wäre nun eine Idyllikerin; obwohl doch sichtbar von Tod und Leben die Rede ist und – »Es ist spät auf Erden« – es ums Ganze geht!

Vom Juni 1999 fünfzehn Junis zurückgerechnet ist Juni 1985.

Am 11. Juni 1985: »... es ist seit einer Woche recht kalt, die berühmte Schafskälte eben... Eine seltsame Klarheit ist vor den Fenstern, türkisblauer Himmel in schönen Wolkengebürgen und mannigfaltige Regenbögen, heute früh sogar ein doppelter und völlig korrekt.«

Im Juni 1986 hörte ich nichts, aber kurz vorher, am 24. Mai: »Wer geht denn von Euch zum PEN-Kongresse [in Hamburg] daß man was hört?... Der koreanische Dichter ist übrigens schon weder draußen, ... gleich hat der Protest genutzt. Bei Stus kümmerte sich kein Schwein drum bis er nach ein paar Jahren tot war.«

Im Juni 1987 hörte ich nichts.

Am 15. Juni 1988: »Ich bin kaum dazu gekommen, den Garten zu bestellen. Jetzt wächst mir das was man früher Unkraut nannte gleich übern Kopf.«

Am 11. Juni 1989: »... mitunter fließt mir – ach strömt mir die Galle, z. B. wenn Herr Henniger von der Schriftstellerbande aus der Hauptstadt in Westberlin aufkreuzt zu beiderseitigen Lesungen –

was schreibt denn der? Berichtsliteratur. Der hat uns doch arg schikaniert … «

Am 11. Juni 1990: »Asher [Reich] ist ein schwarzer Engel ich habe ihn sehr … gerne kennengelernt.«

Am 7. Juni 1991: »Ich war inzwischen in Weimar bei dieser … -Akademie, nächtigten im Russischen Hof … Monierte jeden Morgen … daß meine Dusche kapores war und fix unter der Decke. Frauenfeindlich. War alles … desolat, aber das Schloß sehr hübsch für die Vorträge. … das nächtliche Weimar gehörte nur uns mit seinen hochgeklappten Bürgersteigen.«

Am 23. Juni 1992: »Es ist so hübsch, wenn in W.[iepersdorf] keine alten Genossen mehr auf der Terrasse sitzen.«

Im Juni 1993 hörte ich nichts.

Am 9. Juni 1994: » … ärgere dich nicht über die amerik. Germanisten die Kant und Wolf so großartig finden.«

Im Juni 1995 hörte ich nichts.

Am 2. Juni 1996: »Heute wird hier ein schöner Tag. Ich mache mit Moritz einen Moorspaziergang, da muß man bis zu den Knien ins Wasser. Helfen nicht mal Gummistiefel.«

Am 3. Juni [1996]: » … der Moorspaziergang war wirklich so, etwa 500 m durch überkniehohen Matsch von insgesamt 5 km … Und hinterher kippt man immer die Gummistiefel aus und wringt die Strümpfe annähernd trocken. Sah alles morbide genug aus, und Methanblasen stiegen, die paar Bäume quälten sich sehr und blühten vor Schreck. Viel Wollgras und archaische große Brachvögel die Scheinangriffe auf uns flogen. Mit himmlischen Stimmen, klingt wie Flöten.« – Am 4. Juni [1996]: »Kunert sagt, Fries kriegt den Hörspielpreis der Kriegsblinden und Stoiber macht die Laudatio. Wie viel … Kriegsblinde gibt es denn noch? Oder vererbt sich das wie bei denen Heimatvertriebenen? Ist aber ein dicker Hund finde ich! Eigentlich geht das doch nicht. Es geht aber doch. Grauenhaft, kann ich bloß sagen.« – Am 12. Juni [1996]: »Hab im Radio gehört, daß Stoiber die Rede bei Fries nicht mehr halten will und die Kriegsblinden auch lieber Abstand nun nehmen.« – Am 26. Juni [1996]: »Hier am Lande war der Johannistag schön, feinstes Wetter und Segelboote quer durch die Wiesen. Und der Kuckuck flog und die Angler starrten ins Wasser. In der Johannisnacht tanzten die Nebelgeister und die Venus hing am Horizont wie ein Klumpen weißgoldenes Erz.« – Am 27. Juni 1996: »Als 18-jährige hab ich mal gedacht es wäre am besten, es seien alle tot die ich gern hab dann brauchte ich nix zu befürchten. Hier klappern meine Pappelblätter und ich sitze im Grünen.«

Am 8. Juni 1997: » … die städtische Geselligkeit … Du kannst dir nicht vorstellen, wie süß es ist, bei diesem linden Seewind im Garten bei denen Rosen zu seyn die ihre Knospen gleich aufschlagen werden, die Erde zu lockern, die Quecken zu bändigen, den Kopp voller Gedanken, die Nase voller Glycimenduft oder Vogelbeerblüten. Das ist ne Verzauberung sondergleichen, dann fliegt der Kuckuck über mich hinweg oder ein Haase starret mich aus 1 m Entfernung an mit entzückende braune Augen, kreisrund – es ist ne Verträumtheit … im grünen grünen Juni … «

Am 29. Juni 1998: »Gestern die wackeren Dänen beim Fußball gesehen wie sie die stolzen nigerianischen Adler verzauberten daß die abgestürzt sint.«

Am 15. Juni 1999. » … demnächst sehen wir uns ja … Also das Haus was zusammengekracht war, das war das Fachwerk in Halberstadt. Gehörte dem Großvater mütterlicherseits. In Limlingerode dies war die Pfarre des Großvaters väterlicherseits. Da war ich … bis 3 Jahr … Könn wir alles betrachten!«

Am 31. Mai 1997 gab mir der israelische Dichter Asher Reich die deutsche Übersetzung seines Gedichtes über Sarah Kirsch und bat mich, das Gedicht an Sarah zu faxen.

Sarah Kirsch

Irgend ein festlicher Abend
oder so scheint es

einem Fremden wie mir, der seine Fremdheit
hütet wie eine heilige
und kleine Sprache.

Eine Blume pulsiert auf dem Ziegeldach
deines freistehenden Hauses.
An der Eingangstür
liegt der große Hund, breit

wie ein abgebrochener Ast. Er
wartet auf eine Andeutung, die kommen
muß:
Das helle Zwitschern eines Vogels,
der Messias des Frühlings.
Und du, drinnen, schreibst ein Gedicht.

Der Hund stellt die Ohren auf und erhebt
sich.
Eine diamantne Träne bricht ein ins Haus,
Botin der reinen Sehnsucht,
der Sonne, die verschämt zurückgekehrt ist.
Dein Gesicht strahlt. Das Gedicht leuchtet
von außen und von innen. Alles bewegt
sich –

plötzlich erwacht das Feld mit seinem
Blühen
und da sehe ich dich deutlich
durch das sich von selbst öffnende Fenster,
wie deine klugen Augen sich öffnen in dich
hinein, schauend ein trauriges Bild,
in welches Liebe floß.

Sarah hat am 1. Juni 1997 etwas dazu gesagt: »Er hat sich vor Robert fast ins Hemd gemacht, auch die Katzen sind ihm unheimlich gewesen. Weil er bei seinem Städele [gemeint ist das orthodoxe Viertel von Jerusalem Mea Shearim] nie 1 Haustier gesehen hat, das ist … Sünde, genau wie Blumen im Haus oder Garten … «

REINHARD MEHRING

Das Politikum der Kritik

Geschichtstheorie nach Carl Schmitt

Schon von der Sache her nicht unpolitisch, hat die deutsche Geschichtswissenschaft die Nähe zur Politik immer wieder gesucht. Im 19. Jahrhundert stieg sie zu einer Leitdisziplin auf, die der Nation ihre Ziele wies. Diese Rolle als »Legitimationswissenschaft« wurde sie nie wieder ganz los. Während sich das Fach nach 1945 dabei zunächst an einzelnen unbelasteten Vertretern wie Gerhard Ritter reinwusch,[1] gibt es seit einigen Jahren eine Debatte über ihre Rolle im Nationalsozialismus.[2] Dabei werden namhafte Historiker wie Theodor Schieder und Werner Conze kritisch diskutiert, die in der Bundesrepublik eine breite Wirksamkeit entfalteten und bedeutende Schüler hervorbrachten. Damit gerät auch die Historiographie der Bundesrepublik in den Blick. Mit dem allmählichen Übergang zur »Berliner« Republik wird ihre Rolle insgesamt thematisch. *Paul Nolte*[3] plädierte unlängst im »Merkur« für eine »Historisierung« dieser Schülergeneration. Sein tiefenscharfes Generationsprofil stellt überraschende Kontinuitäten heraus: Danach blieb der »linksliberale mainstream« der bundesdeutschen Historiographie der älteren nationalpolitischen Sichtweise durch seine »Sonderwegsthese« negativ verbunden. Man verstand die Geschichte als Lernprozess, kritisierte nationalistische Überspannungen und forderte »Verfassungspatriotismus« als Lösung. Die bundesdeutschen Historiker wurden so zu »Historikern der Bundesrepublik«. Als solche stellten sie sich in Geschichtsdebatten wie dem »Historikerstreit« öffentlich dar. Diese Debatten hatten politische Bedeutung, weil die Bundesrepublik ihre normative Substanz durch die »Bewältigung« des Nationalsozialismus definierte.[4] Die normativen Voraussetzungen ihrer Geschichtsschreibung thematisierten die Historiker jedoch kaum.

Die politischen Evidenzen der Nachkriegszeit und die Engführung von zeitgeschichtlicher und wissenschaftsgeschichtlicher Kritik führten – etwa bei Karl Löwith[5] – dazu, dass Geschichtsphilosophie mit Geschichtstheologie und Hegelianismus weitgehend identifiziert wurde. Die Marxismuskritik wurde in der Folge häufig als Kritik der Geschichtsphilosophie bzw. ihrer ideologischen Funktion als Legitimationswissenschaft und Waffe im »Weltbürgerkrieg« geführt. Man verwechselte die politische Verwerfung einer bestimmten Tradition von Geschichtsphilosophie dabei mit der philosophischen Auseinandersetzung. Mit der Verwerfung der Geschichtsphilosophie blieben normativ-praktische Voraussetzungen insgesamt weitgehend unthematisch. Auch deshalb konnte sich die Geschichtswissenschaft als »Historische Sozialwissenschaft« jenseits philosophischer Orientierungen neu formieren.[6]

Ich will den *Ausgangsbefund eines fragwürdigen Bewältigungsdiskurses, einer politischen Diskreditierung geschichtsphilosophischer Traditionen und einer Unterbelichtung des Verhältnisses von Moral und Politik im integralen Konzept der Geschichtswissenschaft als »Historischer Sozialwissenschaft«* nicht weiter erörtern. Er sollte nur mein Thema situieren. Ich diskutiere einen *Gegendiskurs*, der gleichfalls von einer Kritik geschichtsphilosophischer Traditionen ausgeht, aber nicht die Konsequenz der »Historischen Sozialwissenschaft« zieht, sondern einen *neuen Zugang zur Thematisierung normativer Voraussetzungen historisch-politischen Denkens* findet. Ich meine die geschichtstheoretische Rezeption Carl Schmitts bei Ernst Rudolf Huber, Ernst-Wolfgang Böckenförde, Christian Meier, Reinhart Koselleck und Hermann Lübbe. Meine Studie ist also ein *Beitrag zur Wirkungsgeschichte Schmitts*. Dabei erörtere ich nicht das »endgeschichtliche« Geschichtsdenken nach 1945, das zwischen Schmitt und Taubes verhandelt wurde[7] und in den Posthistoire-Träumereien vor und nach 1989 seine enttheologisierte Reprise erhielt. Mit Huber, Böckenförde, Meier, Koselleck und Lübbe werden ausschließlich wirkmächtige Autoren behandelt, die in einem engeren persönlichen Verhältnis zu Schmitt standen und von der Auseinandersetzung mit Schmitt ausgehend einen neuen Zugang zu Normgeltungsfragen gewannen. Die Kontakte sind als solche bekannt.[8] Ich frage aber nach ihrem Einfluss im Werk und diskutiere dabei nur die Rezeption von Schmitts normativer Perspektivierung der Geschichte. Es geht also nicht um die materialen Beiträge zur Geschichtsschreibung, sondern um moralisch-politische und geschichtsphilosophische Voraussetzungen von Geschichtsschreibung.

Bekanntlich ist Schmitt einer der schärfsten Kritiker universalistischer Moral-, Politik- und Rechtskonzepte. Mit seiner politischen Kritik universalistischer Konzeptionen legte er aber auch Möglichkeiten einer neuen Verhältnisbestimmung von Moral und Politik frei, die von seinen Schülern »liberal rezipiert« (H. Lübbe) wurden. Er ermöglichte einen Gegendiskurs, der der methodischen Entethisierung der Geschichtswissenschaft mit einer deutlicheren Thematisierung und Problematisierung des Verhältnisses von Moral und Politik entgegentrat. Um Missverständnisse auszuschließen: Entethisierung meint nicht die Entmoralisierung des Geschichtsdiskurses, sondern den methodischen Verzicht auf eine ethische Diskussion normativ-praktischer Voraussetzungen von Geschichtsschreibung. Eine Diskussion des Geschichtsinteresses ist einer politisch relevanten Geschichtsschreibung aber unerlässlich. Die Schmitt-Schüler finden – jenseits der politischen Optionen Schmitts – einen neuen Zugang zu diesen Fragen; sie entdecken den Teilnahmestandpunkt des Geschichtsinteresses neu.

I. Schmitt bei Huber und Böckenförde: der normative Teilnehmerstandpunkt des Verfassungshistorikers

Schmitt wirkte zunächst und zumeist in die Rechtswissenschaft. Es gibt einen Schulzusammenhang, der durch Kriterien wie akademische Schülerschaft, persönlichen Umgang und sachliche Rezeption feststellbar ist. Die verfassungshistorische Rezeption[9] zeigt, dass das Geschichtsdenken nach Schmitt schon deshalb nicht den Weg einer Entethisierung ging, weil die *juristische Verfassungsgeschichtsschreibung* an einer *normativ-praktischen Legitimitätsperspektive* festhielt. Schmitts Verfassungstheorie begründete eine politische Betrachtung der Verfassungsgeschichte als Geschichte von Verfassungskämpfen.[10] Schmitt wirkte vor allem durch sein Geschichtsbild der Neuzeit, wie es in der Rede über »Das Zeitalter der Neutralisierungen und Entpolitisierungen«[11] skizziert ist: durch seine Thesen zur Entstehung des religiös-neutralisierten Staates als Antwort auf die konfessionellen Gegensätze und Bürgerkriegslagen der frühen Neuzeit sowie durch seine Sicht des Wilhelminismus und der Weimarer Republik als bloße Übergangsgebilde.[12] Die Wirkung dieses Geschichtsbildes ist heute in der deutschen Historiographie und Staatslehre allgegenwärtig. Es geht hier aber nur um die Theoriedebatte nach Schmitt.

Ernst Rudolf Huber gehört zu den ersten und engsten (Bonner) Schülern Schmitts, bezieht aber schon früh verfassungstheoretische Distanz.[13] Anders als Schmitt ist er Protestant.[14] Stärker als Schmitt nationalistisch-völkisch bewegt, fasst er die Wirtschaftskrisen der Weimarer Republik aus der Perspektive des entstehenden Wirtschaftsverwaltungsrechts[15] auf und ist dabei auch von anderen Theoretikern der antipositivistischen, »geisteswissenschaftlichen« Wende beeinflusst.[16] Mitte der 30er Jahre führt er seine Verfassungstheorie als eigene Apotheose der nationalsozialistischen »Verfassung«[17] aus; er übersetzt sie dann in die Verfassungsgeschichte. Der zunächst vorgesehene geschichtliche Rahmen sowie die Kritik an Schmitt sind in der Monographie »Heer und Staat in der deutschen Geschichte«[18] von 1938 deutlich. Was zunächst als Gesamtbetrachtung seit den Germanen gedacht ist, führt Huber nach 1945 als monumentale »deutsche Verfassungsgeschichte seit 1789« durch.

Während Schmitt seine politischen »Grundprägungen« (H. Quaritsch)[19] – Katholizismus, Etatismus und Nationalismus – »okkasionell« vertritt, legt Huber[20] sich vor 1945 auf eine antiliberale und antidemokratische Auslegung des »Nationalismus« fest. Während Schmitt[21] Liberalismus und Demokratie scharf unterscheidet, sucht Huber vor allem den Nationalismus zur Geltung zu bringen. In »Heer und Staat« geht er dafür von einer »nationalen Sendung Preußens« aus und legt in minutiösen Untersuchungen dar, dass das preußische Königtum seine Souveränität mit der militärischen Kommandogewalt niemals preisgab. Deshalb war die »konstitutionelle Monarchie« keine »Kompromissverfassung«, betont Huber

1938 gegen Schmitt (HS 181, 184, 224ff). Er pointiert dies auch durch eine Variation auf Schmitts Souveränitätsformel: »Souverän ist, wer über die Wehrmacht verfügt.« (HS 245, vgl. 254)

Ende der 60er Jahre kommt es – nach dem Erscheinen der ersten vier Bände von Hubers Verfassungsgeschichte[22] – zwischen Huber und Böckenförde zu einer Kontroverse[23] über den »deutschen Typ« der konstitutionellen Monarchie und die geschichtliche Legitimität des Wilhelminismus. In dieser Kontroverse wechselt Huber die Betrachtungsperspektive; er stellt nicht mehr die Souveränität, sondern die Legitimität des Wilhelminismus heraus und betont nun im offenen Widerspruch zu seinen früheren Ausführungen die Fähigkeit zum Verfassungskompromiss als Legitimitätskriterium.[24] Dabei lehnt er Schmitts Kritik des Wilhelminismus als eines bloßen »Zwischenzustands« weiterhin ab und betont nun die nationalstaatliche Legitimität. *Hier werden unterschiedliche normative Wertungen und Konzepte deutlich:* Schmitt kritisiert einen »Zwischenzustand« zwischen dynastischer und demokratischer Legitimität, weil er den modernen Konstitutionalisierungs- und Demokratisierungsprozess insgesamt negativ beurteilt. Böckenförde kritisiert den Wilhelminismus als einen »Zwischenzustand«, weil er die Demokratisierung bejaht. Huber dagegen verteidigt den Verfassungskompromiss, weil er einen anderen Legitimitätsbegriff vertritt. Dieser deutet sich schon in der früheren Souveränitätsperspektive an: Souveränität schafft mit der Ordnung auch Legitimität. Relative Stabilität ist anerkennungswürdig. Politische Ordnung ist ein ständiges »Ringen um ›Verfassung‹«.[25]

Dieser *Streit um die normative Legitimitätsperspektive der Verfassungsgeschichtsschreibung* klingt sehr akademisch. Er erinnert aber daran, dass die juristische Verfassungsgeschichtsschreibung überhaupt eine normative Legitimitätsperspektive festhält. Soziologisch betrachtet liegt eine Zustimmung zu Hubers Position nahe: Denn welchen Sinn macht es, eine politische Ordnung als bloßen »Zwischenzustand« zu kritisieren? Auf Erden bleibt doch nichts bestehen. Geschichtswissenschaft hat immer nur mit Zwischenzuständen zu tun. In der Kontroverse ging es aber auch Huber nicht um eine soziologisch-funktionale Beurteilung der relativen Dauerhaftigkeit politischer Ordnung ex post, sondern um die geschichtlichen »Motive der Fügsamkeit« (M. Weber) der Bürger: Wurde gehorcht, weil die Bürger im Wilhelminismus die Dynastie bejahten, oder die Wirklichkeit des Nationalstaatsgedankens oder die Rechtssicherheit? Um diese Fragen drehte sich die Kontroverse, und ihre Beantwortung hat historiographische Konsequenzen. Für unsere Erörterung ist sekundär, auf welche Seite man sich stellt. Wichtig ist aber, dass *der verfassungstheoretische Ansatz die Teilnehmerperspektive der geschichtlichen Akteure legitimitätstheoretisch festhält, um Verfassungsgeschichte als Geschichte intentional geführter Verfassungskämpfe zu schreiben, und diese Teilnehmerperspektive der geschichtlichen Akteure aus einem normativen Teilnahmestandpunkt der Gegenwart rekonstruiert.* Eine Verfassungsgeschichtsschreibung im Sinne Schmitts fragt verfassungspolitisch engagiert danach, wogegen und wofür Akteure kämpften. Dabei identifiziert sie die Akteure aus der Perspektive der Gegenwart, setzt sich zur Geschichte in ein engagiertes Verhältnis und behauptet die Relevanz der Geschichte für die Legitimität der Gegenwart. Deshalb verteidigt Schmitt auch das Recht, Geschichte nach aktualen politischen Legitimierungsbedürfnissen umzuschreiben. Deshalb wurde die Verfassungsgeschichte der Neuzeit im Nationalsozialismus als rechtswissenschaftliches Ausbildungsfach überhaupt eingeführt.[26]

II. Schmitt und Christian Meier: der Beruf des Althistorikers zur Gegenwartsdeutung

Schmitt wirkte auch auf den – über die Grenzen seines Faches hinaus bekannten – Alt-Historiker Christian Meier. Einige seiner Schriften sind deutlich von Schmitt beeinflusst. So sind Meiers wiederholte Darstellungen der »politischen Kunst der griechischen Tragödie«[27] von der Schrift »Hamlet oder Hekuba«[28] angeregt. Schmitts politische Interpretation des Verhältnisses von Shakespeares Hamlet zur damaligen Zeitgeschichte und politischen Öffentlichkeit ist auch eine verdeckte Selbstinterpretation der eigenen Rolle im Nationalsozialismus; Meier nimmt davon die politische Auffassung der Tragödie als Reflexion von Macht durch Mythos auf. Er kehrt Schmitts »Politische Theologie« um und spricht von einer »theologischen Politik«[29] und politischen Kunst der Tragödie.

Ein zweites Beispiel ist »Die Ohnmacht des allmächtigen Diktators Caesar«,[30] ein Seitenwerk zu Meiers großer Caesar-Biographie, das auch auf zeithistorische Diskussionen um die Rolle Hitlers als effektiv »schwacher Dikator« anspielt. Diese These sowie die von Meier erörterte Dialektik von Macht und Ohnmacht eines Diktators entwickelte Schmitt schon in einem gutachterlichen Aufsatz von 1947[31] und führte sie dann 1954 im »Gespräch über die Macht und den Zugang zum Machthaber« aus.

Ein drittes Beispiel ist die große Studie über »Die Entstehung des Politischen bei den Griechen«.[32] Einleitend nimmt Meier darin eine knappe Auseinandersetzung mit Schmitt vor, die er später ausführte: Schmitt habe »das Positive, das Weiterführende«[33] seiner Unterscheidung des Begriffs des Politischen vom Staatsbegriff selbst nur inkonsequent entfaltet. Sein Ansatz ermögliche es aber, über den historischen Rahmen der Neuzeit hinausgehend eine »Geschichte des Politischen« zu schreiben, namentlich eine Geschichte der Entstehung des Politischen bei den Griechen. Dazu sei es allerdings erforderlich, den Begriff des Politischen weiter zu fassen.

Meier intendiert also eine Anwendung von Schmitts Ansatz auf die Antike. Die Kritik an Schmitts etatistischer Orientierung des Politischen führt ihn zu einer engen Verknüpfung der Entstehung des Politischen mit der Entstehung der Demokratie bei den Griechen.[34] Er sieht die Emanzipation des Begriffs des Politischen vom Staatsbegriff als eine Voraussetzung dafür an, von der Frage nach der Entstehung des Politischen her die Frage nach einer demokratischen politischen Kultur zu stellen. Die attische Demokratie ist ihm der Musterfall einer entwickelten politischen Kultur, an der auch die Gegenwart zu messen sei. Meier aktualisiert dieses Konzept in zeitgeschichtlichen Interventionen für die Frage nach der nationalen »Identität« der Deutschen.[35] Jüngst legte er eine umfassende Beschreibung des Systems der »parlamentarischen Demokratie« vor.[36]

Es war naheliegend, Schmitts Diagnose vom Ende der »Epoche der Staatlichkeit« eine solche Erinnerung der Entstehung des Politischen bei den Griechen zur Seite zu stellen. Unabhängig von Schmitt machte Hannah Arendt es ähnlich und beeinflusste Meier damit gleichfalls.

Doch Meier erörtert nicht nur die Entstehung einer demokratischen politischen Kultur, sondern auch die Entstehung eines verfassungspolitischen »Könnens-

Bewußtseins«; er beschreibt die »Politisierung« der Bürgerschaft und die Heraufkunft einer politischen Gleichheit und »Solidarität«, einer »bürgerlichen Gegenwärtigkeit in Athen«, als eine Folge der Thematisierung der politischen Neuordnung des attischen Demos durch Kleisthenes. Detailliert zeigt er auf, wie ein politisches Bewusstsein der »Verfügung über die Verfassung«[37] entstand, das »das Ganze der Polis-Ordnung zur Disposition«[38] stellte. Meier hebt dabei die »politische Identität« des Bürger-Bewusstseins als »Könnens-Bewußtsein« von der (mit Koselleck beschriebenen) spezifisch neuzeitlichen Geschichtserfahrung ab. Sein Begriff des politischen »Könnens-Bewußtseins« hat seine polemische Kontur durch die Abgrenzung vom »neuzeitlichen Fortschrittsbegriff«.[39] Mit dieser Kontrastierung von Antike und Neuzeit endet die Untersuchung.[40] Meier betrachtet die Antike also nicht nur als einen Prototyp demokratischer politischer Kultur, sondern zielt darüber hinaus auch auf die Auszeichnung des antiken verfassungspolitischen »Könnens-Bewußtseins«. Athen ist ihm gleich doppelt vorbildlich.

III. Schmitt und Koselleck: die Geschichtstheorie als Erbin der Apokalyptik

In Kosellecks tiefdringender Auseinandersetzung mit Schmitt geht es um den Geschichtsbegriff selbst. Darüber hinaus finden sich, wie bei Meier, auch akademische Ausarbeitungen Schmitt'scher Einfälle und Thesen.[41] Der Einfluss Schmitts auf Kosellecks 1959 erschienene Dissertation »Kritik und Krise«[42] ist bekannt.[43] Diese »Pathogenese der bürgerlichen Welt« liegt weitgehend auf der Linie von Schmitts Hobbes-Buch sowie des späteren Aufsatzes über »Donoso Cortés in gesamteuropäischer Interpretation«. Kosellecks These ist, dass die Entstehung einer bürgerlichen moralischen Gegenöffentlichkeit den absolutistischen Staat in eine Krise stürzte. Koselleck beschreibt das Politikum des »Gewissens« dabei als eine »Dialektik von Geheimnis und Aufklärung« (KK 29). Max Weber entdeckte es im »Amtsgeheimnis« der Bürokratie. Schmitt betonte seine Rolle in der Arcanpolitik des Absolutismus. Koselleck gibt eine neue Deutung: Das Geheimnis der Aufklärung ist das Politikum der Moral. Es ist so geheim, dass es selbst den Aufklärern im Teleologismus ihrer Geschichtsphilosophie meist verborgen blieb.

Koselleck betont also eine Art geschichtsphilosophischer Selbstverblendung der moralischen Opposition über ihre politischen Absichten und Wirkmacht. Ein solcher Hinweis auf die »Selbstverborgenheit« des Gewissens wurde in der philosophischen Anthropologie Helmuth Plessners vertreten und dann nach 1945 in Schmitts Meditationen[44] über die Neigung des Individuums zum »Selbstbetrug« vorausgesetzt.

Koselleck beabsichtigt keine philosophische Verhältnisbestimmung von Moral und Politik, sondern beschreibt das Politikum öffentlicher Moralansprüche historisch. In Übereinstimmung mit Schmitt[45] fasst er – ähnlich wie sein Freund Hanno Kesting[46] und andere (so Roman Schnur)[47] – die Geschichtsphilosophie als politische Waffe im »Weltbürgerkrieg« auf. Er betont, dass die moralische Opposition ihren Machtanspruch geschichtsphilosophisch verklärte, weil sie ihn nicht offen politisch vertreten konnte, ohne ihn zu decouvrieren und zu delegitimieren. Dies führte, so Koselleck, zu einer gefährlichen »Hypokrisie« (KK 103).

Seine dramatischen Formulierungen zur »Pathogenese« der Moderne laufen ihrerseits Gefahr, moralische Ansprüche in der Politik im Namen einer sehr pauschalen Geschichtsphilosophie von Kritik und Krise politisch zu diffamieren. Mit seinem Preußen-Buch über »Preußen zwischen Reform und Revolution«[48] gelangt Koselleck 1967 zu einer positiveren Sicht des Modernisierungsprozesses.

Zeitlich schließt das Preußen-Buch direkt an die Aufklärungskritik an. Sachlich fragt es nach der Lösung der »Hypokrisie« der Aufklärung. Die Antwort lautet, dass Preußen die Krise auf dem Weg der Reform qua Recht meisterte. Koselleck führt die Untersuchung bis zum Krisenjahr 1848, in dem Schmitt das Schicksalsjahr der neueren deutschen Geschichte überhaupt erblickte. Schmitt erörterte den Vormärz vor 1848 primär nicht verfassungsgeschichtlich, sondern ideengeschichtlich. Sein Blick war auf die intellektuellen Auseinandersetzungen um 1848 gerichtet, wobei er den diversen Hegelianern mit Donoso Cortés einen katholischen Etatisten entgegenstellte. Anders als Schmitt betont Koselleck, unter dem Eindruck Forsthoffs, nun die reformerische Rolle der Verwaltung[49] vor 1848.

Seine weiteren Arbeiten widmet er vor allem der »Sattelzeit« des Übergangs von der Aufklärung in die Moderne. Zusammen mit einigen anderen Historikern gibt er das Lexikon »Geschichtliche Grundbegriffe« heraus, das die These von der »Sattelzeit« an den geschichtlichen Grundbegriffen prüft, und schreibt dafür zentrale Artikel[50]. »Terror«[51] bleibt sein Stichwort für die Moderne. Seine Erfahrung des Nationalsozialismus verarbeitet er in den letzten Jahren verstärkt auch durch Historiographie vom politischen Totenkult.[52] Er sieht es dabei nicht als seine Aufgabe an, bestimmten politischen Institutionen vergleichend das Wort zu reden. Angesichts der Destruktionspotentiale der Moderne wechselt er die Methode: *Statt der eingehenden Darstellung der Hypokrisie der jüngsten deutschen Nationalgeschichte reflektiert er geschichtstheoretisch auf die Singularität der Neuzeit.* Koselleck meint, dass die Grundbegriffe der Geschichtserfahrung ihrerseits geschichtlich sind. Diese Singularität der neuzeitlichen Geschichtserfahrung gälte es allererst aufzuzeigen. Knüpft man hier einen *Zusammenhang zwischen Kosellecks Geschichtstheorie und seiner früheren Diagnose von Kritik und Krise*, so heißt es: Das dramatischste Kennzeichen der Hypokrisie ist die »Beschleunigung« der Geschichte. Schon Burckhardt thematisierte sie, und Schmitt[53] diagnostizierte sie dann genauer in der Beschleunigung der Gesetzgebungsverfahren (»motorisierter Gesetzgeber«).

Kosellecks Geschichtstheorie ist in der Sammlung »Vergangene Zukunft«[54] bündig niedergelegt. Koselleck eröffnet sie mit seinem Festschriftbeitrag für Schmitt. Darin zeigt er, wie der Übergang der Friedensfunktion von der Kirche auf den säkularen Staat eine »Umbesetzung prophetischer Zukunft in prognostizierbare Zukunft« (VG 33) mit sich brachte, die eine politische Kunst »rationaler Prognostik« ermöglichte. Seit der Französischen Revolution kam es aber, wie in »Kritik und Krise« ausgeführt, zu einer Zerstörung der politischen Kunst durch geschichtsphilosophische Planung. Deshalb fragt Koselleck in weiteren Beiträgen nach der »magistralen Rolle der Historie« und den gegenwärtigen Möglichkeiten einer pragmatischen Geschichtsschreibung; er beruft sich dabei paradigmatisch – wie alle Schmitt-Schüler – auf Lorenz von Stein: Stein habe vor der »Beschleunigung in der Geschichte nicht kapituliert« (VZ 91), sondern seinen »Standort« in der Geschichte genommen und eine »Theorie der Geschichte«[55] entwickelt, die praktische »Lehren« (VZ 95) bot. Weil Koselleck (mit Stein) an der politisch-praktischen Lehrhaftigkeit der Geschichtswissenschaft festhält, verteidigt er die Bedeutung der »Begriffsgeschichte« und der »Ereignisgeschichte« unter der Herrschaft des sozialgeschichtlichen Forschungsparadigmas. Sein Plädoyer für die »Standortbindung« des Historikers verbindet er dabei anderen Orts[56], unter Berufung auf Schmitt, mit einer Absage an die Siegerhistorie, die siegreiche Mächte zur »Prämie« (C. Schmitt) auf ihren Machtbesitz auch noch ins historische Recht setzt. Seine Studien münden in den Hinweis auf eine Schere zwischen »Erfahrungsraum« und »Erwartungshorizont«: In der Neuzeit[57] treten historische Erfahrungen und Zukunftserwartungen auseinander. Zunehmend wird die Andersartigkeit der Zukunft gegenüber der Vergangenheit erwartet. Die Geschichtswissenschaft hat dann als politische Lehrmeisterin ausgespielt. Joachim Ritter[58] sprach dafür von einer modernen »Entzweiung« von »Herkunft« und »Zukunft«.

Insgesamt problematisiert Koselleck also die Möglichkeit einer politisch lehrhaften Geschichtsschreibung, ohne sie gänzlich verabschieden zu wollen. Koselleck thematisiert den »Terror« der Beschleunigung als eine Gefährdung des menschlichen »Erfahrungsraums«. Verstärkt begreift er die »Semantik geschichtlichen Erfahrungswandels« als eine Wendung zur historischen Anthropologie.[59] Die anthropologische Betrachtung kritisiert den Zerfall einer stabilen Erfahrungsauslegung in Begriffssystemen. Das Kennzeichen einer historischen Anthropologie ist es demnach, die historisch-semantische Konstruktion der humanen Erfahrungsauslegung zu beschreiben. Koselleck rekurriert auf einen philosophischen Begriff vom Menschen als »animal symbolicum« (E. Cassirer) als Voraussetzung von Geschichte und Geschichtsschreibung, ohne näheren Anschluss an die philosophische Diskussion zu suchen.

In der anthropologischen Wendung scheint Kosellecks philosophischer Lehrer Löwith, einer der ersten und wichtigsten Kritiker Schmitts, über Schmitt gesiegt zu haben. Andererseits ist die anthropologische Fundamentalkritik des neuzeitlichen Modernisierungsprozesses auch Schmitts letzte, im »Nachwort« zur »Politischen Theologie II« verrätselte Aussage. Obwohl sich theologisierende Rhetorik bei Koselleck nicht findet, bleibt seine geschichtstheoretische Problematisierung der politisch-praktischen Funktion der Geschichtsschreibung doch Schmitts Ansatz eng verbunden. Dabei gibt Koselleck dem *endgeschichtlichen Geschichtsdenken* einen neuen Namen, den der *»Geschichtstheorie«*, und eine neue Abschlussformel: Die Zukunft könne schon deshalb nicht gedacht werden, weil sie der geschichtlichen Erfahrung entzweit sei; wer es dennoch versuche, sei ein Geschichtsphilosoph, dessen Teleologie nur die Hypokrisie verschärft. Die »Hypokrisie« der Gegenwart ist die zentrale Erfahrung Kosellecks und sein zentrales Thema. Es wird dadurch nicht weniger problematisch, dass Koselleck religiöse Semantik meidet und auf »Anthropologie« umstellt.[60] Dabei gelingt es ihm, den alten Geschichtspessimismus in eine neue, avancierte Theorie zu übersetzen und so antimodernistische Motive fortzuschreiben. Mit äußerster Zurückhaltung hält Koselleck an einer magistralen Rolle der Geschichtsschreibung und somit an deren moralisch-politischer Funktion fest. Seine pessimistische Absage an die Geschichtsphilosophie verbietet ihm aber, diesen normativen Standpunkt offen zu vertreten. So kann Koselleck den moralischen Appell seines Werkes nicht explizieren. Seine Selbstkritik des Intellektuellen bleibt deshalb moralisch-politisch vieldeutig.

IV. Schmitt und Lübbe: die Rehabilitierung des liberalen Diskurses

Auch Lübbes Werk ist tiefgreifend von der Auseinandersetzung mit Schmitt geprägt. Die Habilitationsschrift »Politische Philosophie in Deutschland«[61] schreibt unter dem Eindruck von Schmitts »Die geistesgeschichtliche Lage des heutigen Parlamentarismus«[62] eine Entwicklungsgeschichte von der Hegelschen Rechten zu den philosophischen »Ideen von 1914«. Danach publiziert Lübbe eine Begriffsgeschichte der »Säkularisierung«.[63] Das Thema der »Säkularisierung« gilt dem Übergang zur »modernen Welt«, den Schmitt als Prozess der »Neutralisierung« ablehnend beschrieb. Methodisch begreift Lübbe die Begriffsgeschichte »ideenpolitisch« als Geschichte agonaler Rezeptionen und Abgrenzungen; Koselleck prägte dafür die Formel von den »asymmetrischen Gegenbegriffen«. Anders als Schmitt wendet Lübbe die ideenpolitische Auffassung auch gegen die theologische und kirchliche »Säkularisations-Kritik«. Damit zeichnet sich, ähnlich wie bei Hans Blumenberg, eine Verteidigung der Eigenart der Neuzeit gegen Schmitt ab.

Lübbe führt sie in seiner bekannten liberalen Rezeption des »Dezisionismus« aus, die die Notwendigkeit institutioneller Ermöglichung politischer Entscheidungen für Ordnungen betont. Anders als Schmitt trennt er dabei nicht das »ewige Gespräch« von der politischen Entscheidung, sondern betont das dezisionäre und pragmatische Moment im Diskurs und die Möglichkeit seiner Institutionalisierung im liberalen Verfassungsstaat.[64] Zwar verteidigt Lübbe diesen Dezisionismus gegen seine politische Diffamierung – beispielsweise, indem er (in der Festschrift *Epirrhosis* von 1968 für Schmitt) auf den »Dezisionismus in der Moraltheorie Kants« aufmerksam macht; er tut dies aber seinerseits nicht, wie Schmitt[65], in kompromittierender Absicht. Dass die Betonung des Entscheidungsmoments eine positive Auffassung der liberalen Institutionen erlaubt, hebt Lübbe in seinem Gedächtnisbeitrag für Schmitt selbst hervor.[66] Ähnlich argumentiert er in seiner Rezeption der »Politischen Theologie«;[67] er lehnt es ab, im Namen der Theologie zu politisieren, und besteht um der Politikbegrenzung willen auf der Unterscheidung von Religion und Politik. So argumentiert er auch gegenüber der hegelianischen Geschichtsphilosophie und der Gefahr ideologisch begründeter Politisierungen der Moral.[68] Dagegen betont er die »Pragmatik« eines sinnvollen Geschichtsinteresses[69], besteht auf der Aufgabe geschichtsphilosophischer Selbstverständigung über den »Lebenssinn der Industriegesellschaft«[70] und führt einen solchen praktisch sinnvollen Umgang mit der Geschichte in zahlreichen Studien vor. Auch Lübbe nimmt dabei Joachim Ritters Diagnose der »Entzweiung« von »Herkunft und Zukunft« auf.[71] Er renoviert den Konservatismus, indem er der modernen Entzweiung von Herkunft und Zukunft mit »Gegenaufklärung«[72] und »konservativer Modernität«[73] begegnet. Systematisch folgt er aber Ritters Verabschiedung der Philosophie durch Historisierung der Aufgaben und Möglichkeiten der – von Aristoteles bis Hegel – überlieferten Metaphysik nicht.

Allgemein lässt sich sagen, dass Lübbe zwar, wie Koselleck, Schmitts politische Betrachtung der »Kritik« teilt, anders als Schmitt aber *nicht die Konsequenz zieht, die Kritik dadurch stillstellen zu wollen*, dass er sie im Namen vermeinter Offenbarungsgewissheiten einer »Politischen Theologie« oder einer entethisierten Geschichtstheorie tabuisiert. Dies zeigt sich etwa bei seiner Thematisierung der »Aufdringlichkeit der Geschichte«: so in der

Zurückweisung der »Verdrängungsthese« im Umgang mit der nationalsozialistischen Vergangenheit; Lübbes Hinweis auf den stabilisierenden Beitrag selektiver Erinnerung[74] ist zwar fraglos auch von Schmitts[75] spätem Konnex von »Amnestie« und Amnesie angeregt. Auch hier aber zieht Lübbe, anders als Schmitt und auch Koselleck, die Konsequenz der Affirmation des bundesdeutschen Verfassungsstaates.

Lübbes prinzipielle Distanz zu Schmitt zeigt sich auch in seiner Auffassung von Religion[76] und Philosophie »nach der Aufklärung«. Lübbe befragt die Religion zwar zunächst soziologisch nach »nicht substituierbaren«, »säkularisationsresistenten« Funktionen.[77] Indem er sie dann aber als »Kontingenzbewältigungspraxis« bejaht, übersetzt er sie in eine philosophische Metaphysik, die »Sinn« als Antwort auf »Kontingenz« aus »pragmatischem« Bedürfnis nach »Orientierung« einfordert und die überlieferte Religion nur politisch als »Zivilreligion« schätzt. Lübbe begreift die Philosophie »nach der Aufklärung« als »methodische Disziplin der Reflexion auf die maßgebenden Prinzipien unserer Orientierungspraxis«[78]. Philosophisch optiert er für eine »Kunst der Diskursbegrenzung«[79], die Politik, Moral und Recht, Religion und Philosophie voneinander unterscheidet und den »Bürger« dadurch vom »Terroristen« abhebt, der sich die »Selbstermächtigung zur Gewalt« im Namen einer wahren Religion oder Philosophie erteilt.

Lübbe stellt sich auf die Seite des Diskurses: der intellektuellen Existenz als Philosoph und der politischen Existenz als Bürger und Befürworter liberaler Institutionen. Er setzt auf die »Hegung« (C. Schmitt) agonaler Gegensätze durch den kritischen Diskurs. Die Perspektivierung seines Werkes als Antwort auf Schmitt ist sicher zu eng. In der Linie unserer Rezeptionsgeschichte ist Lübbe aber der Autor, der *die politische Auffassung der »Kritik« am deutlichsten ausgesprochen und philosophische Konsequenzen gezogen hat*. Zwar bekämpft auch er das Politikum der Kritik; er reflektiert die Kritik aber positiv als die humane Kompetenz, auf die die Politik zu bauen hat. Auch für sie gilt Schmitts Einsicht in die »Totalität des Politischen«: Das Politikum der Kritik ist unvermeidlich; es lässt sich nur disziplinieren: durch politische Institutionen und wissenschaftliche Methodik. Weil Lübbe diese Konsequenzen zieht, ist er politisch liberal; und er ist ein Philosoph, der die Perspektive des Absoluten zurückweist und in eigenem Namen spricht. Zwar dominiert auch bei ihm *die kritische Beobachtung des Politikums moralischer Geltungsansprüche in Geschichte und Gegenwart*. Gleichzeitig zeichnet sich aber in den Prinzipien seines Denkens ebenso wie in der diskursiven Form seines Werkes eine systematische Unterscheidung von Moral und Politik ab, die jenseits der politischen Denunzierung der Kritik eine tragfähige politische Ethik ermöglicht.

V. Das normative Interesse an der Geschichte und sein Begründungsdefizit

Alle genannten Autoren fordern eine politisch-praktische Geschichtswissenschaft und reflektieren auf den Umgang mit der Geschichte. In der Kontroverse zwischen Huber und Böckenförde geht es um die Legitimität des Wilhelminismus, damit aber auch um die normative Perspektive der Verfassungsgeschichtsschreibung; Meier erneuert den Beruf der Alten Geschichte zur Gegenwartsdeutung, indem er an die politische Kultur und das »politische Denken« der Griechen erinnert; Koselleck reflektiert auf den Verlust der Lehrhaftigkeit der Geschichte in der »Hyperkrisie« der Gegenwart; Lübbe rehabilitiert den liberalen Diskurs und begründet seinen normativen Standpunkt philosophisch. So beschrieb unsere wirkungsgeschichtliche Skizze eine *aufsteigende Linie offener Thematisierung und Begründung normativer Voraussetzungen politischer Geschichtsschreibung*. Alle genannten Autoren problematisieren den praktischen Beruf ihrer Wissenschaften akademisch anspruchsvoll und selbstkritisch. Es gelingt ihnen deshalb, wie einst Schmitt, über ihre Fächer hinaus zu wirken. Diese Verbindung von theoriegeleiteter Wissenschaft mit politisch-praktischen Absichten und Relevanzen ist ein Erfolgsrezept und Gütesiegel Schmitt'schen Denkens. Sie gibt unserer wirkungsgeschichtlichen Skizze eine zeitgeschichtliche Repräsentanz. Denn die genannten Autoren gehören zu den wichtigsten Vertretern eines theoretisch anspruchsvollen Geschichtsdenkens, das die Geschichtsdebatten der Bundesrepublik auch dort unterströmig bestimmt, wo die Positionen polemisch vereinfacht sind. Sie waren und sind Stichwortgeber zeitgeschichtlicher Kontroversen.

Es wäre verfehlt, die Schmitt-Schüler nur als Schrittmacher der Sozialgeschichtsschreibung zu sehen. Sie sind auch Anwälte einer anspruchsvollen politischen Ideen- und Begriffsgeschichtsschreibung. Das Interesse an einer Wiederentdeckung der Eigenmacht der Begriffe im Paradigma der Sozialgeschichte teilt Schmitt mit seinen Schülern. Es verbirgt sich hinter der vehementen Denunzierung der Relation von »Kritik und Krise« und tritt in der intellektuellen Leidenschaft zur »Begriffsbildung« doch hervor. Schmitt spricht dafür von »Begriffsrealismus«.[80] Es bedarf aber keiner theologisierenden Semantik, um sich auf die Macht der »Idee« oder der »Vernunft« in der Geschichte zu berufen. Schon Kant verteidigt sie. Die Schmitt-Schüler entdecken den *Teilnahmestandpunkt der Geschichtsschreibung* neu. Nur weil Individuen sich füreinander interessieren, nehmen sie an der Geschichte Anteil. Das eigentliche Studium der Menschheit ist der Mensch. In Schmitts[81] Formel: »Der Feind ist unsre eigne Frage als Gestalt.« Dass die Schmitt-Schüler die Welt der Geschichte, die moralisch-politische Auseinandersetzung, in der »Provinz des Historikers«[82] verteidigen, sichert ihnen ihre breite Wirkung über den Adressatenkreis der Universität hinaus.

Einleitend situierte ich die wirkungsgeschichtliche Skizze im Geschichtsdiskurs der Bundesrepublik als einen Gegendiskurs. Als dessen Kennzeichen wurde sachlich das Augenmerk auf das Politikum politischer Ideologien und moralischer Ansprüche an die Politik *bei gleichzeitigem Festhalten* an diesen Ansprüchen hervorgehoben. Stereotypisiert man die Geschichtsdebatten der Bundesrepublik, so ließe sich sagen: Neigt die Linke zur Moralisierung politischer Fragen, so tendiert die Rechte zur Politisierung moralischer Fragen. Bei der weitgehenden Entethisierung des wissenschaftlichen Diskurses war die Politisierung dabei auch eine Strategie, das moralische Interesse an der Geschichte vor seinem Verschleiß im Gerede der »political correctness« zu bewahren. Im geschichtspolitischen Diskurs der Bundesrepublik war sie ein Ausgangspunkt, sich von geschichtsphilosophischen Hypotheken einerseits und der Alternative einer ethisch unterreflektierten »Historischen Sozialwissenschaft« andererseits frei zu halten.

1 Dazu vgl. Winfried Schulze, Deutsche Geschichtswissenschaft nach 1945, München 1989

2 Dazu vgl. Karin Schönwälder, Historiker und Politik. Geschichtswissenschaft und Nationalsozialismus, Frankfurt 1992; Wille Oberkrome, Volksgeschichte. Methodische Innovation und völkische Ideologisierung in der deutschen Geschichtswissenschaft 1918–1945, Göttingen 1993; Peter Schöttler (Hrsg.), Geschichtsschreibung als Legitimationswissenschaft 1918–1945, Frankfurt 1997; Claus Leggewie, Mitleid mit Doktorvätern oder: Wissenschaftsgeschichte in Biographien, in: Merkur 53 (1999), 433–444

3 Die Historiker der Bundesrepublik. Rückblick auf eine »lange Generation«, in: Merkur 53 (1999), 413–432

4 Dazu jetzt anregend: Clemens Albrecht, Günter C. Behrmann, Michael Bock, Harald Homann, Friedrich H. Tenbruck, Die intellektuelle Gründung der Bundesrepublik. Eine Wirkungsgeschichte der Frankfurter Schule, Frankfurt 1999, bes. 497ff, 567ff

5 Weltgeschichte und Heilsgeschehen. Die theologischen Voraussetzungen der Geschichtsphilosophie, Stuttgart 1953

6 Deren unzureichende Behandlung normativ-praktischer Fragen zeigt sich beispielsweise an Hans-Ulrich Wehlers Weber-Rezeption: Max Weber ist für Wehler der wichtigste Theoretiker; er ermöglichte ihm eine Aufnahme marxistischer Traditionen politischer Ökonomie im erweiterten Theorierahmen. Wehlers Projekt der »Gesellschaftsgeschichte« beschreibt die historischen Verflechtungen der »Potenzen« und »Dimensionen« von Herrschaft, Arbeit und Kultur. Bringt Wehler mit Weber zunächst die Eigenlogik der Herrschaft gegenüber der Arbeit zur Geltung, so verweist er heute angesichts der »Herausforderung der Kulturwissenschaft« verstärkt auf Webers Auffassung der Kultur: auf dessen rationalisierungstheoretische Betonung der Eigenmacht der »Weltbilder« (dazu vgl. ders., Die Herausforderung der Kulturgeschichte, München 1998, 97, 114f, 145, 149). Er wendet sich dabei zwar gegen eine »Halbierung der Weberschen Handlungstheorie« (ebd., 145), eignet sich aber schon Webers grundsätzliche Überlegungen zum Verhältnis von Moral und Politik nicht hinreichend an. Auch deshalb kommt es zu einer Politisierung der Geschichtsbetrachtung und des wissenschaftlichen Diskurses, die die Frontlager der bundesdeutschen Geschichtsdebatten verschärft.

7 Dazu Verf., Karl Löwith, Carl Schmitt, Jacob Taubes und das »Ende der Geschichte«, in: Zeitschrift für Religions- und Geistesgeschichte 48 (1996), 231–248

8 Dazu vgl. Dirk van Laak, Gespräche in der Sicherheit des Schweigens. Carl Schmitt in der politischen Geistesgeschichte der frühen Bundesrepublik, Berlin 1993

9 Dazu eingehender Verf., Zu den neu gesammelten Schriften und Studien Ernst-Wolfgang Böckenfördes, in: Archiv des öffentlichen Rechts 117 (1992), 449–473; Schmitt und die Verfassungslehre unserer Tage, in: AöR 120 (1995), 177–204; vgl. auch Verf., Carl Schmitt zur Einführung, Hamburg 1992; zu Böckenfördes jüngster Sammlung (Staat, Nation, Europa. Studien zur Staatslehre, Verfassungstheorie und Rechtsphilosophie, Frankfurt 1999) erscheint Verf., Vom Ethos eines Verfassungslehrers, in: Politisches Denken. Jahrbuch 2001

10 Hugo Preuß, Tübingen 1930; Staatsgefüge und Zusammenbruch des Zweiten Reiches, Hamburg 1934; Der Leviathan in der Staatslehre des Thomas Hobbes, Hamburg 1938; Der Nomos der Erde, Köln 1950

11 Der Begriff des Politischen, Berlin 1963, 79–95

12 Zur Staatsrechtslehre des Wilhelminismus und dem Zerrbild der Weimarer Positivismuskritik jetzt grundlegend: Christoph Schönberger, Das Parlament im Anstaltsstaat. Zur Theorie parlamentarischer Repräsentation in der Staatsrechtslehre des Kaiserreichs (1871–1918), Frankfurt 1997.

13 Dazu ders., Verfassung und Verfassungswirklichkeit bei Carl Schmitt (1931/32), in: ders., Bewahrung und Wandlung, Berlin 1975, 18–36; Positionen und Begriffe. Eine Auseinandersetzung mit Carl Schmitt, in: Zeitschrift für die gesamten Staatswissenschaften 101 (1941), 1–44

14 Neben der staatskirchenrechtlichen Dissertation geben hier auch einige frühe pseudonyme Artikel Hubers Aufschluss, so: Geschichte und Dogma, in: Der Ring 3 (1930), 216-217; Religion und Politik, ebd., 492–494; Kirche und Theologie, ebd., 356–358; Evangelisches Kirchenrecht, ebd., 900–903

15 Das deutsche Reich als Wirtschaftsstaat, Tübingen 1931; Wirtschaftsverwaltungsrecht, Tübingen 1932; Die Gestalt des deutschen Sozialismus, Hamburg 1934

16 Dazu ders., Rudolf Smend, in: Jahrbuch der Akademie in Göttingen für das Jahr 1976, Göttingen 1977, 105–121; Verfassungswirklichkeit und Verfassungswert im Staatsdenken der Weimarer Zeit, in: Festschrift für G. Schmelzeisen, Stuttgart 1980, 126–142; umfassend jetzt Michael Stolleis,

Geschichte des öffentlichen Rechts in Deutschland. Bd. 3: 1914–1945, München 1999.

17 Verfassung, Hamburg 1937

18 Heer und Staat in der deutschen Geschichte, Hamburg 1938

19 Positionen und Begriffe Carl Schmitts, Berlin 1989

20 Vom Sinn der Verfassung, Hamburg 1935; Friedrich Christoph Dahlmann und die deutsche Verfassungsbewegung, Hamburg 1937

21 Die geistesgeschichtliche Lage des heutigen Parlamentarismus, 2. Aufl. München 1926, 5–23

22 Deutsche Verfassungsgeschichte seit 1789, 7 Bde., Stuttgart 1957/84

23 Dokumentation bei Böckenförde (Hrsg.), Moderne deutsche Verfassungsgeschichte (1815–1918), Köln 1972

24 Bismarck und der Verfassungsstaat, in: ders., Nationalstaat und Verfassungsstaat, Stuttgart 1965, 188ff; Die Bismarcksche Reichsverfassung im Zusammenhang der deutschen Verfassungsgeschichte, in: ders. Bewahrung und Wandlung, Berlin 1975, 62–105

25 Vom Sinn verfassungsgeschichtlicher Forschung und Lehre, in: ders., Bewahrung und Wandlung, Berlin 1975, 11–17, hier: 13

26 Dazu C. Schmitt, Über die neuen Aufgaben der Verfassungsgeschichte (1936), in: ders., Positionen und Begriffe, Hamburg 1940, 229–234

27 Die politische Kunst der griechischen Tragödie, München 1988

28 Hamlet oder Hekuba. Der Einbruch der Zeit in das Spiel, Düsseldorf 1956

29 Die Entstehung des Politischen bei den Griechen, Frankfurt 1980, 222f

30 Die Ohnmacht des allmächtigen Diktators Caesar. Drei biographische Skizzen, Frankfurt 1980.

31 Der Zugang zum Machthaber, ein zentrales verfassungsrechtliches Problem, in: Verfassungsrechtliche Aufsätze, Berlin 1958, 430ff

32 Die Entstehung des Politischen bei den Griechen, Frankfurt 1980

33 Zu Carl Schmitts Begriffsbildung – Das Politische und der Nomos, in: Complexio Oppositorum. Über Carl Schmitt, hrsgg. H. Quaritsch, Berlin 1988, 527–556, hier: 556

34 Vgl. ders., Entstehung des Begriffs ›Demokratie‹. Vier Prolegomena zu einer historischen Theorie, Frankfurt 1970

35 Die Nation, die keine sein will, München 1991

36 Die parlamentarische Demokratie, München 1999

37 Die Entstehung des Politischen bei den Griechen, Frankfurt 1980, 157

38 Ebd., 163, vgl. 187ff

39 Dazu vgl. ebd., 435ff

40 Dazu vgl. 497f

41 So z. B.: Zur historisch-politischen Semantik asymmetrischer Gegenbegriffe, in: Vergangene Zukunft, Frankfurt 1979, 211–259; Die Verzeitlichung der Utopie, in: Utopieforschung Bd. III, hrsgg. Voßkamp, Stuttgart 1982, 8ff.

42 Kritik und Krise. Ein Beitrag zur Pathogenese der bürgerlichen Welt, Freiburg 1959; dazu vgl. Schmitts Rezension, in: Das Historisch-politische Buch 7 (1959), 300–301

43 Dazu vgl. Michael Schwarz, Leviathan oder Lucifer. Reinhart Kosellecks »Kritik und Krise« revisited, in: ZRGG 45 (1993), 33–57.

44 Ex Captivitate Salus, Köln 1950, 79ff.

45 Die geistesgeschichtliche Lage des heutigen Parlamentarismus, 2. Aufl. München 1926, 63–77; Theorie des Partisanen, Berlin 1963

46 Geschichtsphilosophie und Weltbürgerkrieg, Heidelberg 1959

47 Die französischen Juristen im konfessionellen Bürgerkrieg des 16. Jahrhunderts, Berlin 1962; Individualismus und Absolutismus, Berlin 1963; Revolution und Weltbürgerkrieg. Studien zur Ouvertüre nach 1789, Berlin 1983; vgl. auch: Bernard Willms, Weltbürgerkrieg und Nationalstaat, in: Der Staat 22 (1983), 499–519

48 Preußen zwischen Reform und Revolution. Allgemeines Landrecht, Verwaltung und soziale Bewegung von 1791 bis 1848, Stuttgart 1967

49 Dazu vgl. Kosellecks Einleitung zum Stichwortartikel »Verwaltung« im Lexikon »Geschichtliche Grundbegriffe«, Bd. II, 1–7.

50 Wie: Bund, Demokratie, Emanzipation, Fortschritt, Geschichte, Herrschaft, Interesse, Krise, Revolution, Staat, Souveränität.

51 Dazu ders., Terror und Traum. Methodologische Überlegungen zur Zeiterfahrung im Dritten Reich, in: Vergangene Zukunft, Frankfurt 1979, 300–348; zuletzt ders., Hinter der tödlichen Linie. Das Zeitalter des Totalen, in: Universitas 55 (2000), 67–77

52 Einleitung, in: Der politische Totenkult. Kriegerdenkmäler in der Moderne, hrsgg. Koselleck u. M. Jeismann, München 1994, 9–20

53 Die Lage der europäischen Rechtswissenschaft, Tübingen 1950

54 Vergangene Zukunft. Zur Semantik geschichtlicher Zeiten, Frankfurt 1979

55 Dazu ders., Über die Theoriebedürftigkeit der Geschichte, in: Theorie der Geschichtswissenschaft und Praxis des Geschichtsunterrichts, hrsgg. Werner Conze, Stuttgart 1972, 10–29; Im Vorfeld einer neuen Historik, in: Neue Politische Literatur 6 (1961): 577–588; Wozu noch Historie?, in: Historische Zeitschrift 212 (1971), 1–18; Begriffsgeschichte, Sozialgeschichte, begriffene Geschichte, in: Neue Politische Literatur 43 (1998), 187–205.
56 Erfahrungswandel und Methodenwechsel. Eine historisch-anthropologische Studie, in: Theorie der Geschichte Bd. V: Historische Methode, München 1988, 13–61
57 Dazu ders., Das achtzehnte Jahrhundert als Beginn der Neuzeit, in: Poetik und Hermeneutik Bd. XII: Epochenschwelle und Epochenbewußtsein, hrsgg. R. Herzog u. R. Koselleck, München 1987, 269–282; ders., Wie neu ist die Neuzeit?, in: Historische Zeitschrift 251 (1990), 539–553
58 Metaphysik und Politik, Frankfurt 1969, 211ff, 335, 338f
59 Dazu vgl. Hermeneutik und Historik, Heidelberg 1987; zuletzt ders., Vom Sinn und Unsinn der Geschichte, in: Merkur 51 (1997), 319–334.
60 Zur Umstellung vom theologischen Diskurs der Kontingenz auf den anthropologischen Diskurs humaner Bedingungen vgl. Thomas Rentsch, Negativität und praktische Vernunft, Frankfurt 2000, 180ff
61 Politische Philosophie in Deutschland, Basel 1963
62 Zur geschichtsphilosophischen Argumentation dieser Schrift detailliert: R. Mehring, Liberalism as a »Metaphysical System«: The Methodological Structure of Carl Schmitt's Critique of Political Rationalism, in: The Canadian Journal of Law & Jurisprudence 10 (1997), 105–124
63 Säkularisierung. Geschichte eines ideenpolitischen Begriffs, 1965, 2. Aufl. Freiburg 1975
64 Zur Entscheidungstheorie Lübbes vgl. ders., Theorie und Entscheidung. Studien zum Primat der praktischen Vernunft, Freiburg 1971
65 Der Nomos der Erde, Köln 1950, 140ff
66 Carl Schmitt liberal rezipiert, in: Helmut Quaritsch (Hrsg.), Complexio Oppositorum. Über Carl Schmitt, Berlin 1988, 427–440; vgl. auch: Dezisionismus – eine kompromittierte politische Theorie, in: ders., Philosophie nach der Aufklärung, Düsseldorf 1980, 161–177; vgl. auch: Weyma Lübbe, Legitimität kraft Legalität. Sinnverstehen und Institutionenanalyse bei Max Weber und seinen Kritikern, Tübingen 1991.
67 Politische Theologie als Theologie repolitisierter Religion, in: Der Fürst dieser Welt. Carl Schmitt und die Folgen, hrsgg. Jacob Taubes, München 1983, 45–56
68 Dazu vgl. Politischer Moralismus. Der Triumph der Gesinnung über die Urteilskraft, Berlin 1987.
69 Fortschritt als Orientierungsproblem, Freiburg 1975; Geschichtsbegriff und Geschichtsinteresse. Analytik und Pragmatik der Historie, Basel 1977
70 Der Lebenssinn der Industriegesellschaft. Über die moralische Verfassung der wissenschaftlich-technischen Zivilisation, 2. Aufl. Berlin 1994; vgl. auch: Geschichtsphilosophie. Verbliebene Funktionen, Erlangen 1993
71 Dazu Odo Marquard, Zukunft und Herkunft. Bemerkungen zu Joachim Ritters Philosophie der Entzweiung, in: Politik und Kultur nach der Aufklärung. Festschrift für Hermann Lübbe zum 65. Geburtstag, Basel 1992, 96–107
72 Dazu schon: Hochschulreform und Gegenaufklärung, Freiburg 1972
73 Dazu z.B.: Fortschrittsreaktionen. Über konservative und destruktive Modernität, Graz 1987; Im Zug der Zeit. Verkürzter Aufenthalt in der Gegenwart, 2. Aufl. Berlin 1994
74 Der Nationalsozialismus im Bewußtsein der deutschen Gegenwart, in: Die Aufdringlichkeit der Geschichte. Herausforderungen der Moderne vom Historismus bis zum Nationalsozialismus, Graz 1989, 334–350.
75 Amnestie, die Kraft des Vergessens, in: Christ und Welt, v. 10. 11. 1949, Wiederabdruck in: Staat, Großraum, Nomos. Arbeiten aus den Jahren 1916–1969, hrsgg. G. Maschke, Berlin 1995, 218–219
76 Religion nach der Aufklärung, Graz 1986
77 Dazu vgl. Philosophie nach der Aufklärung, Düsseldorf 1980, 71ff
78 Ebd., 36
79 Ebd., 159ff
80 Zu dieser ontologischen Position, die im Universalienstreit einst den Nominalismus zurückwies, jetzt J. Habermas, Wahrheit und Rechtfertigung, Frankfurt 1999, 42ff
81 Ex Captivitate Salus, Köln 1950, 90
82 Dazu Chr. Meier, Die Welt der Geschichte und die Provinz des Historikers, Berlin 1989.

FRIEDRICH BALKE

Kreuzzug und Kartei

Carl Schmitt und die Juden

Als Robert Kempner 1947 Carl Schmitt, einen der prominentesten juristischen Vordenker des Dritten Reiches, für manche gar dessen Kronjurist, »ins Kreuzverhör« nahm, räumte der an seine unsäglichen Texte aus der NS-Zeit Erinnerte bereitwillig ein: »Es ist schauerlich, sicher. Es gibt kein Wort darüber zu reden.«[1] Dass der Führer das Recht schütze, wie Schmitt 1934 die Morde an SA-Führern und konservativen Regimekritikern kommentierte, dass es sich bei den Nürnberger Rassegesetzen, vorläufiger Höhepunkt der antijüdischen Maßnahmen des Regimes, um die »Verfassung der Freiheit« handele, dass eine spezifisch »deutsche Rechtswissenschaft« daran zu messen sei, mit welcher Konsequenz sie sich dem »Kampf gegen den jüdischen Geist« verschreibe: alles dies ist in der Tat »schauerlich«. Aber ist deshalb »kein Wort« mehr darüber zu verlieren? Schmitt selbst hat sich nach 1945, wie vor allem die posthume Veröffentlichung seiner Tagebuchaufzeichnungen aus den Jahren 1947–1951 unter dem Titel *Glossarium* belegt, keineswegs an dieses Redeverbot gehalten. Unablässig und geradezu obsessiv umkreist er dort die Juden und ›das Jüdische‹, nicht um sich vom Bann seines Antisemitismus zu lösen, sondern um ihn – nach dem Ende seiner staatstragenden Funktion – neu, nämlich christlich-antijudaistisch, einzufärben.

Umso erstaunlicher ist es, dass viele Schmitt-Schüler und Teile der in den letzten Jahren immens angewachsenen Schmitt-Forschung offenbar kein sonderliches Interesse an einer systematischen Klärung der Rolle des Antisemitismus für das Denken Carl Schmitts haben. *Carl Schmitt und die Juden* – bereits der Titel der jetzt vorliegenden Untersuchung des Bochumer Historikers Raphael Gross dürfte vielen ›Schmittianern‹ als ein Tabubruch erscheinen.[2] Carl Schmitt und die Juden: Darüber gibt es kein Wort zu reden, denn, so geht die Legende, wer mit der Person und dem Werk Schmitts wirklich vertraut ist, weiß, dass beide in ihrem Kern nicht vom Antisemitismus berührt werden. Sicher, es gibt, vor allem in der Zeit von 1933 bis 1936, eine ganze Reihe von militanten antisemitischen Äußerungen Schmitts, aber die seien durchweg taktisch motiviert. Die ›Opportunismusthese‹ beherrscht insbesondere in der biographischen Schmitt-Forschung weithin das Feld. Und auf den ersten Blick scheint sogar einiges für diese These zu sprechen: War Schmitt nicht vor der Machtübernahme der NS-Bewegung ›Kronjurist‹ der späten Weimarer Präsidialkabinette und trat er nicht den Ansprüchen der ›Bewegung‹ im Namen des ›starken Staates‹ entgegen? Hatte er sich nicht an abenteuerlichen Notstandsplänen zur Rettung der Weimarer Republik in letzter Minute beteiligt? Gehörten nicht zahlreiche Wissenschaftler und Künstler jüdischer Herkunft zu seinen Freunden, Verehrern und Schülern, man denke nur, um die prominentesten zu nennen, an Waldemar Gurian, Hermann Broch, Otto Kirchheimer, Franz Neumann und Walter Benjamin? Musste er, der Staatsrechtslehrer katholischer Provenienz, nicht mit einer Art Überanpassung an die neuen politisch-ideologischen Sprachregelungen all jenen zuvorzukommen suchen, die ihm seine plötzliche Bekehrung zum NS nicht abnahmen? Und schließlich: Bestätigten nicht gerade auch die Urteile der schärfsten Schmitt-Kritiker die Opportunismusthese, wenn sie wie etwa René König Schmitt als den »charakterlosesten und geistig unredlichsten Vertreter des orientierungslosen Bürgertums der zwanziger Jahre« nannten?

Nach der Lektüre der Studie von Raphael Gross kann die Opportunismusthese in allen ihren Spielarten als endgültig widerlegt gelten. Die These operiert mit Plausibilitäten, die einer sorgfältigen Analyse der Texte Carl Schmitts nicht standhalten. Das Rätsel Carl Schmitts, von dem man soviel gesprochen und geschrieben hat, ist gelöst – und es spricht im Lichte der Studie von Gross viel dafür, dass dieses Rätsel nur zu dem Zweck erfunden wurde, um der Radikalität des Schmittschen Antisemitismus nicht ins Auge sehen zu müssen. Mit Blick auf den wirkungsmächtigsten Teil des Schmittschen Œuvres aus den zwanziger Jahren werden die Kenner sofort geneigt sein, diese Radikalität in Zweifel zu ziehen, denn Spuren eines expliziten Antisemitismus findet man dort so gut wie gar nicht. Wie die »Vordenker der Vernichtung« insgesamt gehört Schmitt nun allerdings nicht in das Lager der »Radau-Antisemiten«, sondern in das eines »Antisemitismus der Vernunft«, wie ihn Hitler selbst für sich in Anspruch genommen hat. Für diesen Antisemitismus ist es charakteristisch, dass er sich ideologisch in keiner Weise festlegen mag, um die Flexibilität und Wirksamkeit politischer Maßnahmen nicht zu gefährden. Eine strukturelle Verschwiegenheit ist ihm eigen, wie sie ja auch die monströse »Realisierung des Utopischen« kennzeichnet, als die Hans Mommsen die »Endlösung der Judenfrage« im Dritten Reich beschrieben hat.

Es ist kein Zufall, dass bei Schmitt niemals von Pogromen oder anderen Formen der (gesteuerten) Volkswut gegen die jüdische Bevölkerung die Rede ist; im *Begriff des Politischen*, seiner vielleicht berühmtesten und zugleich berüchtigtsten Schrift, legt er ausdrücklich Wert darauf, dass man den Feind im politischen Sinne »nicht persönlich zu hassen« braucht, womit er das Selbstverständnis vieler NS-Vernichtungsexperten traf, die sich auf ihre ›Sachlichkeit‹ bekanntlich viel zugute hielten. Der nationalsozialistische Rassismus, so hat Zygmunt Bauman festgestellt, *»ist primär ein politisches Programm und nur sekundär eine Ideologie«*.[3] Damit hat er, wie Raphael Gross zeigt, exakt das Verhältnis von Politik und Ideologie beschrieben, wie es auch für Carl Schmitt charakteristisch ist. Deshalb weigerte sich Schmitt so beharrlich, den »Sinn« der Feindschaft und des Krieges »in irgendwelchen Idealen, Programmen oder Normativitäten« zu finden[4], so wie sich die radikalen Antisemiten, die mit der Durchführung des Völkermords befaßt waren, für die ideologischen Konstruktionen des Antisemitismus wenig interessierten. Ein »Massenmord von der Größenordnung des Holocaust ist als Aneinanderreihung von *Kristallnächten* nicht vorstellbar, geschweige denn durchführbar«, schreibt Bauman[5]; Schmitts Theorie des Politischen trägt dieser Erkenntnis insofern Rechnung, als sie den Feind mehr beschwört als beschreibt oder semantisch ausstaffiert und auch insofern, als sie die Bannung des Feindes von seiner *Identifizierung* abhängig macht, den Feind also nicht einfach als phänomenal gegeben, sondern als wesentlich verborgen und unsichtbar unterstellt. Im Zuge seiner dekonstruktiven Lektüre des Schmittschen Denkens, die den Kern des jetzt auch auf deutsch erschienenen Essays *Politik der Freundschaft* ausmacht, hat Jacques Derrida zu Recht darauf hingewiesen, dass es *das* Politische bei Schmitt nur gibt, »wenn man weiß – und zwar im Modus nicht eines theoretischen Wissens, sondern einer praktischen Identifizierung – wer jeweils wer ist, wer der Freund und wer der Feind. Wissen heißt hier, Freund und Feind zu identifizieren wissen.«[6]

Schmitts These, dass sich »in der Bezugnahme auf eine konkrete Gegensätzlichkeit das Wesen politischer Beziehungen« offenbart, nimmt Raphael Gross zum Anlaß, nach den Spuren im Schmittschen Werk vor 1933 zu suchen, die Rückschlüsse auf den Feind Carl Schmitts zulassen. Wenn Gross Schmitts Werk als eine größtenteils *versteckte Polemik* gegen die Juden und das ›Jüdische‹ rekonstruiert, dann kann er das auch deshalb mit vollem Recht, weil Schmitt selbst ihm die methodische Lizenz dazu erteilt. Für Schmitt haben nämlich »alle politischen Begriffe, Vorstellungen und Worte einen *polemischen* Sinn; sie haben eine konkrete Gegensätzlichkeit im Auge, sind an eine konkrete Situation gebunden«. Politische Begriffe, so Schmitt weiter, »sind unverständlich, wenn man nicht weiß, wer in concreto durch ein solches Wort getroffen, bekämpft, negiert und widerlegt werden soll«[7]. Wer, wie in der Forschung allgemein üblich, den Liberalismus als den Feind Schmitts bezeichnet, bewegt sich noch im Bereich der ideengeschichtlichen Abstraktionen, hat noch nicht angegeben, »wer in concreto« gemeint ist. Schmitt selbst gibt einen entscheidenden Fingerzeig, wenn er den Feind näherhin als ›den anderen, den Fremden‹ bestimmt, wobei es sich bei diesem Fremden nicht um den Angehörigen einer anderen politischen Einheit handelt, noch nicht einmal um den akzidentell staatenlos Gewordenen, sondern um den vermeintlich seinem ›Wesen‹ nach Staatsfremden, über alle Staaten Verstreuten. Die Juden sind Carl Schmitts Feinde, weil sie, mit den Worten Hannah Arendts, das »Überleben des Volkes in der Zerstreuung« und damit außerhalb des Staates und seines ›Geheges‹ bezeugen.

Dass er sich vor 1933 beharrlich weigert, den Namen der Juden in seinen Schriften zu nennen, obwohl sie in ihnen abwesend anwesend sind, erkennt man an dem Wort, das wie kein anderes bei Schmitt in die angespannteste Nachbarschaft zu sich selbst tritt, auf das sich der Staatsrechtslehrer beziehen muss, weil es das Grundwort seiner Disziplin ist, und das er zugleich radikal verwirft: das *Gesetz*. Schmitts konstante Polemik gegen die liberale »Herrschaft des Gesetzes« ist antisemitisch grundiert, da sie sich in concreto gegen die Juden richtet als das Volk, das nur ›im Gesetz‹ existieren kann, weil es ›bodenlos‹ ist und seine partikularen Interessen im Medium des Gesetzes den Schein von Allgemeingültigkeit verleiht. Gross wird bei weiten Teilen der Schmitt-Forschung auf viel Widerspruch für seine richtige Einsicht stoßen, dass es Carl Schmitt, der sich selbst als Politischer Theologe ausgab, in Wahrheit »nie um Theologie« ging – oder jedenfalls nur insoweit, als sie sich für seine zunächst unausgesprochene, aber deswegen nicht weniger radikale antisemitische Feinderklärung fruchtbar machen ließ. Schmitt fühlte sich als Jurist und aus juristischen Motiven genötigt, den ›normalen‹ Antisemitismus seines katholischen Herkunftsmilieus zu verschärfen und ins Prinzipielle zu steigern. Die ›Fremden‹ gingen ihm so nah und riefen seine unversöhnliche Feindschaft hervor, weil das auf seinen Gegenstand gerichtete Wort des Juristen im Gegenstand selbst mit einem Wort zusammenstößt, das er nicht als das eigene anzuerkennen bereit war. Der Jurist Schmitt verstrickt sich in eine lebenslange Polemik gegen das Gesetz, dem er einen entscheidenden Schlag versetzen möchte, weil die Rechtswissenschaft für ihn von einer unerträglichen Ambivalenz heimgesucht wird, solange ihr Grundwort sich als ›jüdisch‹ markiert erweist. »Die Herren der Lex unterwerfen den Rex«, schreibt Schmitt 1934. Folgerichtig begrüßt er im NS-Staat das »gute Recht der nationalen Revolution«, die die Befreiung von der ›jüdischen Gesetzestyrannei‹ bringt und die zugleich als eine legitime Maßnahme des politischen Selbstschutzes angesehen werden muss: Hitler, das ist der Rex, der sich gegen die Herren der Lex verteidigt, weil er seine Lektion, die Lektion des Carl Schmitt, gelernt hat.

Das Gesetz, von dem sie sagen, dass es allen gehört, gehört in Wahrheit, so stellt es sich für den ›konkret erkennenden‹ Juristen Carl Schmitt dar, bloß den Juden. Der ›legalitäre‹ Universalismus ist nur ein verbrämter, maskierter Partikularismus. Mit der Hilfe des Gesetzes gelingt es den Juden, sich bis zur Ununterscheidbarkeit zu assimilieren, wo doch gerade die Gesetzesfixiertheit als der Ausdruck geschichtlich unaufhebbarer jüdischer Partikularität erkannt werden muss. Seit seiner frühen Studie zur *Politischen Romantik* durchzieht das Werk Schmitts eine Polemik gegen den ästhetischen, nicht repräsentativ gebundenen Schein, gegen die Simulation und das Simulakrum, gegen die Kräfte der Derealisierung und der Entortung. Nur in der »Realität einer Situation des wirklichen Kampfes gegen einen wirklichen Feind«, wie es im *Begriff des Politischen* heißt, vermag Schmitt jene Seinsgewissheit wiederzuerlangen, die ihm seit seiner frühen Studie über die *Politische Romantik* abhanden gekommen war: »La recherche de la Réalité«, diese Formel Schmitts beschreibt nicht nur das Programm der Romantiker, sondern auch das Problem Carl Schmitts. Auf die Diagnose einer »absoluten Dislokation« von Kultur und Gesellschaft, die auch das Politische mitreißt, antwortet Schmitt, wie Derrida richtig gesehen hat, mit der hartnäckigen »Beschwörung einer ›realen Möglichkeit‹ des Feindes und des Politischen, deren (drohendes) Verschwinden, deren »Neutralisierung« Schmitt selbst als seine Problemlage definiert. In dem Maß wie er die Realität des Feindes und die Intensität der politischen Unterscheidung beschwört, wird deutlich, dass ein Gespenst im Politischen umgeht: »das Gegenteil des Politischen bewohnt und politisiert das Politische«.[8] Das faschistische Ethos, so Schmitt in einem Text von 1929, hat seinen Ursprung in einem Gefühl, das auch das affektive Klima seiner eigenen publizistischen Aktivität prägt: das »Gefühl des Betrogenseins, das man seit dem 19. Jahrhundert überall feststellen kann« und von dem Schmitt ausdrücklich anmerkt, dass es »nicht nur ein proletarischer Affekt ist«, sondern eben auch, wie man hinzufügen darf, ein Affekt vieler Intellektueller der Zwischenkriegszeit. An nichts leidet Schmitt so sehr wie an der Abstraktheit, Ungreifbarkeit und Unsichtbarkeit der modernen Macht oder anders gesagt: an der Fassadenhaftigkeit der offiziellen Sphäre politischer Repräsentation. Schmitt ist fest davon überzeugt, dass sich alles Wesentliche hinter den Kulissen abspielt und lobt den faschistischen Staat Mussolinis dafür, dass er »mit antiker Ehrlichkeit wieder Staat sein will, mit sichtbaren Machtträgern und Repräsentanten«[9]. Der Wiedergewinnung politischer Sichtbarkeit ordnet Schmitt auch seine Theologie unter, die *politische* Theologie in dem Sinne ist, dass sie die Theologie rückhaltlos den Interessen des totalen Staates dienstbar macht.

In diesem Punkt trifft sich der katholische Verschärfer, als der sich Schmitt nach 1945 bezeichnet hat, mit dem radikalen Protestantismus eines Wilhelm Stapel und den Vertretern eines ›Deutschen Christentums‹. In diesem Milieu wurde nicht zufällig auch jener Begriff des *Nomos* entwickelt, den Schmitt bereits in seinen Zwischenkriegsschriften sporadisch verwendete, aber erst in seinen völkerrechtlichen Arbeiten der späten NS-Zeit als weltgeschichtlichen Gegenbegriff zum ›jüdisch-zersetzenden‹ Gesetzes-Begriff lancierte. An die Stelle von ›Thron und Altar‹ tritt in der protestantischen Volksnomostheologie die Formel von ›Gott und Volk‹: Das ›Jüdische‹ wird zu ihrem entscheidenden Feind, weil es der Nationalisierung von Kirche und Theologie ebenso wie der territorialen Bindung des Politischen entgegensteht. Zwischen Christen und Juden kann es kein gemeinsames Gesetz geben, weshalb sich diese Theologie von der im 19. Jahrhundert anlaufenden Emanzipations- und Assimilationsbewegung äußerst provoziert fühlt, führt sie doch zu einer völligen Verwischung der Grenzen, ohne die kollektive Identitäten zerfallen. Begrüßt werden die Bestrebungen des Zionismus, weil er die territoriale Sichtbarkeit ›des Jüdischen‹ wiederherstelle und damit die Bindung des Politischen an den Boden auf seine Weise bestätige; die größte Gefahr dagegen geht von der *Konversion* aus, deren Ergebnisse nur durch eine Politik der konsequenten ›rassischen Entmischung‹ rückgängig gemacht werden können. Genau in diesem Punkt besteht die spezifische ›Modernität‹ und Militanz dieses protestantischen Antisemitismus, der die politische Entscheidung an die Bedingung der vorgängigen Unterscheidung knüpft. Aufatmend schreibt Schmitt nach der NS-Machtübernahme: »Wir lernen wieder unterscheiden.« Weil die vormodernen habituellen und juristisch verankerten Segregationspraktiken, mit denen man die jüdische Bevölkerung sichtbar unterschied, im Zuge von Emanzipation und Assimilation weggefallen sind, macht der Antisemitismus des 20. Jahrhunderts die Re-Identifizierung, also Stigmatisierung der Juden zu seiner eigentlichen Aufgabe. Wie man aus seinen offen antisemitischen Texten nach 1933 ablesen kann, sieht auch Schmitt die Juden »rittlings auf den Barrikaden« (Zygmunt Bauman). Sie verkörpern für ihn die Wirksamkeit dessen, was der binären Logik des Freund-Feind-Schemas zufolge strikt ausgeschlossen ist: das Dritte, die Uneindeutigkeit, die Ambivalenz. Die Rettung des Politischen muss nicht gegen einen politischen Feind, sondern gegen den Feind des Politischen erstritten werden, der kein ›empirisch‹ ausweisbarer Feind ist, sondern das Ergebnis einer politisch ausbeutbaren Fiktion: »Die Erfindung des Feindes«, kommentiert Derrida Schmitt, »das ist das Gebot der Stunde, das ist die vordringlichste Sorge, das müsste gelingen, um die Dinge zu re-politisieren, der Entpolitisierung Einhalt zu gebieten.«[10]

Schmitts Bilder des »Maskenwechsels«, der »Mimikry« und der »Virtuosität«, mit deren Hilfe er nach 1933 ›das Jüdische‹ typisiert, sind in seinen Texten aus den zwanziger Jahren in einem anderen Bild präsent, das der Sphäre der politisch funktionalisierten Theologie entstammt, nämlich der *Inquisition*: »Carl Schmitt erschien mir als Großinquisitor gegen die Häretiker«[11], faßte Jacob Taubes 1985 seinen Eindruck zusammen und spielte damit auf Schmitts Charakterisierung seines gegenrevolutionären Idols, des Spaniers Donoso Cortés an. An ihm bewunderte Schmitt ganz offen »die selbstbewußte Größe eines geistigen Nachfahren von Großinquisitoren«[12]. In der Forschung hat man die Bezugnahme Schmitts auf die durch Dostojewski vermittelte Figur des Großinquisitors als eine provokante literarische Spielerei abgetan, die nicht das Zentrum seines Denkens berührt. Die Bedeutung der Arbeit von Raphael Gross liegt nicht zuletzt darin, dass sie die inquisitorische Signatur der ›Politischen Theologie‹ Carl Schmitts offenlegt. »Souverän ist, wer über den Ausnahmezustand entscheidet«, wie hat man nicht über diesen Satz nachgedacht, mit dem Schmitt seine *Politische Theologie* eröffnet. Gross zeigt, dass der Ausnahmezustand Schmitts die Situation bezeichnet, in der sich der Feind nicht offen als solcher zu erkennen gibt, ja seine Vorhandenheit insgesamt problematisch wird. Die spanische Inquisition richtete sich bekanntlich in erster Linie gegen die »conversos«, denen man nachsagte, dass sie im Verborgenen weiterhin am jüdischen Glauben festhielten und dass sie den Schein der katholischen Rechtgläubigkeit nutzten, um den christlichen Staat zu unterwandern. Anders, als sich Schmitt in der Nachkriegszeit zu stilisieren pflegte, tritt er uns in seinem Werk niemals als ›gläubiger Christ‹ entgegen, der ›bloß Antwort tut‹, sondern als *Dezisor*, der nicht aufhört, den Feind zu befragen und nach seiner Möglichkeit zu fragen, der ihn in seinem ›Versteck‹ aufspürt und ›richtet‹. Sein auffälliger, obsessiver Spinoza-Hass erklärt sich aus genau dieser Problematik. Der »erste liberale Jude«, wie ihn Schmitt in seinem *Leviathan*-Buch nennt, konnte seine ›staatszerstörerische‹ Wirksamkeit nur entfalten, weil er jenen ›Marranen‹ entstammte, die sich durch ihre Flucht nach Amsterdam dem Zugriff des Inquisitors entzogen hatten.

Schmitts Katholizismus ist agnostisch, ja, wie Gross, das Paradox nicht scheuend, zu Recht formuliert, atheistisch, wie der Katholizismus der Theoretiker der antisemitischen *Action Française*, inbesondere Edouard Drumonts und Charles Maurras', zu denen Schmitt sich niemals offen bekannte, deren rückhaltlose Funktionalisierung von Kirche und Theologie für die Zwecke der Formierung und Stabilisierung des totalen Staates er sich aber vollständig zu eigen machte. Carl Schmitt interessierte sich für die Theologie nur insoweit, als sie seinen antisemitischen Affekt gegen die jüdischen ›Gottesmörder‹ und ihr abstraktes, ›führerloses‹ Gesetz verstärkte. Der offenbarte Glaube war nicht der Grund, sondern bloß ein Medium seines Antisemitismus. Dieser zielte, wie Schmitt 1936 unmissverständlich aussprach, auf eine »erkenntnismäßig begründete Sicherheit« und bezeichnet damit genau den Punkt seines tiefsten Einverständnisses mit dem Nationalsozialismus. Wie dem NS steht Schmitt nicht nur dem »gefühlsmäßigen Antisemitismus«, sondern überhaupt jeder weltanschaulichen Begründung des Antisemitismus gleichgültig gegenüber, weil er ihn ›existenziell‹ versteht, was den Rückgriff auf Programmatiken und Legitimitäten unnötig macht. Schmitts Antisemitismus, so darf man im Anschluss an Gross formulieren, ist in einem strikten Sinne *polizeilich* und nicht politisch ausgerichtet. Der *Begriff des Politischen* ist vom Krieg aus gedacht, den der Staat seinen Bürgern erklärt, völlig unabhängig davon, ob sie sich selbst als Bürgerkriegspartei verstehen oder formieren. Er denkt das Politische von der Entrechtung, der »hors-la-loi-Setzung« der Bürger durch den Staat und damit, einem Wort Ernst-Wolfgang Böckenfördes zufolge, aus der Perspektive des staatlich betriebenen »Bürgerverrats«[13]. Die »erkenntnismäßig begründete Sicherheit« meint keine inhaltliche Bestimmung ›des Jüdischen‹, sondern die sicherheitspolizeiliche, ›inquisitorische‹ Identifizierung der Personen, die als Juden zu gelten haben, ganz gleich, wie sie selbst zu dieser Zuschreibung stehen mögen. Der Schrecken, der von dem vielleicht exzessivsten antisemitischen Text Schmitts ausgeht, seinem Schlusswort auf der von ihm 1936 organisierten Tagung »Das Judentum in der Rechtswissenschaft«, entspringt dem Nachdruck, mit dem er einer Hinwendung zu den »praktischen Fragen« bei der ›Behandlung‹ dieses ›Themas‹ das Wort redet: Die »Säuberung der Bibliotheken« mache es erforderlich, »dass wir so exakt wie nur möglich feststellen, wer Jude ist und wer nicht Jude ist«. Gross stellt die Frage nicht, ob wir Carl Schmitt einen Vordenker der Vernichtung nennen müssen.[14] Die Analyse der einschlägigen Schriften Schmitts lässt allerdings keinen Zweifel: Wir müssen es, da er für den Bereich der rechtswissenschaftlichen Texte jene diskriminatorischen Maßnahmen empfiehlt, die die ›große Politik‹ auf Personen anwendet und die Raul Hilberg als die unteren Stufen des Vernichtungsprozesses beschrieben hat: Definition, Entfernung und Konzentration. »Kreuzzug und Kartei« hat Saul Friedländer das Kapitel seines Buches *Das Dritte Reich und die Juden* überschrieben, in dem er nicht zufällig auch Carl Schmitts Rolle bei der ›Judentumstagung‹ von 1936 streift: Raphael Gross' Studie könnte man diese Formel als den präziseren Untertitel beigeben.

Der Antisemitismus ist das gar nicht so geheime Gravitationszentrum des Schmittschen Werkes. Der Beförderung seiner antijüdischen Ressentiments ordnet Schmitt rigoros sein gesamtes Denken unter. Der Kampf gegen die Juden ist ihm wichtiger als Christentum und Katholizismus. Und so ist es auch kein Zufall, dass er nach 1945 den ›Opportunismus‹ vollständig vermissen lässt, den man ihm stets nachsagte. Statt wie andere prominente Gefolgsleute des Regimes Schuld wenigstens rhetorisch anzuerkennen, verstärkt sich seine antisemitische Fixierung, wie das *Glossarium* belegt, in einer Weise, dass dem Leser stellenweise der Atem stockt. Schmitt ist vom Antisemitismus nicht losgekommen. Opportunistisch hat er sich nicht *nach* 1933 verhalten, sondern allenfalls in der Zeit *davor*, als er nicht zuletzt aus karrierepolitischen Gründen in seinen Schriften einen ausschließlich *allusiven Antisemitismus* pflegte. Eine systematische »Namenspolitik«, deren Register Gross im Detail analysiert, erübrigt jede explizite antisemitische Rede. Der eingeweihte Leser erfährt auch so, wo der Feind steht. Schmitts schon früh geführte und lebenslang fortgesetzte Polemik gegen den Rechtspositivismus und hier insbesondere gegen Hans Kelsen und dessen »Reine Rechtslehre« fällt, wie Gross überzeugend zeigt, deshalb so maßlos aus, weil sie eine ins Medium der Theorie und Theologie verschobene exemplarische Auseinandersetzung mit dem jüdischen Feind ist: Der von Kelsen offensiv vertretene politische Relativismus ist in den Augen Schmitts nur ein Manöver, um die absoluten Herrschaftsansprüche dieses Feindes zu tarnen und umso wirksamer durchzusetzen.

Raphael Gross hat den Fall Carl Schmitt gelöst. Jede zukünftige Beschäftigung mit Schmitt muss den Ergebnissen seines ebenso umsichtig argumentierenden wie brillant geschriebenen Buches Rechnung tragen. Es handelt sich zweifellos um die wichtigste und, so darf man hoffen, folgenreichste Veröffentlichung zu Carl Schmitt aus den letzten Jahren. Erübrigt sich mit der Lösung des Falls Carl Schmitt aber auch jede weitere Beschäftigung mit seinem Werk? Was ist mit den Arbeiten all jener, die wie Hannah Arendt, Reinhart Koselleck, Ernst-Wolfgang Böckenförde, Ulrich K. Preuß, Nicolaus Sombart, in letzter Zeit Jacques Derrida und Giorgio Agamben auf ganz unterschiedliche Weise mit Carl Schmitt über Carl Schmitt hinausgedacht haben, indem sie das analytische und diagnostische Potenzial seiner Texte nutzten, ohne der Versuchung einer sogenannten »deutschen Rechtslehre« zu erliegen? Gross, der mit Recht die »überzogenen Kohärenzbehauptungen« derjenigen kritisiert, die Schmitt mit einer bestimmten ideengeschichtlichen Position identifizieren wollen, läuft am Ende selbst Gefahr, die Ergebnisse seiner Untersuchung für das abschließende Urteil über Carl Schmitt zu halten. Wer Teile des Schmittschen Werks von seinem vermeintlichen Kern loslöse, gelange allenfalls zu banalen oder jedenfalls weitverbreiteten Einsichten, heißt es im Schlußkapitel des Buches: Ein Blick in die Arbeiten der angeführten Autoren überzeugt jedoch vom Gegenteil.

Vielleicht liegt, so möchte ich zu bedenken geben, in der unzweifelhaften Stärke des Buches von Gross auch eine Schwäche: Indem es zu Recht hervorhebt, wie Schmitt sein gesamtes Denken und Schreiben dem antisemitischen Affekt dienstbar macht, glaubt es sich mit diesem Denken und Schreiben auch nur soweit beschäftigen zu müssen, wie es die Spuren dieses Affekts verrät. Aber man muss kein oberflächlicher Leser der *Politischen Romantik*, der begriffsgeschichtlichen Studie über die *Diktatur*, der *Verfassungslehre*, der *Theorie des Partisanen* und weiterer Bücher Schmitts sein, um in ihnen Probleme, Fragestellungen und Begriffsprägungen zu entdecken, die keineswegs von Hause aus antisemitisch sind, die Schmitt allerdings antisemitisch besetzt bzw. funktionieren lässt. Gross hat Recht: Es gibt keinen vom Antisemitismus freibleibenden ›Kern‹ des Schmittschen Denkens, auf den man sich *problemlos* beziehen könnte, aber keine der Unterscheidungen, die diesen Kern ausmachen – causa und occasio, souveräne und kommissarische Diktatur, Ausnahme und Normalität, Entscheidung und Diskussion, Legitimität und Legalität, um nur einige zu nennen –, ist von vornherein antisemitisch akzentuiert. Schmitts Dämonisierung der Juden und des ›Jüdischen‹ verführt dazu, ihm mit gleicher Münze heimzuzahlen: »Im wüsten Zerrbild des jüdischen Feindes spiegeln sich vor allem seine eigenen Wunschvorstellungen.« So lautet der letzte Satz des Buches von Gross. Unversehens gerät Schmitt zu einem Fall für die Psychopathologie.

Gross wäre besser beraten gewesen, wenn er seine Formulierung von »Schmitts Metapher des ›Jüdischen‹« ernster genommen hätte. Schmitts Antisemitismus ist seine ›Lösung‹ für ein Problem, das für ihn mit der Moderne virulent geworden ist: mit dem Ende der Eindeutigkeit, dem Triumph dessen, was er in der *Politischen Romantik* als das Occasionelle beschreibt und für das heutige Soziologen den Begriff der Kontingenz verwenden. Schmitt kämpft einen Kampf um Ordnung, um die Wiedergewinnung des ›Klassischen‹, das er als »die Möglichkeit eindeutiger, klarer Unterscheidungen« definiert. Die moderne Situation empfindet er als eine »verwirrte Zwischensituation von Form und Unform«[15]. Zygmunt Bauman hat den »Kampf« des Carl Schmitt präzise benannt, wenn er schreibt: »Es ist ein Kampf der Bestimmung gegen die Mehrdeutigkeit, der semantischen Präzision gegen Ambivalenz, der Durchsichtigkeit gegen Dunkelheit, der Klarheit gegen Verschwommenheit.«[16] Die Schmitt aufs äußerste irritierende Fähigkeit der modernen Kultur zur Verbindung und Verschleifung des Gegensätzlichen hat er in den zwanziger Jahren mit dem Begriffsbild der »geistigen Promiskuität« zu fassen gesucht und sie mit einer Strategie der »klaren Trennungen« und des »intensivsten und äußersten Gegensatzes« beantwortet. Wie kaum ein anderer Antimodernist hat sich Schmitt in seinem Werk von der Erfahrung moderner Ambivalenz und Uneindeutigkeit provozieren lassen und sie begrifflich zu »encadrieren« versucht – allerdings in der Absicht, sie grundsätzlich zu überwinden. Man muss Schmitts Beschreibungen der Aporien und Ambivalenzen der Moderne nicht verwerfen, weil er sich von dem terroristischen Ordnungsentwurf der NS-Planer die Erlösung von diesen Aporien und Ambivalenzen versprach.

Aus berechtigter Empörung über Schmitts maßlose Polemik gegen Hans Kelsen identifiziert sich Gross in seinem Buch rückhaltlos mit dessen ›antimetaphysischer‹ Rechtslehre und glaubt, mit einem Hinweis auf die notwendige Abstraktheit jeden Rechts alle Einwände Schmitts und anderer, keineswegs antisemitisch gesonnener Positivismuskritiker wegwischen zu können. Aber man hätte Niklas Luhmann falsch verstanden, wenn man seine These von der »Positivität des Rechts als Voraussetzung einer modernen Gesellschaft« – der These, mit der Gross Schmitt rechtswissenschaftlich erwidert – als ein Plädoyer für den Rechtspositivismus werten würde. Dass die Geltung des Rechts von Voraussetzungen abhängt, die es selbst nicht zu garantieren, geschweige denn zu setzen vermag, und dass diese Voraussetzungen nicht einfach dem Recht und seiner Wissenschaft ›äußerlich‹ und damit zu vernachlässigen sind, ist ein systematisches Problem, auf das Schmitt hinweist und das ein legitimes Moment seiner beständigen Polemik gegen alle methodisch erschlichenen ›Reinheiten‹ neokantianischen Stils ist, die Faktizität und Geltung einander gegenüberstellen. Mit seiner Fixierung auf den Ausnahmezustand bemüht Schmitt keineswegs bloß, wie Gross ganz im Sinne der gängigen Forschungsmeinung behauptet, »einen weit verbreiteten philosophisch-ästhetischen Topos«, sondern reagiert auf das Problematischwerden aller tragenden Normalitäten, die vor allem in der Folge des Ersten Weltkrieges die Suche nach möglichst umfassenden sozialen und kulturellen Versicherungen gegen die notorischen Denormalisierungsrisiken antrieb. Schmitt, der sich über Kelsens ›Reine Rechtslehre‹ mokierte, war selbst einem Reinheitswahn, einem Autochthoniephantasma verfallen, dem er schon in den zwanziger Jahren drastisch Ausdruck verlieh, als er definierte: »Zur Demokratie gehört also notwendig erstens Homogenität und zweitens – nötigenfalls – die Ausscheidung oder Vernichtung des Heterogenen.«[17] Als der Soziologe Emile Durkheim Ende des 19. Jahrhunderts feststellte, dass es in modernen Gesellschaften keinen prinzipiellen, sondern nur einen graduellen Unterschied zwischen dem Normalen und dem Pathologischen gibt, reagierten viele Zeitgenossen auf diesen sie erschreckenden Befund mit verzweifelten Versuchen, die durchlässig gewordene Normalitätsgrenze wieder in eine messerscharfe Diskontinuitätsgrenze zu verwandeln, die die unübersichtlichen kulturellen und sozialen ›Gemische‹ und Gemengelagen durch gewaltsam bereinigte, ›homogenisierte‹ Felder ersetzen sollte.

»Die Norm«, schrieb Schmitt daher bereits in der frühen *Politischen Theologie*, »braucht ein homogenes Medium« – über den Ausnahmezustand entscheiden heißt daher für ihn, Maßnahmen zu ergreifen, die diese Homogenität herstellen und als ihre Kehrseite eine massenhafte Exklusion all jener ›Elemente‹ herbeizuführen, die als ›heterogen‹ imaginiert werden. Dem Problem der Ausnahme bei Schmitt kommt man nur bei, wenn man, wie Giorgio Agamben in seiner – demnächst auch auf deutsch erscheinenden – Studie *Homo Sacer. Souveräne Macht und bloßes Leben* – gezeigt hat, seiner *biopolitischen* Signatur Rechnung trägt. Schmitt hat den Zusammenhang von Ausnahme und Leben auch offen dargelegt – sein Begriff des Politischen beruht ganz wesentlich auf der polemischen Spannung zwischen ›bloßem Leben‹ und politischer Existenz. Mit dieser Leitunterscheidung führt Schmitt eine Tradition fort, die auf die klassische griechische Philosophie verweist. Weil Politik schon bei Aristoteles als der Ort (›polis‹)

begriffen wird, an dem sich bloßes Leben (*zoé*) in gutes Leben (*bios*) transformiert, gibt sie sich gleichzeitig als diejenige souveräne Instanz zu erkennen, die die Produktion von ›bloßem Leben‹ sicherstellen muss, damit das ›Rohmaterial‹ vorhanden ist, um den politisch-pädagogischen ›Veredelungsprozess‹ in Gang setzen zu können. Die Qualität des guten, gleichermaßen ethisch wie politisch ausgezeichneten Lebens vermag sich nur vor dem Hintergrund seines homogenisierten und damit fiktiven Doubles erfahrbar zu machen. Die Beziehung der Ausnahme definiert Agamben daher als diejenige Beziehung, durch die etwas eingeschlossen wird, indem es ausgeschlossen wird. Das »Existenzielle« an der politischen Repräsentation zeigt sich nach Schmitt denn auch daran, dass sie »nicht mit irgendwelchen beliebigen Arten des Seins möglich [ist], sondern eine besondere Art Sein voraus[setzt].« Und er fährt fort: »Etwas Totes, etwas Minderwertiges oder Wertloses, etwas Niedriges, kann nicht repräsentiert werden. Ihm fehlt die gesteigerte Art Sein, die einer Heraushebung in das öffentliche Sein, einer *Existenz*, fähig ist.«[18]

Politik als einen Raum entstehen zu lassen, in dem sich beständig ›höheres‹ von ›niedrigerem‹ Leben trennt, genauer: sich als höheres durch den Akt der Verbannung des ›bloßen Lebens‹ konstituiert, macht die *Arbeit der Souveränität* aus. So erklärt sich auch Schmitts Fixierung auf den ganz vom Raum und der ausschließenden Einschließung her gedachten *Nomos*, den er als politischen »Ur-Akt« begreift und dem abstrakten, ›deterritorialisierten‹ Gesetz gegenüberstellt. Agamben spricht daher von der »original banstructure« souveräner Macht und leitet aus dieser Struktur die Existenz eines Raumes ab, den Schmitt als »beyond the line« definiert: das *Lager*. In 1957 angefügten Hinweisen zu einem 1931 geschriebenen Text unterscheidet Schmitt zwei Möglichkeiten, »mit dem schwierigen Problem des Ausnahmezustandes fertig zu werden«: Einmal die Möglichkeit seiner (verfassungsrechtlichen) »Institutionalisierung«, zum anderen die seiner (wie man hinzufügen darf: ›totalitären‹) »Ausklammerung«: »Man kann einen bestimmten Raum und eine bestimmte Zeit umgrenzen, um sie im übrigen für die ungehemmte Aktion eines Aktionskommissars freizumachen. In gewissem Sinne ist das der allgemeine Gedanke eines jenseits der Linie, *beyond the line*. Die Statue der Freiheit wird für einen bestimmten Moment mit einem Schleier umhüllt. Wird der Schleier wieder abgenommen, dann tritt – praktischerweise durch eine Indemnitätserklärung vermittelt – der Normalzustand mit allen Rechtsgarantien wieder ein.«[19] Das NS-Regime hat Schmitt sofort als den klassischen Fall einer souveränen Diktatur erkannt, die die Linie überschreitet, alle Brücken zum Weimarer Rechtsstaat abbricht, ohne den vormaligen Normalzustand nach einer gewissen Zeit wieder in Kraft zu setzen. Der Schleier wird nicht mehr abgenommen, die Augen des Gesetzes bleiben dauerhaft geschlossen, die »Fiktionen der lückenlosen Legalität« werden nicht mehr Platz greifen. Der NS-Staat institutionalisiert ein permanentes Ausnahmeregime, das die gesamte politische Tätigkeit der souveränen Relation des Bannes (›*hors-la-loi*‹) unterwirft und daher die Einrichtung von dauerhaften territorialen ›Ausklammerungen‹ (Ghettos, Lager, Aktionen der Polizei und mobilen Einsatzgruppen) vornimmt, in denen ›bloßes Leben‹ konzentriert und der Vernichtung überantwortet wird. Die »besondere Art« völkischen Seins, in deren Namen diese Ausklammerungen erfolgen, kann sich nur um den Preis der Produktion von massenhaftem

›natürlichen Dasein‹ konstituieren, das in seiner ›Unwürdigkeit‹ sichtbar gemacht und auf diese Weise als etwas »Totes, etwas Minderwertiges oder Wertloses, etwas Niedriges« repräsentiert und behandelt wird. Das Politische wird von Schmitt ausdrücklich durch seine »Macht über das physische Leben der Menschen« bestimmt, andere Rechtfertigungen, die den Horizont des bloßen Lebens überschreiten, werden zurückgewiesen: »Aber kein Programm, kein Ideal, keine Norm und keine Zweckhaftigkeit verleiht ein Verfügungsrecht über das physische Leben anderer Menschen.«[20] Schmitt begrüßt im *Nomos basileus* den Herrn über Leben und Tod. Seine Texte kreisen beständig um die Zone, in der Gesetz und Gewalt voneinander ununterscheidbar werden: um den Ausnahmezustand, der schließlich die Normalität nicht mehr bloß durchbricht, sondern mit ihr zusammenfällt.

Carl Schmitt ist ein Denker der *Maßnahme* als spezifischer juristischer Form, die im Zuge der rechtsgeschichtlich beschreibbaren Transformation des klassischen Gesetzesbegriffes die bevorzugte Weise ist, in der das Recht als Medium politischer Planung zustandsverändernd in seine soziale Umwelt interveniert. Das Gesetz, so hat Michel Foucault gezeigt, funktioniert seit dem 19. Jahrhundert immer mehr als *Norm*, die Justiz integriert sich »immer mehr in ein Kontinuum von Apparaten (Gesundheits-, Verwaltungsapparaten), die hauptsächlich regulierend wirken« und die das Leben in einem Bereich von Wert und Nutzen organisieren. Die »unaufhörliche und lärmende Gesetzgebungstätigkeit«, so Foucault weiter, darf nicht darüber täuschen, dass wir uns in einer Phase befinden, »in der das Rechtliche im Rückgang ist«[21], weil das Gesetz aufhört, wie Schmitt in *Legalität und Legitimität* schreibt, eine »generelle (Gleiches gleich behandelnde) dauernde Regelung mit einem messbaren und bestimmten Inhalt zu sein« und an seine Stelle die »ganz von Gesichtspunkten sachlich-praktischer *Zweckmäßigkeit* geleitete *Maßnahme*« tritt[22]. Carl Schmitt hat diesen Rückgang oder, genauer gesagt: diesen Funktionswandel des Rechtlichen klar erkannt. Er hat daraus allerdings die fatale Konsequenz gezogen, die Rechtswissenschaft auf der Grundlage des totalitären Maßnahmestaates und der Aktionsdiktatur zu ›reformulieren‹. Die spezifische Signatur seines juristisch motivierten Antisemitismus ist nur aus diesem Zusammenhang zu begreifen. Der berechtigte Abscheu vor dem Gebrauch, den Schmitt von seinen analytisch gewonnenen Einsichten macht, sollte einen nicht hindern, die »sondierende Kraft« seiner Texte anzuerkennen, weil sie, wie es Jacques Derrida formuliert hat, »eine Vielzahl von unschätzbaren Ausblicken in jene *furchteinflößende* Welt eröffnet haben, die sich seit den zwanziger Jahren dieses Jahrhunderts ankündigte«.[23] Statt Schmitts Hass gegen Hans Kelsen zum Anlass zu nehmen, die Restauration des ›reinen‹ Gesetzesbegriffs zu empfehlen, erscheint es mir vielversprechender, sich mit den auch in liberalen Gesellschaften nachweisbaren ambivalenten Effekten des Mediums Recht gerade in jenen Feldern auseinandersetzen, in denen das Leben – der einzelnen Menschen wie der Bevölkerung insgesamt – auf dem Spiel steht. Jürgen Habermas hat in genau diesem Zusammenhang von der »*Ambivalenz von Freiheitsverbürgung und Freiheitsentzug*« des sozialplanerisch eingesetzten Rechts gesprochen[24] – Carl Schmitt erwies sich als furchtbarer Jurist, insofern er diese Ambivalenz nach der Seite des ›totalen‹ Freiheitsentzugs aufzulösen versuchte.

1 Robert M. W. Kempner, *Das Dritte Reich im Kreuzverhör*, Düsseldorf: Droste 1969, S. 299.
2 Raphael Gross, *Carl Schmitt und die Juden. Eine deutsche Rechtslehre*, Frankfurt/M: Suhrkamp 2000.
3 Zygmunt Bauman, *Dialektik der Ordnung. Die Moderne und der Holocaust*, Hamburg: EVA 1992, S. 90.
4 Carl Schmitt, *Der Begriff des Politischen. Text von 1932 mit einem Vorwort und drei Corollarien*, Berlin: Duncker & Humblot 1963, S. 29, 49.
5 Bauman, *Dialektik der Ordnung*, S. 104.
6 Jacques Derrida, *Politik der Freundschaft*, Frankfurt: Suhrkamp 2000, S. 164.
7 Schmitt, *Der Begriff des Politischen*, S. 31.
8 Derrida, *Politik der Freundschaft*, S. 185, 190.
9 Carl Schmitt, »Wesen und Werden des faschistischen Staates (1929)«, in: *Positionen und Begriffe im Kampf mit Weimar – Genf – Versailles 1923–1939*, Berlin: Duncker & Humblot 1988 [1940], S. 114.
10 Derrida, *Politik der Freundschaft*, S. 125.
11 Jacob Taubes, »Carl Schmitt – ein Apokalyptiker der Gegenrevolution«, in: *Ad Carl Schmitt. Gegenstrebige Fügung*, Berlin: Merve 1987, S. 15.
12 Carl Schmitt, *Politische Theologie. Vier Kapitel zur Lehre von der Souveränität*, Berlin: Duncker & Humblot 1985, S. 74.
13 Ernst-Wolfgang Böckenförde, »Die Verfolgung der deutschen Juden als Bürgerverrat«, in: *Merkur* 575, 1997, S. 165–170.
14 So wie Götz Aly und Susanne Heim, von denen der Begriff stammt, die »Großraumpolitik« der NS-Bevölkerungsplaner und -verschieber analysieren, ohne auf den juristischen Theoretiker des Großraums, nämlich Carl Schmitt, zu verweisen. Vgl. Götz Aly, Susanne Heim, *Vordenker der Vernichtung. Auschwitz und die deutschen Pläne für eine neue europäische Ordnung*, Hamburg: Hoffmann und Campe 1991.
15 Schmitt, *Der Begriff des Politischen*, S. 11f.
16 Zygmunt Bauman, *Moderne und Ambivalenz. Das Ende der Eindeutigkeit*, Frankfurt/M.: Fischer 1995, S. 19.
17 Carl Schmitt, *Die geistesgeschichtliche Lage des heutigen Parlamentarismus*, Berlin: Duncker & Humblot 1961 [1924], S. 14.
18 Carl Schmitt, *Verfassungslehre*, Berlin: Duncker & Humblot 1983 [1928], S. 210.
19 Carl Schmitt, »Die staatsrechtliche Bedeutung der Notverordnung, insbesondere ihre Rechtsgültigkeit (1931)«, in: *Verfassungsrechtliche Aufsätze aus den Jahren 1924–1954. Materialien zu einer Verfassungslehre*, Berlin: Duncker & Humblot 1958, S. 261.
20 Schmitt, *Der Begriff des Politischen*, S. 49.
21 Michel Foucault, »Recht über den Tod und Macht zum Leben«, in: *Sexualität und Wahrheit. Der Wille zum Wissen*, Frankfurt/M.: Suhrkamp 1977, S. 172.
22 Carl Schmitt, »Legalität und Legitimität (1932)«, in: *Verfassungsrechtliche Aufsätze*, S. 265, 280.
23 Derrida, *Politik der Freundschaft*, S. 124.
24 Jürgen Habermas, *Theorie des kommunikativen Handelns*. Band 2. *Zur Kritik der funktionalistischen Vernunft*, Frankfurt/M.: Suhrkamp 1981, S. 531.

WOLFGANG ULLRICH

Historische Zeitschriftenschau (3)

Constanze 21/1954

Das erste Oktoberheft 1954 der *Constanze*, der »Zeitschrift für die Frau«, sorgte für einen Skandal in einer Institution, die nicht gerade zu ihrem Adressatenkreis gehörte: Im rein männlich dominierten Deutschen Künstlerbund brachen kurz nach Erscheinen der Nummer heftige Streitereien aus, in deren Verlauf drei seiner prominentesten Mitglieder, nämlich Willi Baumeister, Ernst Wilhelm Nay und Fritz Winter, allesamt Hauptvertreter der abstrakten Malerei, ihren Austritt erklärten. Was war passiert? Und womit vermochte es ausgerechnet eine – nein: immerhin keine beliebige, sondern die bestgemachte und meistgelesene Frauenzeitschrift der fünfziger Jahre, so viel Unruhe in die Kunstwelt zu bringen?

Bomben

»Für wen malen sie?«, war der Titel der skandalträchtigen Reportage, und Gegenstand dieser Frage waren Berliner Künstler, deren Lebensweise, finanzielle Verhältnisse und Ansichten vorgestellt wurden. Meist waren es noch jüngere, damals hoffnungsvoll erscheinende (ausnahmslos jedoch rasch wieder vergessene oder ganz unbekannt gebliebene) Künstler, die *Constanze* interviewte. Einerseits bekundet der Artikel Verständnis für ihre schwere Lage – sogar zwei Drittel derer, die »eine größere künstlerische Rolle« spielten, müssten von der Sozialhilfe leben, da es im Gegensatz zu den »sagenhaft fernen Zeiten« der Vorkriegszeit an Käufern mangele –, andererseits aber wird den Künstlern selbst Schuld an ihrer materiellen Not gegeben: Viele seien von »einem seltsamen Kunstdünkel und Hochmut« befallen und hätten sich allein »der gegenstandslosen und abstrakten Malerei verschrieben«, was mögliche Kunstinteressenten vor den Kopf stoße. Ein ehedem lukratives Metier, nämlich die Porträtmalerei, biete ebenfalls nur noch vereinzelt einen Lebensunterhalt, sei sie doch »in eine ausweglose Sackgasse geraten, denn es ist natürlich schwieriger, ein Menschengesicht psychologisch zu durchdringen und zu gestalten, als unkontrollierbare abstrakte ›Kompositionen‹ zu entwerfen«.

Also fordert *Constanze*, die zwar manch rigorosen Satz aus Künstlermund fasziniert zitiert (»Nicht fürs Zimmer, sondern für sich und fürs Museum malt der Maler«), Zugeständnisse vonseiten der Künstler und pflichtet der Äußerung eines Malers (einer der »wenigen Porträtbegabungen«) bei, wonach man beim Porträt »unbedingt die Brücke zwischen den Wünschen des Auftraggebers und der eigenen künstlerischen Eingebung schlagen« müsse. Aber auch das finanzkräftige Publikum wird aufgefordert, den Künstlern »auf halbem Wege« entgegenzukommen, und schon damals will man sich in Kulturangelegenheiten offenbar nicht allein auf staatliche Gelder verlassen: »Industrie und Wirtschaft sollten sich stärker als bisher für die Heranbildung eines wirklich guten künstlerischen Nachwuchses interessieren.«

Doch es sind nicht die Untertöne gegen die Abstraktion, auch nicht die Appelle an die Kompromissbereitschaft, die zu besagtem Skandal führten. Beides war damals durchaus nicht ungewöhnlich und dürfte den »Kunstdünkel« der Pioniere der abstrakten Malerei eher noch befördert haben; vor allem aber war für sie die Redaktion einer Frauenzeitschrift überhaupt nicht satisfaktionsfähig. Provokant war vielmehr die Äußerung eines Künstlers, der in dem *Constanze*-Artikel ebenfalls zitiert wird: »Als ich dahinter kam, wie einfach es ist, gegenstandslos zu malen, hat mich diese Art Malerei nicht mehr interessiert.« Karl Hofer soll diesen Satz gesagt haben, und der damals bereits 75-jährige Hofer war nicht nur Direktor der Berliner Hochschule für Bildende Künste, sondern zugleich Vorsitzender des Deutschen Künstlerbunds. Das war kein leichtes Amt, hatten sich doch in diesem 1950 neu gegründeten Verein sehr verschiedene Kunstrichtungen versammelt. Von Anfang an gab es Animositäten zwischen den Fraktionen der Gegenständlichen und der Abstrakten, und nachdem in den Jahren des Nationalsozialismus Debatten über die ›richtige‹ Kunst unmöglich gewesen und inhaltliche Gegensätze in der Situation gemeinsamer Verfolgung kaum zum Tragen gekommen waren, bildeten sich jetzt leidenschaftlich entgegengesetzte Fronten. Kunstschriftsteller und -kritiker heizten die Auseinandersetzung ideologisch auf, weshalb im Nachhinein der

Eindruck entsteht, als habe die Kunstszene das – damals noch neue – Blöcke-Denken des Kalten Kriegs schneller und gründlicher eingeübt als viele andere.

Besonders kämpferisch zeigte sich bei solchen Fehden, seinem Selbstverständnis als ›Avantgarde‹-Künstler verpflichtet, Willi Baumeister, so etwa als er 1950 in einem offenen Brief an Bundespräsident Heuss gegen die Berufung Wilhelm Hausensteins zum Generalkonsul in Paris protestierte, da dieser in seinem Buch *Was bedeutet die moderne Kunst?* (1949) sein vormaliges Eintreten für die Abstraktion widerrufen hatte. Unvergessen ist ferner Baumeisters Auftritt beim ersten Darmstädter Gespräch – ebenfalls 1950 –, als er eine flammende Rede gegen den nicht minder flammenden Hans Sedlmayr hielt, der dort nochmals seine Thesen aus dem *Verlust der Mitte* (1948) bekräftigte. Und Baumeister war es auch, der als erster auf den *Constanze*-Artikel reagierte, Hofers Satz als »üblen affront«, als »beleidigung« und »unverschämtheit der freien kunst gegenüber« qualifizierte und davon sprach, dieser habe mit seiner »verächtlichmachung der ›abstrakten‹ ausdrucksart« eine »bombe« geworfen. Will Grohmann, eifrigster, einflussreichster – und schwülstigster – Lobbyist der abstrakten Moderne, leistete den ›Opfern‹ dieser ›Bombe‹ sogleich Schützenhilfe und schrieb neben einem Artikel auch etliche Briefe an Mitglieder des Deutschen Künstlerbunds, um gegen Hofer Stimmung zu machen. Offen brach nun ein schon seit einigen Jahren zwischen beiden schwelender Konflikt aus, der dadurch entstanden war, dass Grohmann sich in Vorlesungen an der Berliner Kunsthochschule aus Hofers Sicht zu einseitig und unsachlich für die Abstraktion ausgesprochen und damit gegen die Idee einer stilpluralistisch ausgerichteten Hochschule verstoßen hatte.

Hofer versuchte, den drohenden Skandal noch zu verhindern, berief sich darauf, jenen einen Satz gegenüber der *Constanze* gar nicht gesagt zu haben, und erreichte auch den Abdruck einer Richtigstellung in der Nummer 2/1955. Doch es war schon zu spät, der Bruch bereits irreversibel. Zwar war kurzzeitig erwogen worden, Hofer bei nächster Gelegenheit abzuwählen, um einen Kandidaten der Abstrakten, vielleicht sogar Baumeister, zum neuen Vorsitzenden des Künstlerbunds zu machen, aber dann wurde die dramatische Geste, nämlich der Austritt unter Protest, aller Geheimdiplomatie vorgezogen. Fritz Winter und Ernst Wilhelm Nay schlossen sich Baumeisters Schritt an, wobei Nay seinen Protest ausdrücklich mit dem »würdelosen Verhalten« Hofers begründete. Zu einer Aussprache oder gar Versöhnung kam es auch später nicht mehr, vielmehr spitzte sich der Streit zwischen Grohmann und Hofer weiter zu, worauf letzterer seinen Direktorenposten an der Kunsthochschule im März 1955 verbittert zur Verfügung stellte. Wenige Tage später erlag Hofer einem Schlaganfall. Baumeister starb im August desselben Jahrs.

So blieb das Heft der *Constanze 21/1954* nicht ohne Folgen, wenngleich das Magazin in die Kunst-Debatte eher hineingezogen worden war, als dass sie absichtlich Einfluss darauf nehmen wollte. Bei anderen Themen hingegen besaß die Redaktion durchaus mehr Ambition. Im selben Oktoberheft 1954 galt es, einen neuen Typ von Frau zu verkünden – oder, besser, ein anderer Typ sollte als überholt proklamiert werden. Dabei schreckte man ebenso wenig wie die Künstler vor militärischem Vokabular zurück: »Warum die Sexbomben bei uns nicht mehr explodieren« lautet der seinerseits durchaus explosive – und überraschend direkte – Titel eines Beitrags, mit dem der damals populäre Autor Walther von Hollander auf den ersten Seiten des Hefts das geplante Trendsetting eröffnete.

Als Anlass dieses Artikels dient von Hollander eine Vorführung des Films *Niagara* mit Marilyn Monroe, wobei er sein Erstaunen – und seine Freude – darüber ausdrückt, dass das Publikum einer Kleinstadt beim aufreizenden Erscheinen der Hauptdarstellerin nicht etwa in »gebanntes, atemloses Schweigen« verfallen sei; vielmehr »brachen die jungen Leute, die das Kino zu einem großen Teil füllten, in fröhliches Lachen aus, das selbst das einförmige Toben der Wasserfälle übertönte. Auch später kamen weder Marilyns geheizte Blicke an, noch brachten ihre sinnlich geschürzten Lippen die Gemüter in Aufruhr. Auch ihr Dekolletee, das auf den Millimeter genau bis an die Grenze des in Amerika Erlaubten ging, verfehlte völlig seine beabsichtigte Wirkung.« Die Monroe ist also eine stumpfe Waffe geworden, sie vermag die Männer – zumindest in Deutschland – nicht mehr in ihren Bann zu ziehen. So möchte es zumindest von Hollander sehen – und dies immerhin bereits 1954, als Filme wie *Manche mögen's heiß* oder *Das verflixte siebte Jahr* noch gar nicht gedreht waren und der Mythos ›Marilyn‹ sich erst zu entwickeln begann. Doch eilt der Autor ausgehend von seiner Beobachtung zu größeren Thesen; dabei formuliert von Hollander einen Text, der inmitten des kulturkritisch dominierten 20. Jahrhunderts einem seltenen Genre angehört: Er stimmt angesichts des kulturellen und moralischen Fortschritts der Nachkriegsjahre ein Lob seiner Gegenwart an.

Der Grundgedanke der Eloge lautet: Mit dem Ende von Krieg und Bombardement haben auch Sexbomben ihre Funktion verloren: »Die Sexbomben sind, wie es ihrem Namen entspricht, Kriegserscheinungen oder Kriegsfolgen. Bilder der Monroe und der Hayworth haben die Soldatenspinde vieler Kasernen geschmückt. Und in den Soldatentornistern sind sie hunderttausendfach bis in die vordersten Kampflinien vorgedrungen. Dass gerade Bilder der Damen mit den ausschweifenden Kurven bevorzugt wurden, ist nicht verwunderlich. Die Entbehrungen der Männer, die erzwungene Enthaltsamkeit führen nun einmal zu einer Überschätzung des Primitiv-Sinnlichen.« Hier freilich ist von Hollander nicht ganz auf der Höhe des geschichtlichen Phänomens: Nicht nur fing Marilyn Monroes Karriere erst nach dem Zweiten Weltkrieg an, vielmehr wäre sie, als Pin-up des Kriegsgegners, bei deutschen Soldaten wohl auch nicht angekommen. Selbst unter den amerikanischen GIs konnte sie erst 1954 wirklich populär werden – dank ihrer Truppenauftritte in Korea.

Wie auch immer: Von Hollander stellt fest, neun Jahre nach Kriegsende sei in Deutschland wieder eine geordnete – und gesittete – Lebenswelt erstanden, »das Frauliche (...) an die Stelle des Weiblichen« getreten, das zu extrem – eben zu explosiv – für gestandene Friedenszeiten sei: »Nach den Schrecknissen und Sensationen, die wir durchmachen mußten, möchten die meisten von uns ein friedliches und einfaches Leben führen. Zu diesem Leben aber gehören nicht die explosiven Sexbomben, nicht die Frauen, die durch ihre erotische Sprengkraft unsere mühsam wieder aufgebaute, bescheidene Existenz in die Luft sprengen. Wir brauchen vielmehr vernünftige, liebenswerte und liebevolle Frauen. Wir brauchen Frauen, die gute Kameraden sind, tüchtige Frauen, die nicht darauf aus sind, ihre Männer auszunutzen oder gar auszuplündern. Wir brauchen Frauen, die nicht ›unser ganzes Sinnen und Trachten‹ erfüllen, sondern die uns auch Zeit und Kraft lassen für unsere Arbeit, unsere Aufgaben und unsere Hobbys. (...) Anders gesagt: Es sollen

Frauen sein, die in unsere Zwei- oder Dreizimmerwohnungen hineinpassen.«

Damit ist das neue Frauenideal deutlich umrissen – angepasst und bescheiden, zurückhaltend und sogar unauffällig sollte die Partnerin sein, um nur nicht zur erotischen Herausforderung zu werden. Zu viel Passion destabilisierte die mühsam errichtete Ordnung und absorbierte mehr Kräfte, als man zu geben bereit oder fähig ist. So verraten die Sätze von Hollanders die Angst vor der ›femme fatale‹, die verhängnisvoll in das gerade wieder halbwegs unter Kontrolle gebrachte Leben eingreifen und es mit der Dynamik ihrer entfesselt-entfesselnden Natur erschüttern könnte. Der im Gleichmaß zu sich gekommene Alltag will verteidigt sein. Man flüchtet in die Biederkeit, um sich von den Anstrengungen und dramatischen Veränderungen zu erholen, die zuerst der Krieg, dann die Besatzungszeit und schließlich die Hektik der ersten Aufbaujahre in der neuen Republik mit sich gebracht haben. Natürlich führt nicht zuletzt auch männliche Bequemlichkeit zu dem Wunsch, die Frau möge ein ›guter Kamerad‹ sein, tüchtig und selbstgenügsam zugleich.

In den Heiratsanzeigen der *Constanze* finden sich solche Sehnsüchte zum Teil noch eindeutiger formuliert, so wenn ein »edler Ehekamerad« oder eine »opferbereite und bildungsfähige Ehegefährtin« gesucht wird. Und auch Dorothy Carnegie, Gattin des berühmten Lebensberaters Dale Carnegie, die in einer *Constanze*-Serie ihre eigene Philosophie preisgibt, drückt unter dem Titel »Ich helfe meinem Mann« in ernüchternder Klarheit aus, wie die Rolle der Frau zu sehen ist: »Jeder Mann braucht eine Gläubige, eine Frau, die für ihn ist, wenn die äußeren Umstände gegen ihn sind. Wenn nichts glatt geht, wenn er im Trommelfeuer des Lebens steht, dann hat ein Mann eine Frau nötig, die seine Widerstandskräfte und sein Selbstvertrauen steigert, indem sie ihn fühlen läßt, daß nichts ihren Glauben an ihn erschüttern kann.« Wieder wird martialisch beschrieben, was das männliche Dasein ausmacht, und in diesem Kampf – so ist Miss Carnegies Glaubensbekenntnis im Geiste von Hollanders zu übersetzen – darf nicht auch noch ein erotisches Trommelfeuer auf den Helden einprasseln; vielmehr muss die Frau alle Aufregung kompensieren, indem sie selbst möglichst unaufregend auftritt.

Doch – und das soll der Hinweis auf das Lachen über Monroe belegen – können Männer Einschläge von Sexbomben ohnehin nicht mehr so leicht aus der Bahn werfen, da sie die neu etablierte Ordnung zu sehr schätzen, um sie bloß für ein Abenteuer aufs Spiel zu setzen. Daraus folgert von Hollander, »daß wir auf dem Wege zu einer lebensnahen und lebensstarken Moral sind«, nüchtern geworden und der »Gewalt der Leidenschaften«, der nackten Natur der Triebe nicht mehr so hilflos preisgegeben. Einerseits erkennt er in Ruth Leuwerik, Maria Schell und Gertrud Kückelmann Schauspielerinnen, die den neuen Typ von Frau repräsentieren, deren Wirkung »keinesfalls auf ihrer erotischen Anziehungskraft« beruht, andererseits sind für ihn auch Marlene Dietrich und Hildegard Knef, obwohl es sich bei ihnen um »ein ganz klein wenig übererotisierte Frauen« handelt, keine Sexbomben: »Sie sind nicht mollig und passiv, sondern gebändigt und aktiv.« Von Hollander übt sich hier sogar in einem zaghaften Nationalismus, wenn er speziell deutschen Schauspielerinnen attestiert, »dem Schönheitssinn des modernen mitteleuropäischen Menschen« zu entsprechen, und ihnen nicht nur die amerikanischen Hollywood-Stars als drall-antiquiert gegenüberstellt, sondern zugleich deren italienische und französische Kolleginnen

»überbetonter Wölbungen und Kurven« bezichtigt. Freilich – so könnte man in von Hollanders Sinne argumentieren – hat es auch kein anderes Volk so nötig wie die Deutschen, allem Extremen zu misstrauen.

Kurvenmüdigkeit

Der neue Frauentyp wird nicht nur in von Hollanders Beitrag beschrieben, sondern ist – scheinbar unabhängig davon – auch Thema im Modeteil der *Constanze 21/1954*. Dort geht es, unter dem Schlagwort »H-Linie«, um die Aufregung, die der französische Modeschöpfer Christian Dior mit seiner neuen Kollektion in »allen Kulturstaaten« auslöste. Der von ihm propagierte Stil zeichnet sich dadurch aus, die weiblichen Linien zu ignorieren und weder Büste noch Taille zu betonen, so dass die Kleider in Geraden herabfallen. Ein schmaler Gürtel in Hüfthöhe setzt lotrecht einen horizontalen Gegenakzent hierzu, womit sich insgesamt das Bild eines ›H‹ ergibt. *Constanze* scheint zunächst diejenigen zu bestärken, die diese Mode als zu unfraulich ablehnen, und appelliert an die Leserinnen: »Lassen Sie sich (...) bitte nicht beirren, wenn Ihnen Meister Dior in dieser Saison ein H für ein B (= Busen) vormacht.«

Doch dann wird um Verständnis geworben und ein eher besänftigender Ton angeschlagen: »Aber wer erwartet schon von uns, daß wir bis aufs i-Tüpfelchen genau alles befolgen, was die neue Mode anregt! (...) Es schadet auch gar nichts, wenn eine neue Mode zunächst mal schockiert. Das Wichtigste ist, daß man über sie redet!« Auf dieser Basis gelangt *Constanze* dann zu einer eigenen Interpretation des H-Stils und schlägt Kleider vor, die genau zwischen einem klar femininen Schnitt und Diors radikalem Gegenkonzept stehen. Damit wird ein ähnlicher Kompromiss-Kurs eingeschlagen wie im Fall der modernen Kunst; hatte man dort die Ressentiments gegenüber der Abstraktion aufgegriffen, um dann doch für einen Ausgleich zu werben und neben den Künstlern auch das breite Publikum zu Entgegenkommen aufzufordern, so plädiert die Redaktion nun dafür, Taille und Büste »leicht« zu betonen. Mit dieser Mesotes-Lehre der Mode setzt man zugleich von Hollanders Bemühung fort, das Weib zur Frau zu moderieren. Auf einmal erscheinen also auch hier die bisherigen Vorbilder aus dem amerikanischen Kino als überholt: »Die Zeit einer Marilyn Monroe geht zu Ende, und wenn wir ehrlich sein wollen, es stimmt uns nicht sonderlich traurig. Ihnen geht es ebenso? Sehen Sie, damit allein sagen auch Sie schon ja zur neuen Mode.«

Alle Leserinnen, die zuerst von Hollander beipflichteten und erfreut waren, dass sich gerade ein Mann so wenig begeistert über weibliche Extremkurven äußerte, können die aktuellen Modetrends daraufhin kaum noch verdammen. Und was im ersten Artikel als Zeichen einer wiedererstarkten Moral gefeiert wurde, bekommt nun einen eigenen Namen: »Kurvenmüdigkeit« lautet der Neologismus der *Constanze*, was ein weiteres Mal den Schluss nahelegt, der Durchschnittsmensch sei der Aufregungen, wie sie erotische Eskapaden mit sich bringen, überdrüssig. Normalität und Durchschnitt, goldene Mitte und die Vermeidung der Extreme scheinen die Wunschlisten anzuführen, und *Constanze* gehörte in den fünfziger Jahren zu den Organen, die zur Realisierung solcher Wünsche nicht unerheblich beitrugen. Wenn die Illustrierte jeden zweiten Mittwoch erschien, war die Stimme des gesunden Menschenverstands deutlich vernehmbar, und dies in einem fast immer freundlichen, dabei von Ironie und erst recht von Sarkasmus völlig freien

Tonfall. In einer heute kaum noch vorstellbaren Weise wurde die *Constanze* wohl gerade deshalb von vielen Lesern personifiziert und als Seelenführerin ebenso gesucht sowie bewundert: Leserbriefe beginnen mit »Liebe Constanze«, und dann wird weiter geduzt – wohlgemerkt kein kumpelhaftes, sondern eher ein intim verehrendes ›Du‹, ja beinahe dasselbe ›Du‹, mit dem der liebe Gott angeredet wird.

Da ein *Constanze*-Heft in der Mitte der fünfziger Jahre von bis zu fünfzehn Personen gelesen wurde, erreichte man über acht Millionen Leser, von denen übrigens – wie nicht nur die Reaktionen aus dem Deutschen Künstlerbund belegen – erstaunlich viele, nämlich rund vierzig Prozent, Männer waren. Sie als typische Frauenzeitschrift zu klassifizieren, würde der *Constanze* ohnehin nicht gerecht, da sie zu dieser Zeit auf Kochrezepte wie auf Horoskope verzichtete, was in Leserbriefen jedoch gelegentlich bedauert wurde. Aber die Redaktion unter dem Chefredakteur Hans Huffzky wollte offenbar nicht nur ausgleichende Artikel bieten, sondern auch eine ausgewogene Leserschaft haben. Bis in die sechziger Jahre hinein war dieses Konzept erfolgreich, bevor die *Constanze* 1970 mit der *Brigitte* fusionierte, womit mehr als nur ihr Name verloren ging.

Die vernünftig-fürsorgliche, kompromissorientierte Art der *Constanze* kommt am besten in der Rubrik »Trost und Rat« zum Ausdruck, in der viele Probleme verhandelt wurden, die sich mittlerweile gar nicht mehr stellen. Abgesehen davon, dass sich aufgrund des Wertewandels manches erübrigt hat, sind auch einige typische Nachkriegsphänomene verschwunden, so etwa die Ängste heiratswilliger Mädchen, wegen mangelnder oder verloren gegangener Aussteuer keinen Mann zu finden, oder die Integrationsschwierigkeiten von Spätheimkehrern, deren Ehen häufig scheiterten. Überraschend ausführlich, differenziert und offen, zur Schilderung der individuellen Lebensverhältnisse weit ausholend, stellen die Ratsuchenden in den abgedruckten Briefen ihr Problem dar, für das sie in einer Zeit fast ohne Beratungsstellen und Psychotherapeuten oft auch keinen anderen Ansprechpartner hatten als eine Zeitschrift wie *Constanze*. Entsprechend präzis und auf den Einzelfall bezogen fallen die Antworten – oder besser: Anleitungen – aus; so bekommt ein Mann unter der Überschrift »Jetzt nicht weich werden!« etwa genau die Sätze vorformuliert, mit denen er sich an seine fast schon verlorene Frau wenden soll, um diese vielleicht doch noch zurückzugewinnen.

Materielle Sorgen und Notstände nehmen einen großen Platz nicht nur in den Briefen Ratsuchender ein, sondern werden auch immer wieder in Artikeln angesprochen. Ob es um die zahlreichen Ladendiebinnen geht, die zur besseren Abschreckung von einem Schnellrichter verurteilt werden, oder um Diebstähle und Raubüberfälle Jugendlicher, die via Schwarzmarkt in eine kriminelle Karriere hineingerutscht sind, stets beklagt man die Armut der Nachkriegszeit und macht sie für gesellschaftliche Missstände verantwortlich. In einem Beitrag über Aussteuer – die also nicht bloß Grund für Briefe besorgter Mädchen und Frauen, sondern in den fünfziger Jahren generell noch ein wichtiges Thema – wird ein Loblied auf die auch hier als »sagenhaft« titulierte gute alte Zeit gesungen, womit wiederum keine ewig ferne Vergangenheit, sondern die Periode vor dem Zweiten und noch eher die kurze Wohlstandszeit vor dem Ersten Weltkrieg gemeint ist. Aufgelistet werden das »Mindestmaß« sowie der durchschnittliche Aufwand für eine Aussteuer, aber auch, was fünfzig Jahre zuvor noch als Durchschnittsaussteuer gelten konnte. Die Summe hierfür übertrifft das in den fünfziger Jahren Übliche bzw. Mögliche immerhin fast um das Drei- bzw. Fünffache, womit sogar in Zahlen fixiert ist, um wie viel besser es den eigenen Eltern und Großeltern ging.

Gerade weil jene gute alte Zeit erst relativ kurz zurücklag und einem Vergleich zwischen ihr und der eigenen Situation kaum zu entgehen war, litt man in den Jahren nach dem Zweiten Weltkrieg besonders unter der Armut. Es war eben nicht ein phantastisch-fernes Goldenes Zeitalter, das man sich erträumte, sondern ganz konkret ein Einkommen oder eine Aussteuer, die dem gleichkamen, was eine oder zwei Generationen zuvor Standard gewesen war. Bei vielen herrschen wegen der Wohlstandsverluste in den Jahren der Nachkriegszeit Verbitterung, Selbstwertzweifel oder sogar Resignation vor. Die konstatierte Kurvenmüdigkeit sowie die Zurückhaltung gegenüber Sexbomben mag auch damit zu tun haben, dass man sich nicht zutraute, den mutmaßlich höheren Ansprüchen betont weiblicher Damen gewachsen zu sein; Amerika hingegen war reich und konnte es sich leisten, eine Marilyn Monroe zum Idol zu machen. Gegen sie zu opponieren, lässt deshalb auch auf – wenngleich verhohlene – Ressentiments derer schließen, die ihren vormaligen Wohlstand eingebüßt hatten.

Geruch und Verstand

Wie sehr man sich wünschte, endlich nicht mehr so genau aufs Geld schauen zu müssen und dafür ein bisschen mondän zu sein, belegt innerhalb der *Constanze* eine ausführliche Serie über deutsche Spielbanken, in der vom leichtfertigen Umgang mit Summen berichtet wird, die zu verdienen den durchschnittlichen Angestellten zumindest mehrere Monate harter Arbeit gekostet hätte. Nicht dass Spielbanken hier als Ort einer besseren Zukunft vorgestellt worden wären – im Gegenteil: es wird drastisch vorgeführt, wie sie in den Ruin treiben können –, aber es faszinierte offenbar, wie sich der materielle Wert des Gelds im Spielrausch vergessen und damit eine gleichsam abstrakte Beziehung zum Monetären einnehmen lässt. In einer Welt, wo man immerzu an die Grenzen der eigenen Möglichkeiten stieß und jede Mark mehrfach hätte ausgeben können, nur um unmittelbare Bedürfnisse zu befriedigen und sich von ein paar Defiziten oder Belastungen loszukaufen, musste es umso verlockender erscheinen, Geld einmal ganz unabhängig von solchen Rücksichtnahmen auszugeben und sich entsprechend frei zu fühlen.

Sosehr die Enge der Verhältnisse die Menschen bedrängte und deprimierte, so wenig ist andererseits von Schuldgefühlen zu bemerken. Freilich: Man kann dagegen einwenden, sie seien eben gut verdrängt worden und daher in Zeitschriften wie der *Constanze* kein Thema. Andererseits ist dieser Einwand zu einfach und unspezifisch, ließe sich doch damit von allem, was nicht auftaucht, behaupten, es sei nur umso tiefer verborgen, deshalb aber umso signifikanter für die psychische Konstitution. Bekanntlich hat man viele Phänomene der Nachkriegszeit als Belege für die Verdrängung von Schuldgefühlen zu deuten versucht. So sind für Linke wie Günter Grass im Rückblick selbst die abstrakte Malerei, der Streit im Deutschen Künstlerbund sowie die Auseinandersetzung zwischen Hofer und Grohmann ein Zeichen für den Kampf um Verdrängung; es sei »um das Wahrnehmen oder Übersehen der Wirklichkeit in einem Land [gegangen], das geschlagen, geteilt war, dessen zu verantwortende Last Völkermord hieß und das dennoch oder deshalb im Begriff war, alles zu verdrängen, ich sage, gegenstandslos zu machen«. Genauso könnte man in der abstrakten Malerei jedoch eine Sehnsucht nach der Überwindung materieller Gebundenheit erblicken und sie als Ausdruck des Verlangens deuten, sich in einer Welt ohne Widerstand frei zu bewegen. Die erzwungenen Einschränkungen im Lebensstandard sahen viele als allemal hinreichende Sühne an, hatten Schuldgefühle also nicht erst zu verdrängen. Vollauf beschäftigt mit der eigenen Wohlstandssicherung, hätten sie moralische Empfindungen gar als Luxus empfunden, den man sich in den frühen fünfziger Jahren einfach noch nicht leistete.

Worin die wahren Wünsche bestanden, wird am deutlichsten in der Werbung. Das erste Oktoberheft 1954 der *Constanze* bietet auf 120 Seiten über 150 Anzeigen, wobei – nicht überraschend für eine Frauenzeitschrift – allein ein Drittel Kosmetikartikeln gewidmet ist; erst mit größerem Abstand folgen auf dem zweiten Platz Gesundheitsmittel. Diese Dominanz der Kosmetik mag zuerst als Indiz dafür gelten, dass die Knappheit nicht mehr regierte und bereits wieder Geld für mehr als nur die Elementarbedürfnisse zur Verfügung stand. Allerdings differenziert sich das Bild, sobald man auf die Art der beworbenen Produkte und vor allem auf die Argumente achtet, mit denen sie feilgeboten werden. In den meisten Fällen gilt das Interesse dabei nämlich allein einem Sinn – dem Geruch. Was bei Parfüms oder Deo-Sprays klar ist, verwundert bei Cremes, Haarshampoos oder Zahnpasten schon eher; auch sie werden nämlich überwiegend ob ihrer olfaktorischen Qualitäten angepriesen. Während in entsprechenden Zeitschriften heutzutage Werbung für Artikel dominiert, die, sehr ehrgeizig, ein schöneres Aussehen versprechen – Antifaltencremes sind der Spitzenreiter –, war es damals primäres Ziel, sich der Umwelt gut riechend zu präsentieren.

Dies mag damit zu tun haben, dass Gerüche rascher zu verändern sind als das Aussehen, man somit viel leichter und vor allem billiger die Illusion des Schönen und Perfekten erzeugen kann. Ein frischer oder eigentümlicher Geruch prägt zudem die Atmosphäre schlagartig so stark wie sonst höchstens noch Musik und wirkt auch ähnlich intensiv, löst Erinnerungen oder Emotionen aus und versetzt vielleicht sogar in ferne Welten. Ein besonderer Duft macht für einen Moment die Mühsal und Enge des eigenen Alltags vergessen und vermittelt das gute Gefühl, bereits da zu sein, wo man eigentlich hin möchte. Mit nichts anderem war es so einfach, ein Stück Emanzipation zu absolvieren und damit tatsächlich Kosmetik zu betreiben. Kein Mittel ließ abgearbeitete Hände auf einmal wieder grazil erscheinen, und man hatte erst recht nicht das Geld, sich eine Schönheitsoperation zu leisten, doch war es kein unmögliches Kunststück, dank einer Seife oder Creme die erotische oder sympathische Ausstrahlung ziemlich mühelos zu erhöhen und zudem die Gerüche zu überdecken oder zu vertreiben, die die fünfziger Jahre noch prägten, als man überwiegend mit Kohleöfen heizte, sich die Kanalisation keineswegs überall durchgesetzt hatte und viele Wohnungen, notdürftig von Kriegsschäden befreit, noch feucht und modrig waren. Für Geruchsverbesserung sorgende Präparate waren somit alles andere als Luxus, vielmehr preiswerte und alternativlose Instrumente, einer deprimierenden Dumpfheit zu entkommen.

Dass viele sich dennoch genau überlegten, wofür sie ihr weniges Geld ausgaben, verrät der Stil der Werbung: Vor allem mit der Kraft des vernünftigen Arguments wird aufwendige Überzeugungsarbeit geleistet. So verwandelt sich manche Anzeige in imponierende Wissenschaftsprosa und wird zu einer Lektion in Chemie, Biologie oder Medizin. Die bis heute beliebte Technik, Kosmetik zum Therapeutikum hochzumutieren, wurde in den fünfziger Jahren exzessiv angewandt oder überhaupt erst voll entwickelt. So wird das Shampoo Panteen etwa als »Medizin für Ihr Haar« angepriesen; es sei infolge einer »neuen wissenschaftlichen Entdeckung« entwickelt worden, konnte doch »nachgewiesen werden, daß für die Ernährung der Kopfhaut und für den Aufbau des Haares ein Vitamin entscheidend wichtig ist, das dem Vitamin-B-Komplex zugehört«. Die Werbung für Dunlopillo-Matratzen weiß – sofern man genügend Geduld aufbringt – sogar Grundsätzliches über das menschliche Sinnesempfinden zu vermitteln: »Erwachen Sie leicht? Während eines gesunden Schlafes ruhen zum größten Teil auch die menschlichen Sinne. Allein der Tastsinn wird durch den Schlaf nur wenig ausgeschaltet – eine Schutzmaßnahme der Natur. Der durch Berührung des Menschen mit einem Fremdkörper ausgelöste Impuls – die Wissenschaft nennt ihn ›Weckreiz‹ – läßt den Schläfer in der Regel gleich erwachen. Zum Nachteil kann diese Eigenschaft aber bei sensiblen Menschen werden, die bereits bei der geringsten Berührung aufwachen. Schon bei jeder kleinen Körperdrehung, wie sie im Schlaf häufig erfolgt, wird sie der Widerstand aufwecken, den eine harte Matratze bietet. Um diese Schlafstörung zu vermeiden, sollten weiche, dabei aber feste und aus einem Stück gearbeitete DUNLOPILLO Matratzen benutzt werden, die sich dem Körper völlig anpassen und jede seiner Bewegungen auffangen. Sie bieten ihm wirkliche Entspannung. Nerven und Organe kommen zur Ruhe, die Blutzirkulation wird ruhiger – der Mensch schläft tief und fest.«

Wie hier beginnen Werbetexte häufig mit einer Frage, deren Bejahung durch den Leser der Diagnose eines Missstands oder Leidens gleichkommt. Darauf folgt eine genaue wissenschaftliche Analyse des Problems, und es wird ein Lösungsansatz aufgezeigt, dem das beworbene Produkt exakt entspricht. Mit der Autorität der Wissenschaft zu operieren, hieß freilich auch, die alte Tradition der Warenkunde fortzusetzen: Die Konsumenten durften durchaus Kompetenz besitzen und sollten über Materialeigenschaften oder Wirkstoffe Bescheid wissen, mussten sie sich doch in einer Zeit, zu der es erst wenige etablierte Marken gab, denen man vertraute, weitgehend auf die eigene Erfahrung – oder Empfehlungen von Experten – verlassen. Deshalb war man dankbar für die Nachhilfestunden, die die Werbetexte boten.

Wie selbstverständlich die Werbung diese Taktik auf alle Bereiche ausdehnte, zeigt sich bei den in der *Constanze* ebenfalls ziemlich zahlreichen Anzeigen für Zigaretten. Auch dort geht es ja nicht zuletzt um Gerüche, die schlechte Düfte verdrängen, doch werden in den Texten andere Gründe genannt, die für das Rauchen sprechen sollen. Am eindrucksvollsten agiert GLORIA, die einen 30-Tage-Test offeriert: »Am besten gleich heute noch! Ich will sie auf die Probe stellen – 30 Tage lang will ich die GLORIA rauchen. Ich will mich selbst davon überzeugen, ob die GLORIA, bei weniger Nikotin, Genuß und Anregung erhöht. Mein Zahnarzt hat mir von dem Intensiv-Filter der GLORIA erzählt, der dem würzigen Aroma alle störenden Bestandteile nimmt und die Zähne vor Verfärbung schützt. Er hat mir zu dem 30-Tage-Test mit GLORIA geraten. (…) Das ist genau das Richtige für mich – wichtig genug, um heute noch damit anzufangen. Denn wie mein Zahnarzt sagte: GLORIA ist die ideale Zigarette, die Sie suchen.«

Wird die Zigarette hier gewissermaßen zum Medikament verklärt, so gehen andere Marken weniger dreist vor, erheben aber ebenfalls den Anspruch, dass es sich bei Rauchern um besonders kluge und vernünftige Menschen handelt. »Rauchen mit Verstand«, lautete sogar der Slogan von LORD, der »heute Millionen bewegt«. »Und so dürfte es auch von hohem Interesse sein zu erfahren, wie unsere ›Dichter und Denker‹ dazu stehen. Denn niemand ist berufener als sie, den unausgesprochenen Gefühlen und Gedanken, die in jedem von uns lebendig sind, gültigen Ausdruck zu verleihen.« Diese Sätze bilden den Vorspann zu Texten, für die tatsächlich Dichter und Denker gewonnen werden konnten. Unter dem Titel »Eine gute Sache« erläutert Kasimir Edschmid – damals immerhin namhafter Autor gut verkaufter und nicht ganz schlechter Romane – in *Constanze 21/1954* über drei eng bedruckte, dem Layout redaktioneller Beiträge angepasste Spalten hinweg die Kulturgeschichte des Rauchens nebst seiner besonderen Vorzüge. Im Kopf der Anzeige ist ein Foto Edschmids zu sehen, das ihn mit Denkerstirn im Profil ablichtet und somit die Seite endgültig als Leseprobe eines bedeutenden Schriftstellers und nicht mehr als Werbung kennzeichnet. In einer anderen Nummer stellt dann der Kabarettist Werner Finck seine Reimkunst in den Dienst von LORD, was belegt, wie breit das Spektrum an Stilen, Intellektualität und literarischer Bildung gesteckt ist, das die LORD-Kampagne abdeckt. Weit davon entfernt, ein Luxus zu sein, findet sich das Rauchen als eine Kulturleistung gewürdigt, die offenbar mit Stolz erfüllen soll.

Eine Anzeige der F58 suggeriert sogar, die Zigarettenmarke lasse ähnliche Rückschlüsse auf die Persönlichkeit zu wie die Handschrift. So wird ein »Psycho-Graphologe« zitiert, der sich »restlos überzeugt und begeistert« von »der hervorragenden Qualität Ihrer F58« äußert. Mit der Erkenntnis, dass die Zigarette Stilfragen aufwirft, muss sich nicht zuletzt der Blick auf die vielen Fotos der fünfziger Jahre verändern, die Herren wie gelegentlich auch Damen beim Rauchen abbilden. Allerdings erweist sich die Deutung hier als problematisch, denn die zu beobachtenden Gesten und Haltungen der Raucherinnen und Raucher sind inzwischen weitgehend ausgestorben. Ihr Zeichencharakter sticht noch ins Auge, doch missversteht man heute seinen Aussagegehalt ähnlich wie die Bedeutung von Handstellungen auf Gemälden aus der Gotik oder Renaissance. Wer also könnte wissen, was der Maler Karl Hofer signalisiert, wenn er auf dem Foto, mit dem die *Constanze* seinen umstrittenen Satz illustriert, ebenfalls raucht?

Die Autoren

FRIEDRICH BALKE, geboren 1961, ist Wissenschaftlicher Geschäftsführer des Forschungskollegs »Medien und kulturelle Kommunikation« in Köln. 1996 hat er *Der Staat nach seinem Ende. Die Versuchung Carl Schmitts* veröffentlicht.

CAROLINE FETSCHER studierte Literaturwissenschaft und Psychologie. 1993 erschien *Die Tropen als Text. Albert Schweitzers »Zwischen Wasser und Urwald«*. Seit 1997 ist sie Sachbuchredakteurin beim *Tagesspiegel* in Berlin

JOACHIM KALKA, geboren 1948, lebt als Kritiker und Übersetzer in Stuttgart.

GEORG KLEIN, geboren 1953, lebt in Berlin und Ostfriesland. Sein erster Roman *Libidissi* erschien 1998, seine jüngste Erzählsammlung *Anrufung des blinden Fisches* im letzten Jahr.

GYÖRGY KONRÁD, geboren 1933, war von 1990 bis 1993 Präsident des Internationalen PEN. und ist seit 1997 Präsident der Akademie der Künste in Berlin. Zuletzt erschien *Der Nachlaß* (1999). Der Text gibt eine Rede wieder, die Konrád anläßlich der Ausstellungseröffnung *Thomas Mann 1875–1955 Fotos und Briefe* gehalten hat.

DANIEL LENZ, geboren 1974, lebt als freier Journalist in Essen, wo er zudem Soziologie und Literaturwissenschaften studiert. Gemeinsam mit Eric Pütz hat er eine Interviewreihe initiiert, an der sich 20 deutschsprachige Schriftsteller aus Deutschland, Österreich und der Schweiz beteiligt haben. Die vollständige Sammlung dieser Gespräche wird im Herbst bei *Edition Text + Kritik* erscheinen.

JAN HELLER LEVI, geboren in New York City, lebt ebendort und in der Schweiz. Sie veröffentlichte 1994 *A Muriel Rukeyser Reader* und schreibt gegenwärtig die erste Biographie Rukeyers. Für ihre eigene Lyrik erhielt sie u.a. 1998 den *Walt Whitman Award* der *Academy of American Poets.* 1999 erschien *Once I Gazed At You In Wonder*, dem die hier abgedruckten Gedichte entnommen sind. Im Herbst 2000 wird die zweisprachige Gedichtauswahl *Switzerland or Somewhere* erscheinen.

AVISHAI MARGALIT, geboren 1939, lehrt als Professor für Philosophie an der Jerusalemer Hebrew University. Auf deutsch wurde zuletzt sein Buch *Politik der Würde* (1997) veröffentlicht, das bereits im englischen Original *A Decent Society* eine breite, internationale Diskussion ausgelöst hat. Der hier veröffentlichte Text ist ein Auszug aus der dreiteiligen Max-Horkheimer-Vorlesung, die Margalit im Frühjahr 1999 in Frankfurt gehalten hat. Der vollständige Zyklus wird im August 2000 unter dem Titel *Ethik der Erinnerung* als Fischer Taschenbuch erscheinen.

REINHARD MEHRING, geboren 1959, ist Privatdozent für Philosophie. Zuletzt erschien (zusammen mit Volker Gerhardt und Jana Rindert): *Berliner Geist. Eine Geschichte der Berliner Universitätsphilosophie bis 1946*. Im Herbst 2000 wird seine Studie *Thomas Mann. Schriftsteller und Politischer Philosoph* veröffentlicht.

ERIC PÜTZ, geboren 1974, studiert anglistische und germanistische Literaturwissenschaft in Köln.

HANS JOACHIM SCHÄDLICH, geboren 1935, lebt als freier Schriftsteller in Berlin. Zuletzt erschien sein Buch *Gib ihm die Sprache. Leben und Tod des Dichters Äsop.*

JOSCHA SCHMIERER, geboren 1942, ist Herausgeber der in Frankfurt am Main erscheinenden politischen Monatszeitschrift *Kommune*. Gegenwärtig ist er im Planungsstab des Auswärtigen Amtes in Berlin tätig. Zuletzt erschien *Mein Name sei Europa. Einigung ohne Mythos und Utopie* (1996).

REINER STACH, geboren 1951, lebt als freier Lektor und Publizist in Osnabrück. 1986 erschien *Kafkas erotischer Mythos. Eine ästhetische Konstruktion des Weiblichen*. 1998 konzipierte Reiner Stach eine Ausstellung zum Nachlass Felice Bauers, die seither in verschiedenen Städten gezeigt wurde.

PETER UEHLING, geboren 1970, studierte in Berlin Kirchenmusik sowie Musikwissenschaft und Germanistik. Er ist freiberuflich als Organist tätig und Mitarbeiter im Musikfeuilleton der *Berliner Zeitung*.

WOLFGANG ULLRICH, geboren 1967, ist Dozent an der Akademie der Bildenden Künste in München. Im Oktober diesen Jahres wird *Mit dem Rücken zur Kunst. Die neuen Statussymbole der Macht* erscheinen.

Neue Rundschau

Begründet von S. Fischer im Jahre 1890
Herausgegeben von Martin Bauer, Helmut Mayer und Uwe Wittstock

»Im zwanzigsten Jahrhundert hat es im deutschen literarischen Leben keine Zeitschrift gegeben, die sich mit der *Neuen Rundschau* vergleichen könnte.«
Joachim Kaiser, Süddeutsche Zeitung

Für jedes neue Abonnement der *Neuen Rundschau* gibt es jetzt eine Buchprämie. Wenn Sie ein Abonnement für sich oder als Geschenk bestellen, kreuzen Sie auf der Postkarte eine der zwei genannten Buchprämien an. Sie wird Ihnen mit dem ersten Heft des Abonnements geliefert. Solange Vorrat reicht.

- Alain Corbin, *Die Sprache der Glocken. Ländliche Gefühlskultur und symbolische Ordnung im Frankreich des 19. Jahrhunderts*. Aus dem Französischen von Holger Fliessbach.
- Isaiah Berlin, *Freiheit. Vier Versuche*. Aus dem Englischen von Reinhard Kaiser.

S. Fischer

Absender/in:

Name: ____________________

Straße: ____________________

PLZ/Ort: ____________________

Buchprämie für neues Abo:

❒ Corbin, *Sprache der Glocken*

❒ Berlin, *Freiheit*

Postkarte

S. Fischer Verlag
Neue Rundschau
Postfach 700 355

60553 Frankfurt/Main

Heft 3/1998: INTELLEKTUELLE MODEN. Mit Beiträgen von Ian Hacking, Walter Grasskamp, Wolfgang Kemp, Otto Kallscheuer, Ulrich Woelk, Christian Geyer, Klaus Böldl, Paul Michael Lützeler, Isaiah Berlin u.a. DM 16,–

Heft 4/1998: FÜHRUNGSSTILE. Mit Beiträgen von Andreas Platthaus, Bernd Ulrich, Heribert Klein, Barbara Sichtermann, Dirk Schümer, Jürgen Busche, Günther Rühle, Richard Rorty, Reiner Stach u.a. DM 16,–

Heft 1/1999: EIN GOETHE-PARCOURS. Mit Beiträgen von Péter Esterházy, Robert Gernhardt, Hannelore Schlaffer, Siegfried Unseld, Rüdiger Safranski, Peter von Matt, Lars Gustafsson, Durs Grünbein, Gerd Ueding, Burkhard Spinnen u.a. DM 16,–

Heft 2/1999: KULTURKRITIK? Mit Beiträgen von Wolfgang Ullrich, Gustav Seibt, Stefan Heidenreich, Manfred Schneider, Gustav Falke, Joe Klein, Vittorio Magnano Lampugnani, Hafid Bouazza, Manfred Durzak u.a. DM 16,–

Die *Neue Rundschau* erscheint vierteljährlich im S. Fischer Verlag, Postfach 700 355, 60553 Frankfurt am Main

Heft 3/1999: NATURALISIERUNGEN. Mit Beiträgen von John McDowell, Franz Josef Wetz, Michael Pauen, Michael Hagner, Cornelius Borck, Martin Amis, Harald Hartung, Marlene Streeruwitz, Dieter Thomä, Ralph Ubl u.a. DM 16,–

Heft 4/1999: WILLKOMMENE ABSCHIEDE. Mit Beiträgen von Hans Ulrich Gumbrecht, Terry Eagleton, Uwe Justus Wenzel, Harald Eggebrecht, Sten Nadolny, Hans Keilson, Adam Gopnik, Paul Claes, Wolfram Pichler, Thomas Mann u.a. DM 16,–

Heft 1/2000: ... UND NIETZSCHE UND... Mit Beiträgen von Martin Meyer, Martin Stingelin, Gustav Falke, Uwe Justus Wenzel, Christoph Menke, Hannelore Schlaffer, Elisabeth Mann Borgese, Paul Claes, Wolfgang Ullrich u.a. DM 16,–

Heft 2/2000: NETCULTURE. Mit Beiträgen von Jonathan Rosen, Robert Darnton, Burkhard Spinnen, Richard Rorty, Avashai Margalit, Monika Maron, Michael Krüger, Thomas Hettche, Hans-Martin Gauger, Wolfgang Ullrich u.a. DM 16,–

Einzelheft 16 DM. Jahresabonnement 56 DM inkl. Porto. (Europäisches Ausland 64 DM; außereuropäisches Ausland bitte anfragen.)

❒ Ich abonniere die *Neuen Rundschau* zum nächstmöglichen Zeitpunkt. Zum Vorzugspreis von 56,– DM pro Jahr (inkl. Porto) erhalte ich vierteljährlich die *Neue Rundschau* frei Haus geliefert. Für das europäische Ausland kostet das Abonnement 64,– DM (inkl. Porto). Ich kann ohne Kündigungsfrist abbestellen und erhalte bereits gezahlte Beträge für noch nicht gelieferte Hefte zurück. (Keine Vorauszahlung, Rechnung abwarten.)

❒ Ich bestelle die *Neue Rundschau* als Geschenkabonnement. Bitte liefern Sie an:

Name, Vorname ______________________________

Straße ______________________________

PLZ, Ort ______________________________

Bitte liefern Sie die Buchprämie an den umseitig genannten Absender. Mir ist bekannt, daß ich diese Vereinbarung innerhalb von 10 Tagen widerrufen kann (Poststempel) und bestätige dies mit meiner zweiten Unterschrift:

❒ Ich bestelle folgende Einzelhefte der *Neuen Rundschau* à DM 16,–

___ 3/1998
___ 4/1998
___ 1/1999
___ 2/1999
___ 3/1999
___ 4/1999
___ 1/2000
___ 2/2000

____
Datum / Unterschrift

____
Datum / Unterschrift